文學紀事

朱樹

臺灣商務印書館

萬卷書籍，有益人生

——「新萬有文庫」彙編緣起

台灣商務印書館從二〇〇六年一月起，增加「新萬有文庫」叢書，學哲總策劃，期望經由出版萬卷有益的書籍，來豐富閱讀的人生。

「新萬有文庫」包羅萬象，舉凡文學、國學、經典、歷史、地理、藝術、科技等社會學科與自然學科的研究、譯介，都是叢書蒐羅的對象。作者群也開放給各界學有專長的人士來參與，讓喜歡充實智識、願意享受閱讀樂趣的讀者，有盡量發揮的空間。

家父王雲五先生在上海主持商務印書館編譯所時，曾經規劃出版「萬有文庫」，列入「萬有文庫」出版的圖書數以萬計，至今仍有一些圖書館蒐藏運用。「新萬有文庫」也將秉承「萬有文庫」的精神，將各類好書編入「新萬有文庫」，讓讀者開卷有益，讀來有收穫。

「新萬有文庫」出版以來，已經獲得作者、讀者的支持，我們決定更加努力，讓傳統與現代並翼而翔，讓讀者、作者、與商務印書館共臻圓滿成功。

台灣商務印書館董事長 王學哲

推薦序

天南地北，我和朱樹兄素不相識，但是莎士比亞使我們千里相會，一見如故，便成莫逆之交。二十年前，我應邀參加「94上海國際莎士比亞戲劇節」，在專題學術講座休息時間，來自全國各地的專家、學者互相交流，暢談心得。當我們請教朱樹先生在哪所大學或研究機構從事教授、研究莎學工作？朱樹的回答不免令人失望，他說他只是來學習的業餘作者。人們聽說他寫了一部莎劇，感到好奇，有的不以為然。直到他亮出六年前以頭版發表在江蘇省文化廳主辦的《江蘇戲劇叢刊》上的話劇《莎士比亞——新世紀的風暴》，才引起了濃厚興趣，紛紛傳閱，爭相結交，對他刮目相看……我也向他索取劇本，一邊聽他介紹劇作的情況，非常激動，直覺感到中國莎學、莎劇舞臺上將出現奇跡。我放棄了午睡和晚上觀摩莎劇的機會，一口氣讀完了《新世紀的風暴》，拍案叫絕，夜不能寐。一個自學成才的業餘作者，竟然做了幾百年來外國劇作家沒有做到的事，創作出這樣宏偉的題材，而且是世界上首部塑造莎士比亞巨人形象的真史劇，我震撼了！（至今還沒有第二部有關莎翁的真史劇），次日便邀請朱樹先生參與由我主編的兩部書稿的工作：《莎士比亞戲劇故事全集》、《莎士比亞戲劇專家學者作家故事集》。後來，我又把他介紹給中國莎士比亞研究會副會長、中央戲劇學院教授孫家琇女士，同窗好友、外交部副部長李肇星，新華社副社長、副總編輯高秋福等權威、專家、學者。他們都對朱樹的「莎劇」讚不絕口，認為如果公演，會有世界影響。一九九七年四月二十三日，肇星趕赴美國公幹前夕，我要他轉道蘇州去會見朱樹兄，並探望其老母親，表示對《莎士比亞》的支持。肇星欣然從命，這天恰巧是莎翁誕辰紀念日。然而，我萬萬沒有想到的是，由於眾所周知的原因，它至今未能上演。但我深信，中國的「莎劇」會有登上環球舞臺，向全世界展示巨人形象的一天！

更使我讚歎的是，朱樹兄除了《莎士比亞——新世紀的風暴》外，幾十年來又潛心創作了四十部古今中外題材的話劇、影視劇本（詳見臺灣商務印書館出版的《朱樹中外戲劇選集》）。猶如朱樹兄的老師、國學大師朱季海先生所肯定的那樣：「世界上有三部有價值的描繪文藝家的紀實文學專著：一部是帕烏斯托夫斯基的《金薔薇》，一部是茨威格的《人類群星閃耀時》；還有一部就是你朱樹的《文學紀事》。」

朱樹兄的佳作，說明這樣一個真理：外國作家沒有做到的，中國作家能夠做到；外國作家已經做到的，中國作家能夠做得更好！

我認為朱樹兄的《文學紀事》達到了三個高度。

第一，思想高度：作者深刻展現了這些凝集人類優秀品質的精華和精神世界的光輝，即真善美。所以，這使作者能在十年浩劫中渡盡劫波，活了下來；在逆境和災難中安貧樂道、百折不撓地堅守精神家園，為理想而寫作，為信仰而寫作，為人類精神文明作出貢獻。

第二，藝術高度：作者用詩的語言，大氣磅礴地謳歌了這些大詩人的心靈和創造性勞動，用投槍一般的語言，淋漓盡致地抨擊了假惡醜。這些佳作可以與大師們的傑作媲美而毫不遜色。

第三，歷史高度，我尚未看到古今中外作家用這種獨特的前所未有的文學形式描繪大詩人的工作。它不是作者在描繪，彷彿是大詩人自己的心靈寫照和文學回憶錄。這就像優秀的演員，他登上舞臺深入角色，就完全忘卻了自己，融入了角色，成了角色本身，所以才能展現角色的光彩。

朱樹兄曾在〈跋〉這樣寫道：「如果拙作是瑫，名家妙手也無法化腐朽為神奇；倘使它是蘭，不勞專家玉言，依然會香聞十里。」他之所以能把屈原、李白、杜甫、陶淵明、雨果、歌德等精神世界的巨人寫得維妙維肖，栩栩如生，使讀者如見其人，如聞其聲，因為他是一位自學成才而智商頗高的作家，是一位歷盡磨難而志堅如鋼的鬥士，是一位受盡挫折而堅韌不拔、無所畏懼地追求真理，走進崇高的作家；在心靈上，他自己就是一位決心傳承古今中外優秀傳統的文化巨人！他的作品做到了歷史真實、生活真實和藝術真實的統一。

中國藝術學會終身名譽主席 鄭土生

目次

1 天問——何不言問天

屈原（約西元前三三九—二七八年）中國偉大詩人、政治家。「楚辭」創立者和代表作者。名平，字原。《離騷》中則自稱名正則，字靈均，這是前者的轉寫化名。戰國楚人，出身丹陽秭歸的貴族家庭。其先祖楚武王子瑕，封采邑於屈，子孫即以屈為氏。屈原曾任左徒、三閭大夫等職，輔佐楚懷王治理內政外交。後遭讒去職、流放，備受打擊；但始終憂國憂民，堅貞不屈。楚頃襄王繼位後，他被流貶江南，在阮湘轉徙了九年之久。前二七八年，秦破楚國郢都，他投汨羅江自沉。主要作品：《離騷》、《九章》、《天問》等。他的作品形式和浪漫主義對後世影響很大。

《天問》的意思和寫作背景，歷來眾說紛紜、莫衷一是。一種解釋以東漢王逸為代表，他在《楚辭章句》中說：「何不言『問天』？天尊不可言，故曰『天問也』。屈原放逐，憂心愁悴，彷徨山澤，經歷陵陸，嗟號昊昊，仰天歎息，見楚有先王之廟及公卿祠堂，圖畫天地山川、神靈，琦瑋僪佹，及古聖賢怪物行事。周流罷倦，休息其下，仰見圖畫，因書其壁，何而問之，以泄憤懣，舒瀉愁思。」另一種解釋以清人戴震、近人游國恩為代表。游氏在《天問纂義》中說：「蓋天統萬物，凡一切人事之紛紜錯綜，變幻無端者，皆得攝於天之中，而與夫天體天象天算等，廣大精微，不可思議者，同其思問焉，此《天問》之義也。」寫作時間，一說在頃襄王之世、屈原被放逐之時，也可能作於楚懷王之時。據筆者研究，《天問》當作於楚懷王十八年，即前三〇七年。其時，屈原被懷王疏遠而貶為三閭大夫三年，退居故里。懷王因喪師失地，有所悔悟，意欲與齊國修好，才起用屈原。屈原在離鄉赴京前夕，感慨萬端，才作《天問》。《天問》是屈原感時事、思萬物，發「天命反側，何罰何佑」的至理之作；表現了作者的歷史觀、自然觀和人生觀。

《天問》在中國文學史上是「空前絕後的第一等奇文」，在世界文學史上也可稱獨步一時。作者不僅為我們保存了中國先秦時期的天體、歷史和神話傳說，而且從作者問及的天、地、人等事的一百七十二個問題中表達了作者博大精深的學識、思想、想像力和批判精神。這種現象在屈原之前的世界文學史上是無出其右的，就是在他之後，也極少能與之相媲美的。遺憾的是，由於它的深奧，除了研究者以外，《天問》很少得到重視。正如清人林雲銘說，一部《楚辭》最難解者，莫如《天問》。以其重複倒置，且所引用典故，多荒遠無稽……（還應加上文字的古奧）使後人執卷茫然，讀未竟而中罷。因此，它未能在世界文學史上獲得應有的地位。舉例來說，義大利大詩人但丁的代表作《神曲》被認為是世界文學史上最重要的一部詩作，獲得了極高的評價，超出了文學的意義。然而，屈原的《天問》其博大精深、寓意深邃、哲學思想超過了《神曲》！

同名紀實小說《天問》表達了筆者的觀點、對屈原創作《天問》的探求。

一、

三閭大夫【1】，不要再在山野水澤畔漫遊了，不要再在廟宇祠堂裡窮究了。烏雲已經遮住了晴空，狂風已經掀起了林濤。歸去吧！歸去吧！回到郢都的宮殿裡共商國是，力挽狂瀾；去到齊國的京城裡重調琴瑟，共抗虎狼。你不知道自從你被讒見棄，浪跡山澤，形影相弔，愁思鬱積之際，楚國發生了什麼樣的變故？變故又來得何其快呀！三年前身為六國縱長、懷

【1】三閭大夫：楚國職官名。執掌昭、屈、景三姓貴族子弟的教育、宗廟祭祀之事的官。這裡指擔任該職務的屈原。

有宏圖之志的楚國，國運劇轉、江河日下。昏庸無道、貪財好色的懷王【2】疏遠賢臣、偏信奸佞的結果，中了秦國的圈套，絕了齊國的聯盟，招了五國的怨艾，成了九州萬方的笑柄。懷王惱羞成怒，窮兵黷武，錯上加錯，孤注一擲，落得豈但秦國許諾的六百里土地連一寸也沒有得到，反而斷送了自己的大好河山，將十多萬祖國健兒的血肉抛灑戰場！啊，祖先開創的千年基業，難道就此大廈將傾了麼？賢良輔佐的泱泱大國難道就此重蹈覆轍了麼？

三閭大夫，這些年來你的心境也不好過。粗茶淡飯、草席布衣，物質生活的清苦你毫不在意。反而聊以自慰的是，縱使錦衣玉食、華屋高堂、美女歡娛、燈火不夜，面對奸臣當道、狐媚惑主、社稷飄搖、民生艱難的困境，而一籌莫展、一展莫能，這有多麼痛心呀！但是，你遠離了紅塵萬丈的京都、混濁骯髒的世界，在這深山老林裡幽居、先王故址上獨處又如何呢？還不是依舊寢食不安，形容憔悴，牽腸掛肚，義憤填膺嗎？你常常登到高丘上眺望，想知道孤家寡人的懷王是醒還是睡？鳳毛麟角的忠臣是言還是怒？你恨不能插翅飛去。啊，上

【2】楚懷王（？—前二九六）戰國時楚國君。熊氏，名槐。剝削嚴重，反對改革，先後被秦、齊等國打敗，失去漢中等地。後入秦，被扣留而死。

官大夫那張嘴臉又在巧言令色地進讒諂媚，使君主偏聽偏信，沉溺享樂；一面掩蓋國計民生的窮蹇。你簡直要撕下他的假面具，又在大王的背上猛擊一掌。南后鄭袖那隻狐狸精又在使出全身解數迷惑懷王，叫他相信秦國的「誠意」，採納張儀【3】的良策。你真想把藏在她懷裡的贓物打落，揪出她的九條尾巴。秦使張儀那條信口雌黃的毒舌，又在搖舌鼓簧地誘騙楚王，要他棄合縱而取連橫，親秦鄰而遠齊邦。你意欲抽打這個貪利忘義的小人、拆穿秦王的禍心。就連公子子蘭也變得陽奉陰違，和他們同流合污了，在父王面前吹捧聯秦的好處，計算利益的多寡。你痛心於蘭芷的變質，播種的不獲，一片心血付之東流！你常常下到江邊俯視流水，想知道善良的同胞是安還是危？高聳的城池是固還是塌？你恨不能飛渡關山。啊，流離失所的難民充塞於國都；當年它是何等的繁榮富庶呀！國無凍餒之人、民無離散之家，有和氏之璧、明月之珠、金木竹箭、皮革角齒……如今，士氣不振的將士在秋風裡唱著悲歌，往昔的雄風而今安在？

【3】張儀（？—西元前三一〇年）戰國時魏國貴族後代，後任秦相，封武信君。執政時，曾遊說各國服從秦國，瓦解楚齊聯盟，奪取楚地，後入魏任相。

誠既勇兮又以武，
終剛強兮不可凌，
身既死兮神以靈，
魂魄毅兮為鬼雄。
……

明君在哪兒？先祖熊繹【4】篳路藍縷、跋山涉水，開闢荊山，創建楚國；悼王變法，任用吳起【5】，鼎足天下，平分秋色……股肱又在哪兒？申包胥【6】哭秦廷，七日七夜，乞師救國；屈完將軍面對霸主，大義凜然，維護國威……啊。馳騁龍馬、問鼎中原的宏圖，難道

【4】熊繹：周代楚國始祖。羋姓。鬻熊的後代，受周康王分封，建都丹陽。

【5】吳起（？—前三八一）戰國時兵家。衛國左氏人。善用兵，先後在魯、魏任將，後至楚任令尹，輔佐楚悼王實行變法。悼王死，被舊貴族殺害。

【6】申包胥：春秋時楚國貴族。又稱王孫包胥，也叫蚡冒勃蘇，楚君蚡冒的後代，和伍子胥是至交。楚昭王十年，吳國用伍子胥之計破楚國，他到秦求救，在宮廷痛哭了七晝夜，終於使秦王發兵救楚。

就忍看它成了水花鏡月、風流雲散麼？而千里國土、百萬兵甲、十年藏糧、第一大國的楚國，難道讓它跼蹐南隅、乞憐虎口、苟延殘喘、坐以待斃麼？

三閭大夫啊，荷花出於污泥而清香潔白，桔樹生於南國才綠肥紅豔。你身為貴族，以民為心；你處於逆境，以國為重。你居於高位，做的是舉賢授能、遵循繩墨；你遭讒去職，想的是樹蕙滋蘭、培育人材。這幾年來，你降為三閭大夫，這原是將你投置閒散，叫你別管閒事；你卻序其宗譜、率其賢良，以勵國士。這幾年來，你退居鄉里，卻佩美玉而綴明珠，在楚國的發祥之地窮思竭慮；懸長劍而戴高冠，去湘資沅澧之水追根溯源。

二、

我是三閭大夫屈原。

巫師啊，給我占卜一下吧，我們楚國的前途是吉還是凶？巫師苦笑地搖搖頭——一向靈驗的占卜失去靈。

跳神啊，給我顯現鬼神吧，我們百姓的命運是福還是禍？跳神頓時亂了套，汗流浹背，逃之夭夭。

星君啊，讓我來祭祀你們，我們獻禮、我們祈禱。你們為何不置一詞，冷酷無情？

地靈啊，讓我們來娛樂你們，我們唱歌、我們跳舞。你們為何閉目塞聽，不近情理？

公卿祠堂啊，我逢祠必叩；這些塑像威風，這些木偶可鄙。真的是忠臣得到褒獎、奸臣得到懲罰，聖賢必有善果、小人終於惡報嗎？

先王廟宇啊，我見廟必拜；這些列圖壯觀，這些壁畫神奇。明星煌煌、靈波滔滔，我要上天去尋求。可是天梯在哪兒？地穴又在哪兒？五帝巍巍、三代燦燦，【7】我要乘鸞去請教。可是天帝在何處？聖代又在何方？

三閭大夫，上天難呀！

天離地有五億萬里之遙，又有九頭巨神「門闕」把守天門。在西南的都廣之野是天地的中心，那兒有棵名叫「建木」的神樹；你們人類的始祖伏羲【8】就從那兒登上了廣寒。在顓頊

【7】五帝三代：五帝：傳說中的上古帝王——黃帝、顓頊、帝嚳、唐堯、虞舜。三代——夏、商、周。

【8】伏羲：一作宓羲、包羲、伏戲，亦稱羲皇、皇羲。神話中人類始祖。傳說人類是他和女媧兄妹相婚而生。又傳說他教民織網，從事漁獵、畜牧，製作八卦。一說他即太皞。

【9】坐了天帝的寶座，便命大神重和黎截斷了天地的通路。在人間尚有一條路能上達天廷，那就是西方之野的昆侖山。可是它下面有弱水環繞的萬丈深淵，四周有炎炎燃燒的火山綿亙……

三閭大夫，我帶你御長風上九天去吧。我就是天！

狂風呼呼，雲濤滾滾。

我眼前一片混沌，只有雲霧在上下翻騰，元氣在空間離合，大地早已消失不見，天宮依然虛無縹緲。天啊，那遠古開端的事，是誰傳下來的呢？晝夜交替、萬物化育又是誰造成的呢？天有九重，是開天闢地的盤古【10】建造的嗎？陰陽兩神撐起的八根擎天柱，怎麼一根也不見？天的邊緣在哪兒呢？是用什麼和大地相接？據說天有九千九百九十九個角落，哪豈不成了海星？十二時辰是怎樣劃分的？日月星辰是怎麼安於自己的位置？啊，昏暗中投來豔麗

【9】顓頊：神話傳說中的五帝之一。中古代部落首領，號高陽氏。生於若水，居於帝丘。曾命重為南正之官，掌管祭天，命黎為北正之官，掌管民事。

【10】盤古：神話中開天闢地的人物。所有日月、星辰、風雲、山川、田地、草木、金石，都是他死後，由身體各部變成。

的光芒！這是太陽從海外的暘谷起身。他做日課，為什麼要由其母親羲和駕六龍一路伴送，直到悲泉；然後目送他走到蒙汜？月亮升起來了，柔和的光輝代替了灼人的烈日。月亮女神呀，你如此豐滿而秀麗，哪養虎幹什麼？這會給你帶來後患和死亡？陰陽兩氣又在交替升降，相互摩擦。那麼仙姑女歧沒有性交，她的九個兒子是怎麼來的？疫鬼伯強又在哪兒？還有，天黑天亮，與那扇天門的開關有關嗎？啊，太陽這個被寵壞的孩子，既然在西方睡得香甜，那麼他怎麼能回到東方，去做明天的工作？……

我的頭腦昏沉，我的心靈鬱結。還是去地吧。

三閭大夫，入地難呀！

地有九層，在幽都幾萬里外的北海。那兒的人和獸都呈黑色。幽國的統治者后土，就是追日而死的夸父的後裔。守城的土伯是個虎首、牛軀、犄角、三目的怪物……

我帶你乘鯤鵬入九地去吧；我就是地！

寒流陣陣，鬼氣森森。

成群的幽靈像煙霧一般飄來浮去，隊隊鬼魂被土伯鞭打、追逐，發出令人毛骨悚然的哀叫……啊，那邊羽山下鎮壓的不是鯀【11】嗎？不幸的鯀啊，你能告訴我有關你的一切麼？我不明白既然堯王【12】認為你不堪治水的重任，哪又為什麼接受大家的舉薦，要你去治水呢？

我恍惚聽見鯀的自白：

「我原是天帝——黃帝【13】的孫子，是他胯下的一匹坐騎。天帝因為人類的罪惡而派水神共工降下洪水，世界成了澤國，人民幾盡魚蝦。我憐憫下方的子民，而天帝又拒絕我的諫言，便去做了堯王的臣子。論輩份，堯是我的侄子，但他同樣厭惡我剛直的個性。四方諸侯在堯王面前推薦我去試治洪水。我從結伴同行的鴟和龜的口裡，探聽到有一種名叫『息壤』的治水法寶，藏在天宮。我不假思索，便去天帝身邊把它偷來。只用了少許息壤堙塞洪水，就立竿見影。不料秘密敗露，天帝震怒，派火神祝融把我重創，又從我手裡奪去了剩餘的寶貝。治

【11】鯀：亦稱鮌。傳說中原始時代的部落首領。居於崇，號崇伯。由四嶽推薦，奉堯命治水。用堙的方法，九年未治平洪水，被舜處死在羽山。神話謂其魂化為黃熊。

【12】堯：傳說中父系氏族社會後期部落聯盟首領。唐堯氏，名放勳。傳曾設官掌時令、制曆法。

【13】黃帝：傳說中中原各族的共同祖先。號軒轅氏、有熊氏。少帝之子。他先後打敗炎帝、擊殺蚩尤。他又有很多發明創造。

水的大業就此為山九仞，功虧一簣，我的九年心血付之東流！堯帝又命舜【14】王將我懲罰，處死在羽山下面，並公告天下，說我的罪狀還有：盜竊天寶物華去堙障洪水。土伯日日夜夜折磨我的靈魂。我的冤氣難平呀，精神不散；屍體三年不爛呀，氣血孕育……又驚又怕的天帝命天將剖開了我的屍腹，一條蛟龍直沖雲霄，它就是我的兒子禹！【15】我的屍體也隨之物化，變成玄魚潛入山下的羽淵。」

可敬的大鯀啊，你能否告訴我：大禹治水又怎麼會功成名就呢？據說他是因為治水的辦法跟你完全不同——採用疏與導——才大功告成的？

化成玄魚的鯀一聲歎息，回答了我的疑問：「其實，他是靠天帝的恩賜。我的精神最終感動了這位鐵石心腸的老人，他恍然大悟到對其子民的懲罰似乎過火，就此慷慨地把息壤任禹使

【14】舜：傳說中父系氏族社會後期部落聯盟首領。姚姓，有虞氏，名重華。除去鯀、共工、三苗、驩兜等四害。堯去世後，繼位。

【15】禹：傳說中中古代部落聯盟領袖。姒姓，亦稱大禹、夏禹、戎禹。一說名文名。鯀之子。原為夏後氏部落領袖，奉舜之命治理，後以治水有功而繼位。傳說曾造九鼎。

用，又命眾神聽命禹的號令，征服那個充當替罪羊的水神共工。接著命神龜和應龍治水。禹將息壤放在龜背，讓它走在前面把極深的洪泉堙塞，加高的地方成了四方的名山；應龍在後面劃地，依照它尾巴指引的方向開溝築渠、疏通河道。就這樣禹率領民工走遍天下，歷盡萬國，跋山涉水，艱苦奮鬥，治平洪水……天帝的好惡，決定了事業的成敗、我們的命運。」

鯀啊，我的命運豈不是和你一樣？我擔心祖國的前途而疲於奔命，我盡忠國事而弄得四面樹敵；我希望君主能追隨先王的腳步，我曾經處理外交、起草法令，卻被奸佞惡意中傷、落井下石，遭到楚懷王的怨怒而削職疏遠！……啊，還請告訴我，神聖的大禹治平了洪水之後，又怎樣呢？

鯀的魚目閃閃發光：「禹，不愧為我的兒子，他完成了我的未竟的事業，得到天下百姓的擁戴，繼舜做了天子。他又丈量土地，劃分九州，命天神大章從東極走到西極，又命天神豎亥從北極走到南極，量得的都是二億三萬三千五百七十五步——大地原來是四四方方的一塊。接著，他又將九州的土地和田疇分為九等……瞧！我該倒敘一下退去的洪水。當初顓頊稱帝時，共工與他鏖戰而怒觸不周山，將天維絕、地柱折。被顓頊殘暴地用鐵鍊鎖在北方天牢裡的日月星辰得到了解放，便往西天跑去；而地往東南傾斜。天上銀河、地上百川，都向東洋大海流去。水即使再多，也不會溢出——在渤海東面幾億萬里的地方，有個深不可測的巨壑——歸墟。它能容納宇宙之水，既不增加，也不減少。言歸正傳，禹完成了這些偉大的工程便死了。人們將其葬在會稽山上；他的靈魂則成了天神。有人親眼目睹他是從昆侖山頂上了天。」

鯀話畢消失於羽淵。他的話頭卻激起了我的好奇心。

昆侖山！昆侖山！我對你有多麼神往。並不是因為你是西方樂土；你上面有不死之海，西王母懷裡藏有不死之藥；周穆王【16】曾經到你那兒做客，與西王母喝酒唱和；我可沒有這種福氣。我來是想上上下下尋找萬物、探求真理。請不要把通往上天的天門關閉，也不要讓黑夜蒙住我的眼睛——啊，我已經奇跡般地站在昆侖山巔！地啊，直通天國的懸圃在哪兒？高達一萬五千里的九重增城又在哪兒？把守四面山門的據說是一個有九個腦袋的「開明獸」。那麼這頭神獸怎樣把它的軀體一分為四呢？出入天門的四位風伯為何是一副模樣、一個脾氣，使我全身寒戰、四肢麻木？冥國真是名副其實的黑暗世界。我的思維也和黑夜一般昏昏濛濛！

【16】周穆王：西周國王。康王之孫、昭王之子。姬姓，名滿。曾西擊犬戎，俘虜五王，又東攻徐戎，會合諸侯。《列子》、《穆天子傳》紀述他周遊天下，賓於西王母事。

那代替太陽工作的若木之花凋零了吧？有千里之軀的燭龍，口中銜的蠟燭也熄滅了吧？使我無力驅散那滾滾而來的濃霧：冬天最暖的地方，是連夏天也結冰的狂山嗎？夏天最冷的地方，是南海的炎洲嗎？西極大漠中有結成樹木的石頭？南荒有能講人話的猩猩？我怎麼看不見馱著黃熊的虯龍在江海裡出沒？哪九頭毒蛇在陰風裡橫行？海南員丘國的百姓真有福分長生不死，可我見到的只是黑色的石頭？身長數丈的防風氏在封、隅兩山癡呆地看守什麼？神奇的靡萍有九個分叉，枲木長有奇異的花朵，我怎麼找不到它們的蹤影？這兒是巴山，吞象的長蛇卻化成奇怪的山徑？黑水之禾、三危之露，吃了能長壽，那麼究竟能增壽多少？我到達了黑水的源頭——不姜山，又降落在昆侖山的西側——三危山。據說山上有三頭青鳥，每天飛來飛去給西王母進食？啊，北海茫茫，我在等候人臉的鯪魚；你這頭妖精——鬿雀，為什麼不從北號山頭飛來吃我？西風殘照，大神羿啊，你是怎麼射下九個日頭而為民除害的？而每一個太陽的精魂——碩大無朋的三腳烏鴉又掉落何處？我的心也被風雪捲絞，不見天日！

三、

導師啊，我既不見天，又不見地。還是帶我去聖代吧！

三閭大夫，去聖代難呀！

它既不在天上，也不在地下；離「現在」有千百年時間，距這兒有無限遠的路程，雖然在九州大地，但從來沒有人到過那兒。只有靠「光陰」這位舉世無雙的大神，才能回到古代。我請儵和忽兩位海神幫助我們飛向聖代吧。

我就是五帝三代！先去夏代。

水天浩淼，人跡渺茫。

這不是大禹嗎？他治水十三年走遍天下，巡視各地，到了三十歲還沒有成家。他走到塗山時，和當地的一位名叫女嬌的姑娘成了親。

大禹啊，聽說你是遇見了一條九尾白狐，聽到了當地的一首民謠，才和她結婚的：

誰見了九尾狐呀，
誰就當國王；
誰娶了塗山女呀，
誰就家業旺。

大禹笑道：「我是為傳種接代、後繼有人。」

我佩服他的與眾不同，高賢美德：不貪聲色，新婚的第三天即離開新娘遠去治水，後來三過家門而不去探望；從裡面傳來孩子的哭聲揪住其心腸。

跟隨禹後面的是伯益。伯益是天帝派來助禹治水的天神，他曾帶領百姓把山澤裡的草木燒掉，使害蟲無處躲藏，他又助舜除去了兇殘的妖怪。因此，禹建立九州的第一個王朝便任命伯益為相。禹臨終時又把王位禪讓給這位賢人。

賢人伯益啊，你是否為禹王的兒子啟【17】違背了父親遺訓、破壞制度而感到悲哀呢？

伯益說：「陽世的人啊，感謝你的不恥下問。應該說啟是個有為的青年，有其先父那樣的抱負。先王把王位讓給我，我本來就不願意，心想如果啟三年服喪期滿，百姓又擁戴他，我樂意讓他執政。他卻利慾薰心，迫不及待地陰謀篡位，我只得把他拘留，他的黨羽前來劫獄，把我殺害，擁戴他當了國王。你瞧，他在大樂之野觀看表演呢。這樣的鋪張浪費！這樣的勞民傷財！」

【17】啟：傳說中夏代國王。姒姓，禹之子。傳禹曾選東夷族的伯益做繼承人。禹死，他即繼王位，與伯益爭執，殺之。確立了傳子制度。

樂曲悠揚，雅音繚繞……我這是公務在身，國事緊急，趕回郢都，闖入宮中，聽見懷王和南后又在大張宴樂，縱情歡娛？唔，原來是啟在舉行盛會。只見遼闊的曠野裡，幾百位樂師在演奏，竽瑟齊鳴，鐘鼓並作，幾百位歌童舞娃按曲以和、應律而舞。四海九州的諸侯都來參加這次盛會。啟王果然儀表堂堂、氣派十足，乘龍騰雲，張傘握環，志得意滿地欣賞歌舞。他瞥見了我便熱情地伸手，顯得多麼熱情好客。

「遠方的貴賓呀！歡迎你大駕光臨！我大夏國的劇院為您而開放，請您欣賞這雄偉的演出。如果我沒有看錯的話，你就是著名詩人屈原，曾作過《九歌》這樣的名作。為此，我請您指點。這是《九韶》，是我根據天國的樂章《九辨》、《九歌》親自改編的；至於這歌舞劇完全是我的獨創。您知道先父王是天帝的曾孫，我自然也是顯赫的天神，故而我常去天宮做客。外間的謠言你不可聽信；我是名副其實的大夏國君，豈容那條蟲【18】興風作浪、弄妖作怪？父王的德行是大夏昌盛的基礎。我母親的死也並非所謂難產；她是因為惦念丈夫最終成

【18】蟲：指伯益。又作伯翳、大費，嬴姓。各族祖先。相傳善畜牧和狩獵，為舜、禹重用。後為繼位之事被啟殺害。相傳他知禽獸鳥語，為鳥獸之長，故後世民間傳說他為「百蟲之長」，立廟祀之。

了化石。更惡毒的是，有人竟然污蔑我是父母野合而從石頭裡崩出的『啟』?!好了，現在別讓你的一肚子的疑問打擾我的雅興！即便你的《九歌》也不值一提，只是在拾我的牙慧！」

墮落！他的粗魯無禮完全像懷王待我一般，召之即來，揮之即去；我預感到天帝將會給他懲罰。夏的江山果然被夷人所奪取！

山林裡有個粗野的漢子在狩獵。他身穿華麗的王袍，這就是東夷族的首領、有窮國國王——后羿。【19】他善射尚武，目不識丁，卻饞涎天神羿【20】而盜用了他的美名。他此刻正把獵獲的野豬向天帝行賄。天帝怎麼會接受這個惡人的賄賂呢？后羿又把天神羿和洛神相愛的故事記在心上：羿在他的愛妻嫦娥私奔之後，傷心地到處流浪。有一天，在洛水上邂逅了那位美麗而憂傷的女神。她的丈夫河伯是個放蕩下流、沾花惹草、喜新厭舊的傢伙。但他風聞

【19】后羿：對稱夷羿。傳說中夏代東夷族首領，原為有窮氏部落首領。善射箭，奪得太康王位，推翻夏代統治。後荒淫被部下殺死。

【20】羿：神話人物。相傳堯時十日並出，植物枯死，獸蛇為害。羿射九日，又射殺猛獸長蛇，為民除害。其妻名嫦娥。

他倆相愛的消息即妒火中燒，跑到岸上向羿大興問師之罪。羿斥責他的無恥，教訓他的狂妄，一箭射瞎了河伯的左眼。不過，羿的行為高潔，沒有拆散人家的夫婦。可是，這該死的后羿，卻附庸風雅，學其皮相，反其道而行之，真是愚不可及，自食其果！他窺視諸侯伯封的母親、外號「黑狐狸」的美女，就淫心如熾，把伯封射死，霸佔其母。但災禍緊跟罪惡而來。后羿的手下有個叫寒浞的臣子，擅長拍馬奉承，是個獨夫民賊。他深得暴君的寵信而爬上相位，野心與貪欲使他和黑狐狸通姦，繼而姦夫淫婦合謀把后羿殺死。

導師啊，關於后羿的事是這樣的麼？為什麼君王的淫亂總是重蹈覆轍、劣性不改？當年楚平王為太子娶了秦國的公主，瞧見她美貌就不顧人倫天道而霸佔兒媳婦給自己享用。接著驅逐太子、戮殺賢臣，終於給自己招來大禍。

突然，一頭黃熊朝我襲擊！嚇得我驚惶失措。咦？它並沒有做出任何嚇唬我的舉動，反而匍伏在我戰戰兢兢的腳下，從眼窩裡流下大顆大顆的淚珠？我又驚又喜，它竟是不久前我在冥國遇見的大鯀！他告訴我，在其屍體物化後，靈魂便穿山越水去了西方，懇求那兒的十位神巫【21】把他救活。他就此變成了黃熊。但天帝始終對其耿耿於懷，將他放逐到荊山，了卻了心事。

我不禁發出如此憤懣：天帝呀，難道鯀的罪惡竟這麼嚴重，他的兒子禹因為你的恩賜才立功為王，而父親鯀則由於你的偏見而失敗處死，永不寬恕？我目送月光映照鯀蹣跚地離去，與他一樣悲不自禁，淚水滾滾。

明亮的滿月啊，那披在你身上的彩雲，可是嫦娥的霓裳羽衣？唉，嫦娥為什麼要離開心愛的丈夫；大神羿特地為她從西王母那兒討來了不死之藥？她飛上月宮，身形卻難以遮掩；傳言她變成了癩蛤蟆？

陽氣離開了軀體，人就會死亡。大神鐘山的兒子既然被殺，又怎能化為大鳥而鳴呢？

夜雨降下，月亮被天虎吞吃了。風伯這個兩頭八爪、鹿的形體是誰賦予給他的？狂風暴雨，水流如注，滾滾的洪濤把我帶到了東洋大海。那歸墟裡不是有岱輿、員嶠、方壺、瀛洲、蓬萊等五座神山嗎？每座山的高度和周長都是三萬里，山和山的距離保持在七萬里，山上瓊樓玉宇、金鑲玉嵌，是神仙們居住的洞天福地。美中不足的是，神山像是浮萍似地隨風飄蕩。後來，天帝派了海神禺強送去了十五隻巨龜負山，才算平安無事。不料，有一年夏天出了亂

【21】十巫：《山海經．海外西經》：「巫咸國有名巫師十位：咸、即、盼、彭、姑、真、禮、抵、謝、羅。」

子：在昆侖山幾萬里遠的地方，有個龍伯國的巨人名叫任公子，他來到東海釣魚，他涉水一釣，便把歸墟裡的六隻神龜釣走。而失去「柱石」的岱輿、員嶠兩座神山，立即被風浪捲走，沉沒在滔滔北海……導師啊，我的美夢也埋葬在北海中！

雨過天晴，山野裡響起了人喧馬嘶聲。這可是寒浞在率騎打獵麼？喔，原來是啟的後裔少康借狩獵為名尋找篡夏的仇人。此時，寒浞已和那個騷狐狸生了兩個兒子，大的叫㦸，小的叫澆，與乃父一樣都是孔武有力、為非作歹的惡棍。澆更是身強力壯、縱欲貪色，常到他嫂子女歧那兒淫亂；而那個賤人，假裝為小叔縫衣與他燕宿雙飛。他倆和禽獸一般亂倫，父子三人治理國政就像亂倫一般顛倒，鬧得天怒人怨、沸反騰天。少康在諸侯的擁戴下找到他倆同居的地方，先後把淫婦、姦夫殺死，繼而剿滅寒浞和㦸。啊，寒澆這匹夫曾經靠武勇，身先士卒在淮水上滅掉斟灌、斟桑兩國，並殺害依附兩國的夏君主相，然而落得如此下場……

三閭大夫，去商代吧！

軍旗獵獵，刀槍閃閃。

一支大軍氣壯山河地在原野上前進。戰車上有位身貫盔甲的美髯公目視前方，一邊用斧背擂擊戰鼓。他就是成湯【22】——未來的商王。在其身邊坐著一位膚黑微胖的中年人，在寫著什麼。我走前去向其致意。

「伊尹【23】，這位湯王的大臣，我能否佔用你的一點時間，使我獲益非淺呢？好，我們邊走邊談吧。你們是去懲罰無道的夏桀、亂國的妹嬉；湯王怎樣使天下歸心？你又怎麼投奔湯王？……」

「賢哲啊，你問得有理。我軍是去朝歌討伐那人面獸心的暴君夏桀。自從其先祖少康殺澆復國，夏代有過中興，經過十代，傳到桀手上，國運衰敗，日暮途窮。他依然酒池肉林、窮兵黷武。他侵略蒙山國，僅僅是為得到美女妹嬉；又將敢於直言的賢臣關龍逢殺害。民不聊生，眾叛親離；天降大任於成湯。說起我王，出身高貴，心地善良。他不忍見夏桀殺人如麻、為所欲為，明知暴君心如蛇蠍，召他進京包藏禍心，仍不避艱險，冒死勸諫。暴君立即

【22】湯：又稱武湯、武王、天乙、成湯、成唐等。商朝建立者，原為商族領袖。經十一次出征，成強國。後一舉滅夏朝。

【23】尹：商初大臣。名伊，尹是官名，一名摯。傳出身奴隸，原為有莘氏陪嫁之臣。後為湯重用，助湯滅夏。

把他囚在重泉的水牢裡，後來湯的隨從用重金將其贖出。天下的諸侯和百姓一齊擁戴湯王為仁義之師的統帥。這完全是夏桀引火焚身、自取滅亡！關於我的出生，外界有種種說法。其實，我生在伊水河畔，那是屬於有莘國的範圍。在我母親生我時，山洪爆發淹沒了村莊，眼看洪峰把她吞沒，倏忽，她變成了一棵桑樹屹立水中。桑樹樹梢把我高高地托起。我長大後成了御膳房的廚師，兼宮中的教師和僕人。湯王巡視到有莘時，看中了我國國王的女兒，便娶這位美麗而賢淑的公主為妻。我則作為陪嫁品送了過去。當時，我並沒有得到賞識，大約是我的烹調手藝蓋過了我參政的才能。直到我投奔夏桀而懷才不遇，重返故地才得到湯王的重用！……義師此去，將把殘暴的桀放逐到鳴條，把新的國都建在亳城；湯王還將大赦天下。」伊尹揚了一下竹簡。

我再想問湯王的情況，導師卻把我拉走。他埋怨我求知欲太旺，將會貽誤成湯的戰機。

我十分委屈地回答：「導師啊，我就是為求知尋道才到這兒來的。可是，您和天、地一樣，從來不回答我的疑問，露出真面目來。就連那三代五帝中的舜帝，我也不知道他的底細；比如我聽說舜的親人都虐待他，那為什麼他卻以德報怨，助長邪惡的氣焰呢？」

導師只說了一句話：「你會知道的」，便逕自離去。

他的話音剛落，我竟然發現我們已在僞水河畔——舜帝出身的村莊。村裡發生了什麼異乎尋常的大事，一瞬間人歡狗叫、村民蜂擁呢？我趕忙擠進人叢，瞧見一個生有重瞳子的中年人，在好言勸慰兩個哀哀哭泣的老人。一旁有個模樣酷肖的青年捶胸頓足地大放悲聲。不用說，這就是做了國王的舜帝和他的父母、弟弟。

一位老農指著那三個哭泣者，對我道明了來由：「這個瞎子就是舜王他爹，是個老糊塗；那個不仁的婆娘是舜王他後娘；哭得最起勁的象鼻子就是舜王的異母兄弟、後娘的寶貝兒子。他們三人各懷鬼胎，其中要算象心眼最壞，他一心想霸佔舜哥的兩個漂亮老婆；他們串通一氣，虐待、陷害大舜。大舜卻不以為然，照舊孝敬父母、愛護弟弟。這些壞貨瞧見大舜老實可欺，便得寸進尺，乾脆用火燒、水陷的辦法想把他害死。真是作孽！幸虧大舜是天神下凡，又有兩位又賢慧、又聰明的老婆娥皇、女英。堯王真是有眼力呀，看出舜的大賢大德，將來會替他治理天下，所以才把兩個女兒一齊給他。大舜靠了老婆的幫助，才逃脫了重重難關。現在大舜當了國王仍不忘親情，特地回來探望那三個沒有良心的活寶。讓雷神把他們打死——」

老農頓止話頭，要我注視這動人的一幕。

舜王給他的父母揩去了淚水：「過去的事就讓它過去吧！這些禮物是我們做兒子、媳婦孝敬兩老的一點心意，這兩套衣服、兩雙鞋子是娥皇、女英給他兩老做的；這一袋糧食是兒子親自打的。」說罷，他便和妻子把這些東西從牛車上取下，交給父母。

舜王又走到象弟身邊說：「象弟，你也不必這麼難過，人是不免要犯錯誤的；但只要肯改就是好事。我瞧你並不笨，如果把心思放在正路上，你會幹出成績來的。我建議你到鼻地去，好好造福父老鄉親……」

我望著舜王和全村的人一一握別，載著妻子、駕著牛車，在顛簸不平的土路上漸漸遠去的背影，不由得讚歎：「舜王真不愧是大賢呀！」

舜王回去不久，便將王位傳給了大禹。堯舜這種禪讓的美德為後人樹立了楷模。古公亶父的長子泰伯、次子虞仲，為了讓弟弟季歷登上王位，就以堯舜為榜樣而遠走千里，在荊蠻的江南水澤安家落戶，斷髮紋身，披荊斬棘，創建了吳國。

導師建議我去找湯王的其他幾位高貴但鮮為人知的君主，我欣然同意。我想先瞭解一下契【24】的誕生，人們說契是五帝帝嚳【25】的兒子，他母親是有娀氏的女兒簡狄。簡狄傾國傾城，又喜歡鶯歌燕舞，曾以燕子為題作了一首動聽的情歌。那崇高的天帝愛上了她。有一天，當簡狄和她的妹妹建疵在九重的瑤臺上進餐，帝嚳變成燕子遺下了蛋，簡狄搶著吃蛋，就此生下了契。契因為幫助大禹治水有功，舜王便命其執掌教育，封他在商地。他雖然出身高貴，但和黎民百姓一樣在草原上櫛風沐雨，放牧牛羊……這些都是真實的嗎？

天蒼蒼，野茫茫。這就是我夢寐以求的湯的先民勞動生息的地方。殷民的首領王亥、王恒真是有德呀！他倆和黎民一起在草原上放牧，當牛羊盈餘之時，又親自趕著牲畜去有易國貿易。是我的眼睛迷糊，還是我在做夢？我發現王亥如同饕餮那樣貪食美色：他饞涎有易國的姑娘個個漂亮雪白，美乳豐臀；而國王綿臣的妻子，更使其欲火焚身。他假裝酒瘋摟抱舞蹈的美女，接著又勾上了王后，與她打得火熱。最後，他被他的情敵們合謀殺死在合歡床上。王恒——死者的弟弟，這個先姘居王后的姦夫，也參與了罪惡的勾當，因此被綿臣驅逐。王恒逃回國內，捏造事實，掩蓋真相，竊取民心，登上了王位。他淫心不死，以國王的身分，向有易國尋釁挑戰。綿臣驚慌萬分，只得待之似天王老子，使這個貪圖享樂、沉湎酒色的浪子，樂而忘返，從此厭棄了他那又窮又羶的故土。

王亥的兒子是個年輕有為的領袖，瞧見父王被害，叔父又被有易國扣作人質，帶去的財

【24】契：傳說中商的始祖。帝嚳之子，母為簡狄。助禹治水有功，被舜任為司徒，掌管教化。

【25】帝嚳：又作帝俈。傳說中古代部落首領。號高辛氏，有四妻四子：姜嫄生棄（即后稷），是周族的祖先；簡狄生契，是商族的祖先；慶都生堯；常儀生摯。

物被洗劫一空。於是，他揮師北上，渡河征討。無辜的有易國就此化為廢墟，而殷民族從此興旺發達。人老了就會變得昏庸，明主上甲微到了晚年也日趨墮落。他弟弟如法炮製，幹起淫嫂弒兄的勾當，篡奪了王位……這一幕幕醜劇玷污了我的眼睛：抑強扶弱，令人尊敬的文王【26】幫助息侯討伐蔡國；無恥的蔡侯竟然欺侮息侯的愛妻。後來文王打聽到這位息侯的夫人實在是豔若桃花，卻幹出如此勾當，便以巡視為名，親臨息國，用暴力把這位美人搶去！他的兒子成王【27】是位明君，與宋國交兵，凱旋而歸，路過鄭國，卻看中了自己的兩個甥女，和她們亂倫……啊，這種人變幻無常，行為奸詐，為什麼後代會興旺、國運會長久？導師，既然您是五帝三代，那麼請問：

您那時的人登位為王，是根據什麼來推舉的？聯想起造人的女媧，又是誰賦予其人頭蛇身的形體呢？

【26】文王：即楚文王熊貲。

【27】成王：即楚成王熊惲。文王之子，與其兄堵敖均為文王子。堵敖繼位五年，惲殺之而自立為王。用令尹子文，楚強。

三閭大夫，去周代吧！

大火熊熊，凱歌陣陣。

殷商的國都毀於一旦，壯麗的鹿台轟然倒塌，紂王【28】自刎於古柏，武王【29】砍擊其屍體。西伯的兒子啊，你是怎麼號令諸侯如期會師的？既然周公【30】幫你打了天下，為什麼他對你存有怨氣？殷有什麼罪過，周有什麼德行？后稷【31】為什麼不幸，姬昌【32】為什麼幸

【28】紂王：一作受，亦稱帝辛，商末代君主。暴政。周武王會合西南各族向商進攻。在牧野之戰，他因「前徒倒戈」，兵敗自殺。

【29】武王：即周武王。西周王朝建立者。姬姓，名發。繼其父遺志終於滅商。

【30】周公：西周初年政治家。姬姓，周武王之弟，名旦，亦稱叔旦，因采邑在周，稱為周公。曾助武王滅商。武王死後，成王年幼，由其執政，其管叔、蔡叔、霍叔諸兄弟不服，聯合武庚和東夷反叛。他東征，平叛，大封諸侯，並建都洛邑為東都。相傳他制禮作樂，建立典章制度，主張「明德慎罰」。

【31】后稷：古代周族始祖。出生時因一度被棄，故名棄。善種植莊稼。在堯舜時任農官，教民耕種。周族認為他是開始種稷和麥的人。

運？

「熊繹的後裔啊、屈氏家的龍馬，乘他們歡慶時，我告訴你下面這些事情：湯王有道，才得天下；紂王無道，才失天下。紂王身為國主不思活民，倚仗暴力，為所欲為。他軀幹魁偉，卻狂淫濫欲；他口才出眾，卻詭辯狂言。朝歌的鹿台高呀高聳雲霄，宮苑的珍寶多呀多至滿園，紂王寵妲己呀師涓作淫曲，酒池肉林呀男女相裸逐。他專斷獨行，無法無天。設置炮烙，是為鉗制人口，煮沸油鍋，要想消滅異己。他的叔父比干赤誠相勸，他就剖其心、觀其七竅；他的寵臣雷開助紂為虐，他便賜其財封其爵祿。梅伯直諫，即被剁成肉醬；箕子裝瘋，總算逃脫魔掌。他監禁過父王於羑里，僅僅由於他感歎他的無道；他賞給父王食其子伯邑考的肉糜，想敗壞他的美名。父王忍無可忍向上帝控告，上帝便命后稷的子孫討伐紂王。我號令八百諸侯務必在甲子日會師盟津，我們不能忍看商的賢臣膠鬲在此日被害。仁者興師，天下歸心，群鷹搏擊，攻無不克。在這場義戰中，我弟弟叔旦立下了汗馬功勞。這位仁德君子，他讚美我伐紂的偉業，但決不同意我辱屍的行徑。」

啊，周公真是位高尚的君子，光明正大猶如蒼松翠柏。我們楚國也有這樣的忠臣：伍屠父子扶持王室、名將吳起變法強國……可是，他們的結局都可悲可痛，前者家破人亡，後者亂箭身亡。唉，還是讓你的美政驅散我心中的陰影吧。

「現在，我遵循先王的遺囑，毀去歧社，建立太社，定國都於鎬京，祭祀天地和列祖列宗……始祖后稷是帝嚳的長子，契是他的異母兄弟。他母親是有邰氏的女兒姜嫄，她有一次郊遊，踩上了巨人的足跡，孕育靈胎，生下了一個肉球。姜嫄又驚又怕，便把它拋棄窮巷，牛羊卻繞道而過。她把它拋棄山林，有人在那兒伐木。她把它拋棄冰池，飛鳥將羽翼覆蓋。她走近去瞧，肉球裡跳出了嬰兒，手裡還握有弓箭！驚訝的天帝也生出愛憐……后稷天資聰穎，會種植五穀、製造農具。堯王請他當了農師，舜王給他封地。后稷傳到太王古公亶父時，遭到狄人的侵略，只得帶了財寶遷到歧山的周原，人民仰慕太王的節操，便扶老攜幼地追隨、歸附。太公的孫子就是文王姬昌。父王禮賢下士、敬老愛幼、遵循古道、實施美政，被推舉西方百姓之長。父王承受天命，在朝歌的街頭尋覓大賢；大賢姜尚【33】則困頓於市場上殺豬

【32】姬昌：即周文王：商末周族領袖。姬姓，名昌，商紂王時為西伯，亦稱伯昌。統治期間，國勢強盛，建立豐邑為國都，在位五十年。

【33】姜尚：亦即呂尚。周代齊國始祖。姜姓，呂氏，名望，一說名子牙。西周初官太師，也稱師尚父。佐武王滅商有功，封於齊。太公之稱。

賣肉。他一邊用屠刀敲打砧板一邊哼唱自己編的歌謠：『下屠屠牛呀，上屠屠國。』父王一聽，欣喜若狂，慧眼識見了英才。姜尚如魚得水，良相畢力於明珠。父王功業彪炳，可痛他英年早逝。我的內心真憂愁呀，民眾在水火之中；我的戰車快飛馳吧，父王在庇護我們：一統天下，國壽永祚。」

武王話畢，便穿戴冕旒王袍，去參加開國大典。

周代真能「一統天下，國壽永祚」嗎？武王的幾個後代子孫昭王【34】、穆王、幽王【35】都先後來了。

昭王啊，你這般疲於奔命，不遠千里而來，就是為得到這幾隻白雉麼？

「胡說！是越棠國向我進貢的，我是去該國視察。你這個可惡的蠻子，有意作弄我？」

【34】周昭王：西周國王。康王之子，名瑕。南攻，死於漢水之濱。一說他去越棠國收取貢品——白雉，而溺死漢水。

【35】周幽王：西周末代國王。姬姓，名宮湦。宣王子。在位時殘暴，荒淫，因寵愛褒姒，廢掉申后和太子宜臼。申侯聯合鄫、犬戎等攻周。他被殺於驪山，西周滅亡。

我付之一笑。朝穆王走去。

穆王啊，你這般風塵僕僕，車馬轔轔，遠遊周流，究竟為什麼？

「井蛙不知大鳳之志，愚人不知化人【36】、偃師【37】。化人能使我神遊八極，偃師會製造假人亂真；但比起我周遊天下、巡視四海的極樂洪福，不過是小巫見大巫。你瞧！我由造父駕車，馳騁八駿【38】，日行萬里、夜越千山。去陽紆山謁河伯之水府，至休與山和帝台結良友，登昆侖遊黃帝之仙宮，在赤烏受奉獻之嬌娃。最為平生所快的是，在日落之山、瑤池之水，一睹渴慕不已的西王母之丰采。從前，有人說她是一個長有豹尾、虎齒、戴玉勝、蓬亂髮的老妖怪。我本來就不信這種荒誕無稽的流言；相見之下，果然證明了我的預見的英明！西王

【36】化人：《列子・周穆王》：「周穆王時，西極之國有化人來，入水火、貫金石、反山川、移城邑……穆王敬之若神，事之若君。」

【37】偃師：《列子・湯問》載：周穆王西巡歸途中，有獻工人名偃師。偃師能造人，以假亂真。

【38】八駿：周穆王有八駿：赤驥、盜驪、白義、逾輪、山子、渠黃、驊騮、綠耳。另一說：絕地、翻羽、奔霄、超影、逾輝、超光、騰霧、挾翼。

母比我的太后還慈祥、比我的愛妃還豐腴、比我的太史還博學，和我一樣有奇才。故而，我倆詩侶酒朋，盡情歡娛，十分相知。此乃千古之佳話，絕代之盛譽！」

我十分惶愧，無話可說。朝幽王走去。

幽王啊，你是怎麼得到美女褒姒的？你又是怎樣丟掉自己的性命？

「你是什麼人，竟敢胡思亂想、偏聽偏信、膽大妄為、指責寡人？說什麼市場上有一對妖人在叫賣弓袋，而應了兒歌裡的胡言亂語：

山桑弓，
萁草袋，
滅周國，
是禍害。

先王想去抓他們問罪，這對狗男女抱頭鼠竄，路過宮牆撿到了一個棄嬰。據說在我祖父厲王時，一個宮女碰到了龍涎而化成蜥蜴，便懷孕生下這個孽種。後來這對狗男女撿去的女嬰，竟是我討伐褒國、為褒人所進獻的絕代佳人褒姒？這簡直是空前絕後的污蔑！誰敢胡思亂想，竊竊私議，寡人格殺不論！你這頭熊！」

我只得逃走。

導師啊，在這些正統天子看來，我這個楚國人是蠻子！傻瓜！熊！而我們的國君也這樣看待他的子民。和氏獻璧，卻被視為欺君之罪而斬去雙足；屈子盡忠，則被誣為侵冒大功而逐出朝堂。

哈哈，曾經庇護其祖先的天帝現在來懲罰他了！這個無道的昏君在黑夜裡燃起了烽火，只是為博得美人一笑；其結果幽王在玩火中被義戎殺死於驪山。

既然上帝授命他治理天下，為什麼又派別人來代替？這種悲劇承前啟後、周而復始，演不勝演，歷史難道是可怕的輪迴？

我又看見：齊桓公【39】九會諸侯，稱霸天下；到後來卻五子樹黨，被人殘殺。晉太子申生，忠孝兩全，是個賢才，卻被迫自殺，含冤而死……上帝在降大任時，對授命者怎麼告誡？

一隊人匆匆而去，一群人忙忙而來。他們中有的名揚四海，有的遺臭萬年；有的延年益

【39】齊桓公（？—西元前六四三年）春秋時齊國君。姜姓，名小白，襄公弟。用管仲改革，國力強盛，曾九會諸侯，成為春秋時第一霸主。管仲死，五公子皆求立。

壽，有的失位丟命；有的生前榮寵，有的死後受祚；但他們都有煩惱、全存遺憾。伊尹當上了商湯的相國，死後請進了商廟，可在年輕時命運坎坷。吳王闔閭壯歲時發憤圖強、舉賢授能，威鎮四方；而年輕時失位逃亡，惶惶不安。彭祖是顓頊的玄孫，向上帝獻過雉羹，上帝便賜給他八百年壽命，他還哀歎自己的短命。周厲王【40】暴政，周公和召公【41】共同執政；狂怒的厲王化為旱魃。伯夷和叔齊【42】——孤竹國的兩個君子彼此讓國，相攜出走；他們見武王伐紂，不埋父屍，恥食周粟，逃上了首陽山采薇充饑；但忍受不了村女的諷刺而寧可餓死。秦景公的寵物中，有隻善獵的猛犬。他的公子鍼自恃驕寵，富可敵國，想占為己有，情願以

【40】周厲王（？—西元前八二八年）西周國王。姬姓，名胡。在位時暴政。後「國人發難」，他逃至彘。後死於該地。

【41】周公、召公：均為西周初年周公旦、召公奭的後代。厲王被流放後，由他倆共同執政（共和行政），後立厲王子為宣王。

【42】伯夷、叔齊：商末孤竹君的長子、次子，墨胎氏。兩人禪讓君位，後投奔周。但反對周武王伐商紂王。商亡後，他倆逃亡首陽山，不食周粟餓死。

百輛車駕去滿足自己的欲望；景公斷然拒絕，公子鍼逃之夭夭。可悲呀，這人企圖佔有一隻狗，反而丟了爵位和財產……天道究竟保護誰？懲罰誰？天命是多麼反覆無常！我彷徨復彷徨，憂愁更憂愁。

天啊！地啊！五帝三代啊！請告訴我，這是為什麼？我的導師啊！請告訴我，這究竟是為什麼？

四、

三閭大夫，歸去吧！歸去吧！雷電交加，風雨如晦，猿啼狼嗥，林深路滑……啊，你滿懷的愁緒化作淒風苦雨，你滿腔的憤怒化作電閃雷鳴！

風雨洗刷不了你對祖國前途的憂慮：令尹子文【43】，雖然小人誣衊他是淫亂的棄兒，但

【43】子文：楚令尹。其母是鄖公之女，旋穿閭社，通於丘陵以淫，而生子文。被棄之山中。

他輔佐過楚王稱霸中原，建立殊勳。如今可有子文？吳國常勝楚國，他們衝鋒陷陣、同仇敵愾，鐵蹄踏平了楚國的宗廟，吳鉤蹂躪了先王的遺體。短命的堵敖【44】預示熊繹的江山岌岌可危。

雷電傾瀉不了你對禍國殃民的宵小的憤怒：他們把鳳凰囚禁牢籠，讓烏鴉高蹈朝堂，把芳草當作柴薪，將蕭艾供進廟堂。而昏聵剛愎的懷王把楚國的前途葬送了！

這還有什麼可說呢？這又何必多言？

三閭大夫，我理解你的苦衷、你的鬱怒；我理解你的心靈、你的求索，我甚至理解你的一切！啊，你問我，一再地問我，為什麼？為什麼？我和你一樣也不知道為什麼，和你一樣有難言的苦衷和不可抑止的憤怒；和你一樣上天，入地，去五帝三代求索。然而，我又並非是天、地、五帝三代；並非是你的導師。實言相告，我是你的精神世界、是你的另一半心靈，甚至只是你的影子而已。我聽說孔子曾對他的弟子說：「朝聞道，夕死可矣。」卑微的我，以為只要迎來光明，消滅我又有何妨？高貴的本體、靈魂的主宰啊，我們又回到了祖國。

走吧，上路吧！縱使前面是荊天棘地、大夜彌天；我們將渾然一體，致力於美政，九死不悔！

【44】堵敖：即杜敖、莊敖。楚人謂未成君而死則為堵。楚文王子，在位五年。《史記》：「莊敖五年，欲殺其弟熊惲，惲奔隨，與隨襲殺莊敖代立，是為成王。」

2 洛神賦——長寄心於君王

曹植（西元一九二—二三二年）中國偉大詩人，建安時代最傑出、最有代表性、對後世影響最大的文學家。字子建，三國時魏人，出身於沛國譙縣的官宦家庭。曹操第四子。封陳王，諡思，世稱陳留王。早年曾為曹操重視，一度擬立為太子，建安二十二年（西元二一七年），他在與兄長曹丕（子桓）爭奪王儲中敗北。建安二十五年後，曹丕父子相繼為帝，曹植更是備受迫害，鬱鬱而死。他的詩、賦、文都極其出色，五言詩為一代宗師。主要作品：詩：《白馬篇》、《美女篇》、《野田黃雀行》、《贈白馬王彪》、《七步詩》等；文：《與楊德祖書》、《與吳季重書》、《責躬》、《求自試表》等；賦：《洛神賦》、《鷂雀賦》、《蝙蝠賦》等。

《長寄心於君王》，這篇紀實小說即描繪曹植在上述政治鬥爭中慘敗的憂憤沉鬱的心情，以及他在黃初四年創作《洛神賦》的情況。

《洛神賦》是中國詞賦史上的名篇，也是研究曹植創作生活和政治思想的一篇有重要價值的資料。關於此文，文學批評史上存在不同的看法，爭論的焦點有兩：一，是否為言情之賦？二，是否為「感甄」之作？筆者以為它以感甄氏，借洛神，而委婉曲折地表達作者對理想、願望的追求。縱觀曹植的一生，不是「哀莫大於心死」，而是哀莫大於心不死！至於曹植愛慕甄后之事是可能的，魏晉時代對男女關係不像後世那樣視作「非禮」而需「大防」。

一、

對於人和事的想法，子建一向是很浪漫的，因而在他的大半生中做了幾件使他痛悔不已的錯事。

建安二十二年，他的父親魏王【1】離鄴城【2】公幹，他在隨從的縱容下，私開王宮的大門——司馬門，在魏王的專用「馳道」上策馬兜風。魏王知道後非常震怒，不僅將那個助紂

【1】魏王：即魏武帝曹操（西元一五五—二二〇年）三國時傑出的政治家、軍事家、詩人。字孟德，小名阿瞞，譙人。任漢丞相，封魏王。曹丕稱帝時追尊其為武帝。他和卞氏生子有四：昂（早已陣亡）、丕、彰、植。

【2】鄴城：魏王都城。

為虐的公事令就地正法，而且剝奪了他的錦繡前程。魏王把此事看得十分嚴重，連頒命令，嚴明法紀。時隔不久，子建又做了件錯事，終於把自己徹底毀了。

幾十年的南征北戰、槍林彈雨的戎馬生涯，扶持漢室、匡救社稷的拚死鬥爭，使魏王在「烈士暮年，壯心不已」的自贊自歎中，畢竟憾然地感到自己已精疲力竭、心身交瘁；死，也將跟著老、病接踵而至了。他不得不對誰來嗣位的大事做出決斷。是呀，在這個問題上他思慮過度，擱置長久，生出種種弊端來了。自然，當初的願望是好的，深謀遠慮，是為了曹魏將來能一統天下、長治久安。但檢討起來，還是自己的患得患失、優柔寡斷，招致夜長夢多，使好事變成了壞事。子桓【3】、子建這雙同胞手足，從前的情誼不能說不好，可是後來一接觸到耀眼的寶座便虎視眈眈，互不相讓而成了冤家陌路了。他倆從產生隔閡到明爭暗鬥，發展到如今這種營私舞弊、劍拔弩張的地步！這是他魏王所始料不及的。更可恨的是，在他倆手下養了一批爪牙，各自為主；不，是得逞那些小人的私欲，而竭力將其主子——他魏王的

【3】子桓（西元一八七—二二六）：即魏文帝曹丕。三國時魏國建立者，著名文學家。譙人，曹操次子。父死，他繼承王位。不久代漢稱帝，定都洛陽，國號魏，年號黃初。

親骨肉推入鬥爭的漩渦中……

不錯，自從四子幹出了使他傷透了心的蠢事後，他決計立子桓為太子；不過，他內心深處還是喜歡子建的。是因為子建天賦早慧、文章絕倫嗎？不，子桓的文章並不遜色於乃弟，讀到他的《與吳質書》裡悼念文友們的地方，自己也被感動得老淚縱橫，塊壘難平呀！子建這兒子難得的是：有救世濟民的抱負、聖君賢臣的理想，與父王的倒是同出一轍。猶有他那平樸無華的服飾、不治威儀的習性、豁達大度的胸懷、豪放不羈的氣魄、類乎明主的風度。而一看到子桓呢，心中總隱隱然有一點不舒坦，但又說不出所以然。在子桓唯唯諾諾，絕對服從的恭順態度中，總覺得有些裝腔作勢、見貌辯色的偽飾味道，似乎套著一張假面、裹著一件大氅……雖則於今尚未抓到確鑿的把柄；然而其褊狹、其保守，實在叫人難以相信他是堂堂魏王的兒子、是有著高山大海般襟懷的魏王的兒子。

他決定再試一下。

有一天，魏王命子桓、子建兄弟倆各出鄴城一門，暗中又密令城門校尉不准放行；他自己則窺伺動靜。子桓至城門，見不能出城就返身離去。子建卻依從親信楊修的奸計，膽大妄為：「……倘使守門的不放你出關，你就說有王命在身；如果他竟敢擋駕，你就斬了他！」結果丟掉腦袋的不是那個守門官，而是聰明反被聰明誤的楊修！【4】……就這樣，同年冬天，魏王立子桓、五官中郎將曹丕為太子。

建安二十四年，征南將軍曹仁在樊城被劉備部將關羽所圍，形勢十分危急。魏王授子建為南中郎將行征虜將軍重任，解救曹仁。魏王這麼做，一來是讓子建施展其政治抱負，瞧瞧他自我標榜的軍事才能；二來覺得近年來對子建的懲罰太過了，應該給他一個機會戴罪立功……魏王他完全失望了：不成器的東西！竟敢將王命當兒戲，出征前還酗酒犯禁，爛醉如泥，不能授命。魏王左右開弓，把他摑醒，奪過委任狀撕成碎片。一氣之下，魏王的頭痛病復發了，子建被放逐到臨菑去向隅而泣了。

子建對給他招來不測之災的幾件禍事，既感到咎由自取，又感到委屈難言。比如他沾染了任性而行、不事雕勵、飲酒不節這些貴家公子的惡習。但如果細究慎察的話，又何嘗是他的過錯呢？可歎父王在盛怒之下是不去或者不屑去追根究底的；而他又不敢或者不願將苦衷啟口。他總想父王英明，明察秋毫，會將此事弄清而對他予以寬容的。他擅開司馬門一事並非

【4】楊修（西元一七五—二一九年）：漢末文學家。字德祖，弘農華陰人，累世為漢朝高官。任丞相主簿。為曹植謀太子位，曹操又因他有智謀，且是袁術之甥，才借故殺之。

如子桓黨羽所告發的那樣，是他「持才傲物，恃寵驕縱」。相反，他覺得自己的才能並不比別人高明，至於文章一節，他常常不滿意自己的作品而屢屢修改，這在和主簿楊修的通信裡是寫得明明白白的。

那是二年前的春天，一場大瘟疫橫掃中國，家家有伏屍之痛，戶戶有號泣之哀。別說尋常百姓家裡死得十室九空，就連鐘鳴鼎食之家也難逃劫數。他最好的詩侶文友王粲【5】、徐幹【6】、陳琳【7】、應瑒【8】、劉楨【9】都在這場時疫中猶如晨星一般地殞落了；而孔融、【10】阮瑀【11】早就離去了。回想起當年與他們聚會夜遊、詩酒唱和、評量時事、展翅鷹揚的盛況，是多麼衷腸熱呼、神采飛揚呀！而如今一時俱失，盡為鬼錄，又是多麼令人痛徹心肝，感慨無常呀！為了這悲痛，他在悼念王粲之後，再也寫不下一行關於徐、陳、應、劉的文字；為了這悲痛，他傷感得哀毀骨立、形神俱老……他的隨從出於好意，想為這位未來的太子解悶去憂，於是反使他鑄成大錯。闖了禍事後，他惶恐之餘還心存僥倖：這或許是父王對他的考驗，否則他不是更會剝奪爵祿、貶為庶人嗎？若是父王知道他並不是擅開宮門，或許不會這樣怒火萬丈吧？

子建闖宮門這件事故，與其說是他參與了楊修的陰謀，毋寧說是子桓和朝歌長吳質【12】搞的陰謀詭計。可歎魏王自以為「魔高一尺，道高一丈」，卻不知道「螳螂捕蟬，黃雀在後」，中了子桓設下的圈套。子桓於切身利益——未來的王位是拚命以奪、拚死以搏的。他狂喜於乃弟擅開司馬門，失寵於父王之前；加緊於自己的活動，嗣位於王儲之後。他一面讓謀士們大造兄長嗣位的輿論，一面在父王面前裝出一副恢崇德度、孜孜於政的樣子，暗裡卻買通魏王的左右和宮人，又時常用大箱子載了吳質入府商議奪儲之事。當他獲悉楊修告密，陰謀敗露，父王派人查問時，便將計就計，在箱內換了絹帛數匹……其結果使魏王上當、楊修見棄、子建再禍、己圖得逞。

子建在自認晦氣之後，又生了一層幻想，以為後果並不像想像的那麼壞，否則年底他怎麼會增邑進祿，成為萬戶侯呢？殊不知他被幻想蒙住了心眼：這年瑞冬，漢家天子恩賜魏王見駕，魏王又繼立曹丕為太子，朝野同慶，諸侯百官循例都一一沐恩了。

子建失職一事，在他更有難言之痛。那時，子桓雖已儲位，卻始終把他當成一個勁敵，瞧見父王對其重用又嫉妒又擔心，一旦子建征戰成功，對他十分不利。因此他以太子的名義、兄弟的情分，為其南中郎將出征設宴餞行。宴席上頻頻把盞、連連灌酒，直至子建酩酊大醉才悄悄溜走。待到子建驚醒，自知闖下大禍已悔之晚矣。事後，他在向父王謝罪時很想把失職的前因後果、來龍去脈上表清楚。轉而一想這樣做將起到推卸罪責、誹謗太子的作用，這豈不是罪上加罪？顧而念之，在這件事上千錯萬錯總是他子建的錯；他只有痛定思痛，以前

【5】王粲（西元一七七—二一七年）：漢末著名文學家。字仲宣，山陽高平人。曹操幕僚。「建安七子」中成就較大，和曹植並稱為「曹王」。

【6】徐幹（西元一七一—二一八年）：漢末文學家、思想家。字偉長，北海劇縣人。任五官中郎將文學。「建安七子」之一。

【7】陳琳（？—西元二一七年）：漢末文學家，字孔璋，廣陵人。任司空軍謀祭酒。「建安七子」之一。

【8】應瑒（？—西元二一七年）：漢末文學家。字德璉，汝南人。任五官中郎將文學。「建安七子」之一。

【9】劉楨（？—西元二一七年）：漢末文學家。字公幹，東平人。為丞相椽屬。「建安七子」之一，後人將他和曹植並稱為「曹劉」。

【10】孔融（西元一五三—二〇八年）：漢末文學家。字文舉，魯國人。曾任北海相，時稱孔北海。因觸犯曹操被殺。「建安七子」之一。

【11】阮瑀（西元一六五—二一二年）：漢末文學家。字元瑜，陳留尉縣人。任司空軍謀祭酒。「建安七子」之一。

【12】吳質（西元一七七—二三〇年）：魏國文學家。字季重，濟陰人。建安時為朝歌長，以文才受知於曹丕。入魏，任振威將軍，假節都督河北諸軍事，入為侍中，封列侯。

車之鑒、後車之師，引以為戒罷了。

子建在神喪氣暗中，忽然聽到父王自從三個月前以大逆罪處決了楊修，住進了銅雀台後久未露面，而引起了人們的竊竊私議的消息，他又遐想起來，大約是父王在後悔殺害楊修之事吧，他畢竟是父王器重的人才呀；或許父王已查明了這幾年來真正搞陰謀詭計的人不是他子建，而是他的兄長子桓？也許父王幡然覺悟到只有他子建才是最好的接班人，正在採取周密慎重、萬無一失的措施？想到這兒，子建的一顆心放了下來。他不敢再輕舉妄動，小不忍則亂大謀，還是耐心地靜候佳音吧。他久盼的音訊終於來了，卻是噩耗連至：先報父王病重，後報魏主山崩。子建痛哭不已，悲慟之中瞧見大勢已去，熱血寒凝。當他的兄長鄢陵侯曹彰【13】憤憤不平地告訴他，父王臨終時幡然悔悟，要把王位傳給子建……他的心突地一跳，果不其然。但激跳的心隨即沉落下去：悔之晚矣！在父王的靈柩周圍，全是太子及其黨羽，他們已經大權在握，擁兵自重，將玉璽袖於手，把紫袍穿於身了。只待需要，他們是會幹出挾父

【13】曹彰（？—西元二二三年）曹操第三子。字子文，鄴人。曾封鄢陵侯、任城王。不滿於曹丕對弟兄刻薄，於黃初四年暴斃洛陽。

王亡靈以號令天下的殘手足、殺骨肉的惡事來的。就像袁氏兄弟【14】為了爭奪王位而自相殘殺、同歸於盡。他完全認命了，便連連搖手制止剛直的子文別再大聲嚷嚷：

「萬萬不要有這個想法！王兄，你不見袁氏兄弟的慘事？」

他以為這麼做，不啻是向太子宣告自己心甘情願地退出爭位而效忠君國。他雖然知道太子的為人而憂心忡忡，但到底自慰了：這個將位極人主的兄長，總不見得挾嫌報復吧？對他這個完全敗北的窮寇追打不放，猶如打一頭死虎那樣毫無意義。為自己、也為未來的曹魏江山，他曹植應該向新主進一步表明自己的心跡。於是，他在悼念諡為武帝的誄文中，通過對先父王功勳的歌頌，衷心祝願新王朝千秋萬歲、永世長存。他又在慶賀太子受禪的上表中，祝福萬歲保帝位、立王業、滅吳漢、統華夏。在這文采富麗、熱情洋溢的歌功頌德之中，也委婉

【14】 袁氏兄弟：即袁紹、袁術。袁紹（？—西元二〇二年）：東漢末汝南汝陽人，字本初。出身於四世三公的大官僚家庭。漢末起兵割據。後為曹操所敗，不久病死。其子袁譚、袁尚內訌，先後被曹操所滅。袁術（？—西元一九九年）：東漢末汝南汝陽人，字公路。漢末起兵割據。建安二年稱帝於壽春，號仲家。與袁紹混戰，為曹操所破，病死。

含蓄地表達自己赤膽忠心於魏王、為曹魏王朝效力的夙願。真乃妙語雙關、用心良苦呀！

而今，已改年號為「黃初」的大魏皇帝曹丕，卻並未把事情看得如此簡單。在他立為太子前後，子建一直在威脅他的繼位大事，成了他的眼中釘、肉中刺。不，簡直是虎狼！狐狸！而今他名正言順地當了皇帝，這條喪家之犬又成了其頭上的一重魔影、身旁的一條毒蛇。他愈是那樣地表白，就愈可窺視其心懷鬼胎；他愈是對自己阿諛奉承，就愈加說明其在布迷魂陣。不是嗎？在自己順天道、即帝位的普天同慶、萬民同賀的大喜日子裡，他曹植卻如喪考妣，痛哭流淚，直呼先帝，這不是有意作對嗎？什麼「紹先周之舊跡，襲文武之懿德」，這分明是借古諷今、借題發揮。他是於心不死、於奸韜晦！啊，有一句話，他倒是說對了，要朕「保大立功，海內為一」。那麼孤家為了保全這大魏帝位、安定曹魏王業，只得秉公辦事、不徇私情了。至於消滅吳、漢兩家、統一中國，則「攘外必先安內」，必須先除隱患。因此，曹丕對曹植進行了一連串的打擊：

黃初元年，殺戮曹植的心腹——丁儀、丁廙兄弟，並男性家丁。以分封為名，將曹植等兄弟統統放逐，並嚴令峻法：不得相互串親、會友，不得擅自來京；應詔進京或者返回封地，不得同行共宿……徙臨菑侯曹植，改封地於鄄城，其食邑削減。

黃初二年，曹植因監國謁者告發其「醉酒悖慢，劫脅使者」而獲罪朝廷，被貶為安鄉侯。

後來太后出面干涉和曹植認罪，才改封鄄城侯。

黃初三年三月，封帝弟鄢陵公曹彰等十一人為郡王。四月，封曹植為鄄城王（縣王），食邑增至二千五百戶。太守楊俊賜死——曾為曹植說過好話。

黃初四年初，徙曹植為雍丘王。

二、

子建站在雍丘的岩岸上。面前濁浪滾滾、山石盤盤，又掀起了他那悲心愁緒。眼下是四月天氣，在其他地方，早已是春暖花開、農忙人勤的景象；可這裡卻是寒風砭骨、四野蕭條，他不由得唏噓感歎。他弄不懂皇帝為什麼一而二、二而三地迫害他呢？就拿最近被貶到雍丘來說，自己實在是冤枉也！他名義上是什麼王侯，其實連個小民百姓也不如：他不得私自出境、遊獵被圈定在三十里範圍；更難堪的是，他的一舉一動都有人監視，受人擺佈，事無巨細都得由監國謁者認可。這班刁吏不過是小小的地方官，但頤指氣使、盛氣凌人的樣子，簡直成了他頭上的太上皇，稍一得罪就大禍臨頭、後患無窮。那次有司治罪，要不是母后救助，早就嗚呼哀哉了。他再也不敢借酒澆愁，怠慢謁者；內心裡對那些小人深惡痛疾，表面上不得不與他們虛與委蛇，裝作順從的樣子。就算這樣低三下四地苟且度日，依然逃不過他們的處心積慮、深文周納的陷害；靠著踐踏別人，以發跡自己。東郡太守王機、防輔吏倉輯又一次表功的結果，他曹植就被放逐到這塊地瘠人稀、下濕少桑的不毛之地來了。他們之所以這樣欺人太甚，恐怕是皇帝的默許吧？哀，莫大於心死。在這種饑寒備嚐、坐困愁城、朝不保夕的環境裡，他除了獨處暗泣，只好寫些《仙人篇》、《升天行》這類遊仙詩來打發這百無聊賴的時日，消磨這不知其味的時光。但從詩句裡依然透出渴求自由、衝破羅網的氣息。有時，他只好借夢自娛，夢見這塊田不出產、食不餬口的鹽鹼地上，綠水長流、桑麻阡陌。他在家家戶戶慶豐收的鼓樂聲中得到了解放，皇帝執手淚眼相看……

誰想到子建的夢竟然成了事實。聖旨要他赴京，參加會節氣之盛典。皇恩浩蕩，甘霖滂沛，連雍丘的監國謁者也對他刮目相看了。原來魏遵古制，每年於立春、立夏、立秋、立冬四節之前，都要舉行迎氣典禮；屆時詔告諸侯來京，參與朝會。子建手捧詔書眉飛色舞，心花怒放，以為這是雲開日出、谷照光明。會節氣這件在諸侯人人有份的權利，於他曹植是一向被剝奪的。現在的恢復，不是意味著皇帝已消釋前嫌，對他的莫大恩賜嗎？從此，他不再過那種仰人鼻息、見人眼色、畫地為牢的囚徒般的生活了；從此，他可以全心全意地報效君王、為大魏帝國施展自己的「戮力上國，流惠下民」的抱負了。他要像自己拙作裡所謳歌的白馬將軍那樣弓馬騎射地：

捐軀赴國難，
視死忽如歸。

他要像父王那樣橫槊賦詩、揮鞭吟誦……他即將在京城見到最引以為知己的任城王曹彰，與他作披堅執銳、征虜伐賊之談；與一別經年，錦心繡口的白馬王曹彪【15】暢敘離情，觴以詩酒；為喜愛絲竹管弦的清河長公主寫幾首新詩、譜幾支曲子。至於他母親太皇太后，恩重如山、惠漫如海，他難以報答其恩情於萬一，只要讓她老人家能見到她一向寵愛而又無能的兒子安然無恙，在她就是快慰的事了；而他能看到她老人家身板硬朗、福體長壽，便是最大的福份。還有，還有在一向把他當作知音、親弟弟一樣看待、關懷、愛護的嫂子、甄氏【16】面前，他要向她傾吐情愫……他一想到這裡，不禁羞愧難當、深感內疚。這幾年來他窘於個

【15】曹彪：生卒不詳。乃曹操妾孫姬所生，曹植異母弟，與植年齡相仿，甚友善，好文學。封吳王、白馬王。

人的處境，很少關心國事、研究國策；更不可饒恕自己的，是他把近年來皇帝對他的考察與寬容，當作是宿怨未了的行徑，這真是以小人之心度君子之腹呀。他必須一到京裡就向萬歲上表，懺悔自己的罪過。

皇命如山，他躊躇滿志之中不免得意忘形，立即輕裝簡從，告別妻小，日夜兼程。餓，他沒有空在飯館裡美食；倦，他等不及在驛站裡住宿；沃野千里，稷黍黃熟，他無暇飽覽秀色；城邑繁華，士女歡樂，他無法遊目騁懷。他跋山涉水，馬不停蹄，提前趕到了洛陽。當他在京城西北角的金墉館下榻時，他連人帶馬快癱倒了；他的心仍然亢奮地跳躍著。

子建在官舍待了多日，卻不見皇帝召見的影子，而其他王侯們都有幸見過萬歲。在他的心秤上已不是憂喜參半，而是讓憂慮占滿了秤盤。他覺得如此待下去，不待皇帝召見，自己就要心力交崩。他只得微服私行，走清河長公主的門路。一打聽下來，猶如當頭棒喝——是皇帝給他吃閉門羹！他惶恐起來，不知罪在哪裡？思前想後，總算悟出了道理：他沒有一到

【16】甄后（？—西元二二一年）：上蔡令甄逸之女。中山無極人。文昭皇后，明帝母。先嫁袁紹子熙，後被曹丕納之，生子睿、女東鄉公主。後失寵。黃初二年六月遣使賜死於鄴城。

京都，就入關謝帝。可他能擅自闖宮嗎？他立即鋪紙寫《謝入覲表》，書畢，連忙親自遞進。不料，被禁衛將軍轟了出來。他面如死灰，踉蹌而去，絞盡腦汁，只有一個辦法，或許能轉危為安。次日，他便實行起來，光頭跣足，背負鍘刀、砧板，手捧文表、王印、衣冠，跪到皇帝必經的承明門請罪。

不多一會兒，皇帝和母親太皇太后都來了。

卞太后從清河長公主那兒獲悉事情的原委後，急得老淚縱橫，悲慟不已，以為愛子子建已被狠心的子桓害死，連連問曹丕要人。曹丕被弄得難以招架，及至見到承明門下的乃弟，也就轉憂為喜了。太后的心情不必說了，曹丕的內心則巴不得曹植死去便永絕後患，因此當他聽到曹植自殺的傳聞是暗暗欣喜的；一到太后真的向他要人，哭著纏住他不放才感到事情的棘手。他怎麼對太后表白也沒有用；正在他脫身不得，焦頭爛額之際，忽然瞥見了這該死的「救星」——曹植，怎能叫他不轉憂為喜呢？一笑之後，他覺得自己的先發制人的手腕失算了，倒是曹植的後發制人則勝其一籌。在他負鈇鑕請罪的背後，不是含沙射影地指責他曹丕有害其之心嗎？他必須立即予以回擊，正顏厲色地、久久地蔑視曹植。直到對方惶恐於皇帝的威嚴與龍怒，而涕泗滂沱、磕頭求饒、再三請罪、上表責躬為止，才看在太后的面上，給這個罪大惡極的不肖網開一面，參與朝會。

三、

朝節氣的大典剛結束，王侯們便被敕令離開京城，不得滯留。子建的內心是很複雜、矛盾的，他既希望能在京都再待一會兒，又巴望早早離開這個是非之地。當初在應召赴京前夕編織的所有瑰麗幻想，沒有一個不是海市蜃樓、空中樓閣；沒有一個不是白日做夢、胡思亂想。什麼日出、什麼光明、什麼抱負、什麼作為，都是可笑之至的單相思。就連與曹彰、曹彪諸兄弟把酒敘舊、也被人監督而不得舒暢；以防有犯上作亂、圖謀不軌的舉動。太皇太后、清河長公主雖然時時召見，但禁衛與內監總以種種藉口擋駕。待在京裡雖說已有一月，但典禮的小會大會，繁文縟節擾得他頭昏腦脹、身心疲憊；可比起皇帝對他的迫害，只是區區小事。最令人心神不安的是，皇帝始終把復仇的利劍懸在王侯們的頭上，首當其衝的是他曹植和任城王曹彰。自從那天負鈇鑕請罪之後，從清河長公主那兒獲知皇帝給他吃閉門羹的緣故，溯源於他擅開司馬門之事。啊，皇帝對他十年前在爭太子位一事上所犯的過失卻耿耿於懷，銘心刻骨！皇帝是想舊仇新恨、前賬後賬一起清算；那麼他就難逃皇帝的天網。

曹彰聽到這個消息很為乃弟不平，不聽曹植的勸阻去找皇帝評理。數日後，曹彰暴卒。一時謠言鑿鑿，據好事之徒傳言，曹彰是被皇帝毒死的。造謠者立即逮捕，傳謠者因而株連。

輿論一律：任城王曹彰是得急病死的。皇帝在追悼會上淚如雨下，泣不成聲！

接著，死神又降到曹植頭上。有一天，皇帝忽發奇想，要考考他的才華，命他在七步之內成詩；違令者斬，不成者誅。幸而子建才思敏捷，急中生智，百感交集，靈感噴薄：

煮豆持作羹，
漉菽以為汁。
萁在釜下燃，
豆在釜中泣。
本是同根生，
相煎何太急！

總算躲過了這場災難。他躲過了今天，能逃過明天嗎？待到王命下來，他才如釋重負，早早插翅飛去。

起程的時刻到了，他又依依不捨，變得兒女情長了。他捨不得離開母親太皇太后、清河長公主以及諸位和自己一樣命苦、一樣多災多難的兄弟。此去一別，河山茫茫、魚雁沉沉，說不定再無相見團聚之日了。身在洛陽雖則可怕，畢竟還有母后這頂保護傘，而一回到雍城，等於自投羅網，重入牢籠，永無出頭之日了。瞧！剛出京城，監國謁者又兇相畢露，在這烈火焰焰的毒日下、顛簸不堪的山道上，一如差官押解犯人似地催著他們趕路……皇帝啊，你的心思為什麼如此多疑？心腸為什麼如此狠毒？轉念又覺得自己愚蠢透頂，腐氣十足。

這趟去京最遺憾、最痛心的莫過於有關甄后的消息。嫂子長他十歲，但在他心目中，美比古代的西施【17】、現代的貂蟬【18】；德比齊國的無鹽【19】、蜀漢的黃氏【20】。嫂子少小時

【17】西施：一作先施。春秋末年越國苧羅人。由越王勾踐獻給吳王夫差，成寵妃。被稱為中國四大美人之一。

【18】貂蟬：原是東漢司徒王允家的歌伎。為助王允除奸而獻身，用連環計離間董卓和呂布，殺死董卓。被稱為中國四大美人之一。

【19】無鹽：傳說戰國時齊人，姓鍾離，名春，因齊國無鹽邑人而得名。狀貌醜陋而有德行、見識，被齊宣王立為后。

【20】黃氏：漢南陽名士黃承彥之女，小名阿醜，貌醜有德才。嫁諸葛亮，成為賢內助。

就以種種賢淑稱道於鄉里：不愛娛樂、恪守婦道、工於詩書、關心國事；兵荒馬亂之年，她勸說母親開倉賑濟；兄喪哀悼之時，她待嫂如姐、扶育孤兒。後來袁紹納為子婦，丈夫出任幽州，她便留守鄴城。當魏王破城，許給曹丕，寵於國君，她決不專擅後宮。她對於妃嬪親若姐妹，對於諸侯情同手足。在子建的心目中，她是完美的化身、善良的體現、境界的至臻、理想的楷模。她是上天的恩賜、詩文的泉源，就像巫山之神女【21】，給宋玉以靈感；洛水之宓妃【22】，為屈原所神往。但她們不是白璧微瑕、香消玉殞；就是虛無縹緲、不可捉摸。只有甄后才是能睹其形、聞其聲、嗅其芳、賞其美、通其靈的有血有肉、實實在在的美人呀！怪不得他從前一見到她，就好比楚王神交於神女，完全被她吸引住了。當他一聽到父王將其許配給曹丕便深為不平，痛苦萬分。子桓無論從哪一方面都配不上甄氏：一個形象醜陋、心

【21】巫山之神女：宋玉《神女賦・序》：「楚襄王與宋玉游於雲夢之浦，使玉賦高唐之事。其夜，玉寢，果夢與神女遇。其狀甚麗，玉異之，明日以曰玉……」宋玉因賦之。

【22】洛水之宓妃：宓妃即洛神。神話傳說原是伏羲氏之女，溺死洛水，死後封神。後嫁於風流公子河伯，受到冷淡，曾與大羿相愛。宓妃其名最早見於屈原詩篇《離騷》、《天問》。

術不正、目光短淺、行為放蕩；一個花容月貌、蕙心蘭質、超凡脫俗、德才兼備。他憂慮的是她一旦歸為子桓就會遭遇不測，宛如河伯冷淡宓妃、飛燕讒毀婕妤【23】。他痛苦的是自己才登瑤台，已失麗影；方上天堂，忽墮地獄。他覺得惟有他倆才是天造地設的一對，彷彿虞舜之於二妃【24】、蕭史之於弄玉【25】、梁鴻之於孟光【26】、司馬相如之於卓文君【27】……他只

【23】飛燕讒毀婕妤：即趙飛燕：漢成帝寵妃。婕妤：西漢文學家，班固祖姑，有才德，成帝時被選入宮，立為婕妤。班婕妤被趙飛燕誣告，她乃求供養太后於長信宮，其詩文悽怨。

【24】虞舜之於二妃：傳說唐堯有二女，名娥皇、女英，同嫁虞舜為妃。感情甚篤，後舜巡視，死於蒼梧，她倆趕至南方慟哭，淚水染竹成斑，並死於江湘之間。

【25】蕭史之於弄玉：古代傳說中的一對神仙夫婦。蕭史善吹簫，秦穆公女弄玉也好吹簫，秦穆公便將弄玉嫁給蕭史。後來他倆乘龍跨鳳升天。

【26】梁鴻之於孟光：他倆是東漢時的一對賢夫婦。梁鴻有高節，孟光有德行，兩人婚後隱居霸陵山中，以耕織為生，每食時，孟光舉案齊眉。

【27】司馬相如之於卓文君：司馬相如，西漢文學家。卓文君，西漢臨邛人，卓王孫女，善琴，喪夫後家居，與司馬相如相戀而私奔成都，不久又同返臨邛，當壚賣酒。傳為美談。

得把愁苦和淚咽下，將相思深自埋葬。在曹丕的大喜日子裡，他似乎一下子成人，日夜思念，廢寢忘食；在流放中，他又成了閨婦，情意綿綿，寄心彩雲，希望一旦重睹倩影，將苦衷托出、情愫傾訴。年歲不會成為他們愛慕的障礙，相悅才是他們愛情的基礎。這幾年來雖不能見聞她的音容，但傳聞她花容憔悴、芳心抑鬱，皇帝貪歡，翻覆無常……但願這是捕風捉影、杞人憂天；一見到她依然容光煥發、不改風韻……

母后，公主：皇后她一向可好嗎？陛下、萬歲：微臣向國母、皇嫂問安。她在哪兒？我怎麼到京多時不見她的形影？你們為什麼不說？皇嫂玉軀可有微恙，致使賤弟無幸得瞻聖容？

王兒！兄長！你嫂子甄氏已於前年六月亡故了。她勸諫皇帝應以國事為重、女色為輕；郭妃乘機進讒，皇帝一怒之下，便以外戚亂政的罪名將其賜死，死後秘不發喪……

啊，他殺了她！他殺了她！甄氏，甄氏，我早就預感到你有不測的命運，但我萬萬沒有料到你會落得如此慘痛的下場。

皇弟、子建！孤家不幸，甄妃無福，你嫂子已於黃初二年病逝於鄴城。寡人呼天搶地，好不淒慘。可憐遺下的一雙子女就此早失慈母，朕打算立愛子睿為太子。喏，這是她的遺物——玉縷金帶枕。寡人聽說甄妃生前對你倒有情意，臨死前要朕把它轉贈給你。哈哈……

陛下是你……甄后，她……她去了。

子建接過枕頭，淚珠撲簌簌地滾落下來。

子建騎著馬兒，凝視懷抱的玉枕，感到萬念俱灰，了無生趣；再這樣急匆匆地趕回封地去幹什麼？他邊想邊不顧一切地下馬。侯王們也紛紛下馬歇息。監國謁者無可奈何地聽之任之，他們自己在馬背上顛簸了幾十里暑蒸炎灼的長路，也快累垮了。

子建牽馬步上高岡，但見林木搖翠，流水鑠金，清風送爽……他陡地一驚，這兒豈不是伏羲的女兒渡水而淹死之地——死後被封為洛神所居的水府龍宮？據說她常常和仙女們出來遊玩，只是肉眼凡眸看不見她們的仙容。洛神：

穠纖得衷，修短合度。
肩若削成，腰如約素。
延頸秀項，皓質呈露。
芳澤無加，鉛華弗御。
雲髻峨峨，修眉聯娟。
丹唇外朗，皓齒內鮮。

明眸善睞，靨輔承權。
瑰姿豔逸，儀靜體閑。
柔情綽態，媚於語言。
奇服曠世，骨像應圖。
……

她伴隨旭日、伴隨朝霞從水天升起；她伴侶芙蓉、伴侶水仙在碧波蕩漾。她或如鴻雁驚飛或若游龍騰去。在春日裡她會變棵榮茂的青松，在秋光裡她會變朶豔麗的金菊，在靜夜裡她會變縷籠月的輕雲，在彤天裡她會變陣舞風的雪花。她和女伴們有時在激流上採擷靈芝，有時在芳林中拾取翠羽，有時在深澤裡尋覓明珠，有時在清泉中縱情嬉水……據說，她往往在仙音神樂中鬱鬱寡歡，凡夫俗子怎能窺探到她那高潔的心靈。她嚮往忠貞的愛情，寧過淡泊的生活；她厭惡丈夫的淫邪，感歎天命之難違，痛惜歡會之永絕……

啊，她的境遇多麼像甄氏，又似乎是他自己的愛人。洛神在哪兒？甄氏又在何處？

這時，夕陽西下，人馬憩息，四下裡靜悄悄的，惟有林濤聲、水流聲撫慰遊子的心靈。子建回顧亡人的遺物又傷心地掉淚，他暗暗向上天祈求，哪怕在夢裡能再見她一面、聽她一聲，便死而無憾了。忽然，他的身旁飄來一個形影，是那麼輕盈、溫馨；他的耳邊響起一個聲音，是那麼熟悉、親切：

「……妾本托心君王，永結良緣，可歎終成憾事。這玉縷金帶枕是妾身從娘家帶來的陪嫁之物，而今贈於君王，永誌紀念。只要君王以此枕席，猶能重睹妾身舊時音容，以償夙願。如今人鬼有別，陰陽路隔，妾身羞於將容貌顯醜君王。為報答君王恩情，妾身將遣人送上明璫一副……望君王多加保重，後會有期。」

曹植急忙挽留，她的形音卻倏忽消失。他疾起奔走，縱目四覓，惟有水波粼粼、星光灼灼。監國謁者已在催促上路。他只得翻身上馬，怏怏不樂地隨著離去。

「雍丘王留步！」驀地，一聲吶喊震破了夜空的沉寂。曹植連忙勒住馬頭，轉身望去，只見京洛道上兩匹快騎風馳電掣而來，從馬背上跳下兩個黃衣使者，在曹植跟前跪下，說是奉故后甄氏之命給雍丘王獻上禮品。子建又驚又喜地從內侍手上接過禮盒，顧不得規矩習俗，急忙打開看視：兩顆晶瑩玲瓏，又大又亮的明珠！

子建的心又雀躍起來。

3 歸園田居——復得返自然

陶淵明（西元三六五—四二七）中國偉大詩人、辭賦家、散文家，田園詩創始者。一名潛，字元亮，私謚靖節。東晉潯陽柴桑人。出身沒落仕宦家庭。曾祖陶侃是東晉開國元勳。少小貧病，好學。嗜酒，酷愛田園生活。曾任江州祭酒、佐僚、參軍、彭澤縣令等職。曾三仕三退，東晉元帝義熙元年，他訣別官場，歸隱田居，期間雖有徵召，但堅拒不出。天災人禍，生計艱難，但心志不改。元嘉四年冬，在貧病交加中去世。他的節操和詩文歷來被傳頌。主要作品：詩：《歸園田居》、《飲酒》、〈讀山海經〉、《詠貧士詩》、《挽歌詩》；文：《五柳先生傳》、《桃花源記》、《歸去來兮辭》、《感士不遇賦》等。

紀實小說《復得返自然》描繪陶淵明於義熙元年秋辭去彭澤縣令，回家耕田，過田居生活的心境。次年，他寫下了田園詩中最著名的代表作《歸園田居》。本文主要描寫其創作《歸園田居》第一首時的情景。

春天來到了鄱陽湖畔，幾番風雨把柴桑吹染成一個翠綠欲滴的桃源世界。山也綠，水也綠，景也綠，就連呼吸的空氣、早出晚歸的農夫也是綠盈盈的；不像城裡滿眼是灰濛濛的一片：衙門、街道、學館、府邸……甚至論道的友人、清談的高士，以及東升西落的日頭也是灰色的。

置身在這得天獨厚的綠野裡，陶潛好像回到了童年時代，去登高望遠，暢遊廬山：含鄱口的日出、漢陽峰的雲海，使他生出種種美麗的遐想：他乘著天風、白雲，飛向鄱陽湖、飛向長江、飛向天外。

仙人洞的石松、花徑上的繁花，是怎樣叫他雀躍歡呼，捨不得離開。五老峰的老人、歸宗寺的墨蹟，把他帶到仰慕的前朝古代中去。倦了，他聽聽龍首崖的濤聲；累了，他洗洗屏風疊的瀑布。

……

當他在晚霞裡向天池告別，往山下奔去，一串清脆的鳴囀為他送行。霞光變成月光灑滿了林間小路。他踏著滿地水銀，沿著金蛇般蜿蜒而去的小溪回家。露水打濕了他的衣衫，涼風吹拂著他的面龐，他跑啊跳啊，驀地裡驚起了一頭宿鳥……

他又彷彿和杜康【1】對酌。自他成年後認識了杜康，不論颳風下雨、酷暑隆冬，每天晚上都要邀請這位老友來喝上幾杯，聊天解悶。而杜康，則無論在哪兒，無論離他有多遠，也總是不辭辛苦地召之即來，乃至不期而遇。他那酡紅的臉上永遠掛著微笑，一副心腸始終是熱呼呼的。他對他傾訴一肚子委屈、煩悶、憂愁，他總是耐心聽著，既不打斷，也不解答，只是給他把盞斟酒。待到三杯落肚，他的愁也消了，氣也平了，已為另一個世界的美景陶醉得忘乎所以。

這些情景美是美，但畢竟不能算是臻境；再沒有比能在清風綠蔭裡讀書、彈琴更賞心悅目的事了。讀書，是他童稚時養成的習慣，每當打開書卷，那些慈祥的白鬍子聖賢：稷、契、堯、舜、禹、湯……便從遠方走來，身體力行地教他做人的道理、治世的本領。這些聖賢完全不像現在那些道德家嘴上唱得好聽，實際做的卻是另外一套。政以食為始，人以農為本。聖賢中有不少都是胼手胝足、親自下田，而且在農業上有一技之長的裡手行家。比如后稷，【2】他就是農民的老師，是他最早教黎民百姓種植穀物的，又發明了農具，使耕的田又快又好，

【1】杜康：即夏君主少康。傳說釀酒是他發明的。故為「酒」的代稱。

【2】后稷：古代周族始祖，一名棄。傳說他善於種植各種糧食作物，曾在堯舜任農官，教民耕種。周族認為他是開始種稷與麥的人。

收成又多。再如大禹，他在治理那些洪水的途中，發現死去的災民大半是餓死的，他便教他們排水除草，播種黑米【3】。至於孔子，他對他諒解了。這倒不是因為孔子是先師至聖可以享受特例，實在是他孜孜以求，周遊列國傳他的道，勤勤於學業教授他的弟子，而沒有空閒時間了。但在心裡對孔子輕視農業勞動的態度是持有保留意見的。他的弟子樊遲【4】只不過向他請教種莊稼的學問，他便罵他為小人……除《六經》等書外，他也讀老、莊【5】的書，這倒並非是時下大家都在宗必老莊、尚必老莊，他也要去趕這個熱鬧；相反，他最反對趕時髦、乘浪頭。這樣的事例不勝枚舉。

【3】傳說大禹教民播種黑米。另一說是禹的父親鯀的功勞。

【4】樊遲：孔子的學生。有一次，他請教老師種植莊稼的學問，孔子罵他為小人。

【5】老莊：老子和莊子。老子：相傳是春秋時的著名思想家、道教創始人。一說即老聃，姓李名耳，字伯陽。楚國苦縣厲鄉曲仁里人。做過周朝「守藏室之吏」，相傳孔子曾向其問禮。後退隱，著《道德經》。莊子（西元前三六九—前二八六年）戰國時著名哲學家、文學家。名周，宋國蒙城人。做過地方的漆園吏。他繼承和發展了老子「道法自然」的觀點，因此後世常以「老莊」並論。他的散文「汪洋辟闔，儀態萬方。」對後來的文學影響很大，在戰國諸子中最為突出。著有《莊子》。

自從皇帝南渡，定都建康，偏安一角，大家對於「權」這塊肥肉是絕對不肯放棄的。皇族之間、南北世族地主之間，為此展開了頻頻惡戰、混戰、激戰；上自皇帝下到士卒全都捲入到這場曠日持久的內戰中去。他陶淵明避之惟恐不及。一面是水、旱、蟲和刀兵之災弄得哀鴻遍野、民不聊生，老百姓只好為匪為盜；另一面金銀財寶多得使皇帝和貴族們爭妍鬥富、窮奢極欲。他們比賽誰的珍寶多、爵位高、田產豐、妻妾美、婢僕眾？他們以貪污、賄賂、賣官、蓄妾、造佛寺、狎僧尼，追求聲色貨利、擅長巧取豪奪為榮。社會黑暗歸黑暗，政治腐敗歸腐敗，「無為」、「清靜」的調子則越唱越高；無不為，及時行樂的行徑越做越低下。沒有一個人不想升官發財，置田產、買房子、討小老婆；沒有一個人不狗苟蠅營地拉關係、靠裙帶、走後門、行賄賂，通做官的路子。陶淵明卻是例外：先後做了三次官，三次都辭職不幹。

在大家把老莊的一本經典背得滾瓜爛熟，都說吃透裡面的精神。唔，原來它是做官的敲門磚、縱欲的護身符！而陶淵明自言對它不求甚解，從中學到的則是修性養生之道。他以為人活在世上已是不易的了，何必要貪口腹之欲而使良心受苦呢？應該順從自然的法則而自由地生活呀！所謂「聊乘化以歸盡，樂夫天命復奚疑。」因此，他讀書不像一般窮經白首的老先生那麼苦；能深得其個中三昧就是最大的樂趣了。

同樣的道理，他彈琴沒有名師的傳授，也不去找成連【6】、師曠【7】那樣的高手，就叮叮咚咚地彈了起來。他的琴技並不高超，比他彈得好的大有人在。但他引以自豪的是：沒有一位高手能彈出他那種天籟：鄱陽湖的水、匡廬上的雲、山野裡重重疊疊的翠綠、茅屋中和古人交融的氣息、林中的鳥語、田頭的花香……彈到後來，他覺得琴上的弦柱妨礙了他的樂思，乾脆將其去掉。他彈無弦琴的消息一經傳出，人們為之譁然。友朋同僚們一致要求能夠飽飽眼福、享享耳福，欣賞他的絕技。他倒並不推辭，也不客套，酒席一開，便從布袋裡取出一具桐琴。琴是古琴，相傳是他的先祖、長沙郡公陶侃【8】所有；自然乃傳家之寶。琴上果真無弦，空蕩蕩的像張光板子。人們的驚詫是可想而知的了：他陶潛先生縱有天大的本領也難以無中生有、在上面彈出宮、商、角、徵、羽來呀。陶淵明似乎對周圍的情景視若無睹，

【6】成連：彈琴高手。春秋時人。相傳俞伯牙曾向他學琴。
【7】師曠：春秋時晉國樂師。目盲，善琴。
【8】陶侃（西元二五九—三三四年）東晉大臣。字士行，廬江潯陽人。先後任郡守、荊州刺史、江州刺史、都督八州諸軍事等職。有高風亮節。是陶潛的曾祖父。

喝了口酒，便旁若無人地在空洞洞的琴箱上彈了起來。他時而輕攏慢拈，時而急撥敲打，時而俯首低回，時而仰天搖盪……他彈得多麼專心，多麼深沉，以至人們的竊竊私議，驚訝聲、嗤笑聲，他都充耳不聞。他彈得多麼熱情，多麼神往，迴腸蕩氣地唱了起來：

但識琴中趣，
何勞弦上聲！

這時，賓客們才似懂非懂地一齊喊起好來。

以後每到高朋滿座，華宴一開，照例都要他彈這無弦琴助興。他呢，當仁不讓；不管人們心口不一，在背地裡罵他騙子、故弄玄虛，或者把他當成傻瓜、笑柄；他只管自彈自唱。他彈琴一是為覓知音，二是娛樂心情。現在，知音找不到，剩下的這條權利怎能讓那些俗物剝奪呢？形式在他是次要的；最好的形式，大概是沒有形式吧。

如今，他不再受俗塵的沾染了。午睡起來，在南窗下讀一陣書，彈一回琴，心情非常舒暢。暖風吹得人醉熏熏的，竹籬茅舍外柳樹成蔭、榆樹亭亭，搭成一個巨大的華蓋，庇護著他家的八、九間茅屋。桃花如霞、李花似雪，織成一條絢麗的花溪朝他流來，把他連日來在南野開荒的勞累洗刷乾淨。他的心情好比繞過家門流往村外的泉水那樣恬靜、歡快……他第一次感到自由了，是實實在在過那種心嚮往之的田園生活了；不再是過去那種形式上的自由，實質上的羈絆生涯。

有一次，他待在家裡足足七個年頭，長則長矣，心裡卻不自在、不踏實。原來他身在家裡，心還在外面。待到身體走到外面了，他的心又渴望回到家裡。出去容易回來難，他已被官場束縛住而不能作自己的主了。他只得想啊想啊，像籠中的鳥兒戀著棲息的芳林，像池裡的魚兒惦著出生的故潭；他也想著他的家園、慈母、妻兒、親友……好不容易盼到了假期，他便急急忙忙地趕回家去，人還在船上，心已飛到家裡：

母親的病體有了好轉吧？大兒似乎做什麼事都無精打采，小兒則一味貪吃梨與栗子，年輕的妻子雲鬢間也有了白髮。他提壺酒自斟自酌起來，酒又香醇又清冽；他在南窗下坐坐，小園裡的青松翠柏又茂盛又絢爛。他摸一下沾有泥跡的鋤頭，孩子們也懂得稼穡艱難了；他和鄉親們談談收成，鄰家的孩子又長高了。故園的一切對他說來有多麼新鮮、可愛、親切、溫暖呀！其實，他這趟離家只有一年時光。

家鄉的好風還沒有吹散旅途上的風塵與寂寞，故園的溫情還沒有盛滿他那敞開的衣襟，他將到的假期又在催促他回到似海的侯門裡去……啊，是這樣好的良夜，這樣好的天賜！這在外面濁塵萬丈的世界無論如何是享受不到的。

初秋的滿月，把翡翠般的故鄉照得如同泉水浸過的那樣清澈瑩潔，琅琅的天風在這片天地中和穆地迴蕩。在月光與清風中，宛如嬰兒躺在母親的懷抱飽吸乳汁般的，酣睡他的青山綠水、田疇、家園、親人和鄉親，承受著它的恩惠。他真想在這良宵美景裡，邀請清風明月來聽聽他的琴聲、書聲。不，應該和這兩位品性高潔、襟懷磊落的至友，一起登東皋而舒嘯，臨清流而賦詩……

啊，這可鄙的船夫，為什麼要打碎玉鑒瓊田？這愚昧的差官，用大嗓門擾亂了仙境。他不得不在江畔渡頭告別了前來送行的親友。

天碧藍得發出一種誘人的光輝，地空曠得望不到盡頭；遠去的水那麼平靜，彷彿孩子們安眠的模樣。

那荷花的清香、那白楊的濃蔭，恍惚暮春時節杜鵑的啼叫，一聲聲牽住遊子的行腳！

他的心卻被天地壓迫得快無立錐之地了，他的前途暗淡而充滿險阻。他痛心地自問，既然如此，他為什麼忍心離開故鄉，而屈辱自己的心靈在官場裡混呢？既然他投往宦途，又想保持自己的清白而不能，哪又為什麼沉溺在冰冷的噩夢中？連這個無賴小兒也要來逼他同流合污！那個土豪劣紳，只是仗著銅臭，又擅長吹牛拍馬，從太守那兒撈到督郵之職，就來迫使他就範。他堂堂君子豈能為五斗米向小人折腰！

眼下，離他回家過新生活不過三、四個月的時間，但生活中的事真是變化無常、難以逆料呀。他十三年間三次辭官的情景，依然如昨天發生的那麼清楚；而今天的事反倒糊塗得叫人難以捉摸。第一次在東晉孝武帝太元十八年，他二十九歲去江州做祭酒的小官；官場腐敗的風氣把他嚇跑了。第二次在晉安帝隆安四年，他三十六歲去荊州刺史桓玄【9】那兒當幕佐。外祖父孟嘉曾在桓玄父親桓溫手下做過長史；因此，他對他頗有好感。待了一年，他對桓玄失望了，正值老母故世，他便丁憂，一去不返。第三次晉安帝元興三年，他不甘心四十而不聞，到建康將軍劉裕【10】那兒當了參軍，這一回去職更短。之後，他受建威將軍劉敬宣之邀，做

【9】桓玄（西元三六九—四〇四年）：東晉大臣。字敬道，一名靈寶，譙國龍亢人。桓溫子，襲爵南郡公。曾任荊州、江州刺史。元興元年，攻入建康，殺司馬元顯，掌握朝政，次年底代晉自立，國號楚。不久，兵敗被殺。

【10】劉裕（西元三六三—四二二年）：即宋武帝，南朝宋的建立者。字德輿，小字寄奴，祖為彭城人。遷居京口，幼年貧困，微賤，軍功出身。義熙元年擊敗桓玄，掌握東晉大權，後出兵滅南燕、後秦，官至相國，封宋王。元熙二年，代晉稱帝，國號「宋」。

了參軍。但好景不常，將軍本人要他代擬辭表，他自然跟著離職。同年秋，他那正在做太常卿的叔父陶夔實在看不過侄兒一家的困苦，便推薦他到離家不遠的彭澤縣去當縣令。他勉強做了八十多天的縣令，受不了官場的烏煙瘴氣，便借妹子亡故，以奔喪為名從此掛冠而去。

他歸途上的心情是極樂的。他猶如吃了十三年的官司，坐了十三年的監牢；一朝獲得自由，這誰都會感到快樂的。歸來了！歸來了！他在回家後寫的《歸去來兮辭》中，把他終於歸隱田園的喜悅之情、享受天倫之樂的適意情景，以及對未來過自由、淡泊的鄉居生活的美好圖景，都十分自然、真切、生動地描繪出來。他想像著將和外面那個骯髒、罪惡的世界斷絕往來；和親戚朋友緬懷上古時代隱士結耦、夫婦共耕、人人勞動、家家知足的興旺和睦的景象。春花秋月裡喝酒賞月；晨昏小憩時彈一曲高山流水，讀一章《逍遙遊》。有農事時，乘車或划船去山野播種收穫；而欣欣向榮的樹木、涓涓流淌的泉水便來娛樂他的心情。良辰佳節裡獨自信步遠眺，早晨，他似「雲無心以出岫」；傍晚，他如「鳥倦飛而知還」。他頓時覺得自己比得上上古的羲皇上人【11】。他不由得又慚愧又興奮地自忖：過去，他怎麼會鬼迷心

【11】即伏羲時代人。

簸，一次再次地誤落塵網有那麼長久？現在總算回到正路上來了。

他回來的事在村裡傳開後，其反響並不亞於他當初彈無弦琴時的轟動。人們橫想豎議很是苦惱，弄不明白這位大人先生好好地放著縣太爺的官位不做，偏偏要回來做鄉下人，與泥巴打交道？你說是隱居嗎？村上有世故的老人聽過、見過不少：隱士，隱士，還不是掛羊頭賣狗肉，放長線釣大魚，撈個更大的官、發更大的財?!而且大凡做隱士的都吃穿不愁，家裡有的是良田、美女、婢僕，這才可以逍遙自在呀。哪有像陶淵明的只有幾間茅屋，幾畝薄田，兩個童僕還要兼做長工；論到荒年只好讓一家老小勒緊袂帶，就連一個富農也不如？如果他只是暫時隱居，正如從前有些大名士也要捏捏鋤頭、耙耙泥土，表示他們和古代的堯皇舜帝一樣躬耕於田，給老百姓做個勤勞安分的好榜樣，那麼倒也罷了。可是，陶淵明為啥縣裡、州裡來的長官一概不見呢？這是從來沒有的事。你聽他唱的山歌裡頭，似乎是說死也要死在鄉下了。好倒是好，但不過……他們決定推派一位和陶淵明先生談得攏、又見過世面的老人作代表，去探探口氣。一點也不含糊：他是實實在在要做個自食其力的莊稼漢！他的倔脾氣，大家是知道的，最好別再跟他攀談，冷冷他。頓時，陶淵明的身價在一些人的眼裡一落千丈。

這種情形陶淵明一目了然、一清二楚。但他是心胸開闊的人，並不放在心上；反正又不跟他們過日子。孩子們對父親做官與否是漠然的。他們從小在農村長大，一直和農家的孩子在一起打滾，只要能吃飽穿暖就滿足了；對於城裡的生活反而過不慣，最頭痛的莫過於讀書寫字之類。做父親的原來望子成龍，但見時局不好也就任其自然。所以孩子們對父親的印象不壞，父親回家總給他們講故事，帶他們玩耍，增添了不少樂趣。但他的妻子則不以為然了，妻子翟氏是陶淵明的續弦，給他生了四個兒子；人是十分賢慧的。丈夫在外做官時，她大小總是官太太的身分，可她跟平民百姓的主婦並沒有什麼兩樣，上要侍奉年老多病的婆婆、下要扶育四個孩子和丈夫前妻的遺孤。單靠丈夫的一點微薄的薪俸是不夠維持一家老小的生活的，因此，她不得不差遣兩個傭人一起去田頭種種收收。從前丈夫辭官在家，她已感到一家擔子的沉重。她何嘗不知道丈夫心中的苦悶；巴望丈夫能碰到一個清正的大官來賞識他，一面實現他的志向，一面給他一個較大的官做，不致弄得官俸不能維持家口的地步。但她的巴望只是一個又一個不能實現的美夢。如今，突然見到丈夫回來，她的心情是喜悅讓位於驚歎的。起先她以為他此番回來只是度假，小住一陣仍將出去做官。當丈夫喜形於色地告訴她從此要留在家裡安安靜靜地種田，不再受官場的鳥氣時，一瞬間，她轉喜為悲、呆若木雞，嗚嗚咽咽地哭了起來。晴天霹靂！他們一家從此要過冬無棉衣、歲無米糧的苦日子了。這叫她做主婦的怎麼辦？

「我也有一雙手呀！過了年就把兩個傭人辭退；反正我可以頂一個壯勞動力使。」

「壯勞動力？壯勞動力？你已是半老頭子了！瞧你的頭髮、鬍子也白了一半，你的腿又有毛病。阿舒【12】這樣懶，其餘幾個只知道吃喝玩耍；一旦辭去了傭人，我們僅有的幾畝田地……妾身嫁到陶家已有十多個年頭了，從不指望過榮華富貴的生活，只要讓孩子們過得去就行了……不知道前世作的什麼孽，連起碼的溫飽生活也將保不住……你為什麼不事先商量商量；妾身管不了你們男人的大事，你可以請親朋好友出出主意呀；就隨便把這只來之不易的鐵飯碗砸了？你不是常常教誨妾身：做事要緊的是精神，不要去講究形式，『心定自然涼』。你做你的清官，讓人家去做貪官好了；難道說非要甩掉這頂烏紗帽，讓一家老小去喝西北風，才能保持你的清白……」

唉，連自己這位相依為命、同甘共苦的伴侶也變了，變得不認識了。他恍若高飛的鳥兒被石子擊中而墜落下來。他瞥見妻子臉上的皺紋便諒解了，是呀，他也飽嚐過饑寒的滋味，現在一想起這些情景還不由自主地打寒噤呢。轉而一想，覺得並不對：人到底不是為了吃穿

【12】陶淵明有五子。小名分別是舒、宣、雍、端、通。大名是儼、俟、份、佚、佟。阿舒是他和前妻所生，排行老大。

才活在世上的。記得自己年輕時，一旦讀書、彈琴，就會不樂自樂，胸中升起一股蕩蕩浩氣，不僅敵住了飢餓感，而且使他飄飄欲仙……可見，精神的力量是能夠戰勝物質的貧困。你瞧！戰國時楚王召老萊子到京城裡做官，他的妻子堅決反對，說是亂世；老萊子【13】便和妻子一起隱居種田。這位糟糠之妻有多麼賢德呀！商朝的伯夷、叔齊【14】寧可餓死，也恥食周家的糧食。他陶淵明呢？就沒有這樣高潔，還不是挨不起餓受不了窮，才一次次地出去做官；直到最後一回做彭澤縣令時還為貪杯酒喝。「公田之利，足以為酒」，是他的自供狀。和那些高風亮節的古人相比，他實在是深感惶愧的。是的，人們責備他的完全是事實；人們卻不理解他做官的另一個原因，也是最緊要的緣故——「大濟於蒼生」。

他所處的時代，是腐敗到極點、黑暗到空前的社會。他從小就在家庭的薰陶與古人的教

【13】老萊子：春秋末楚國隱士。相傳居於蒙山之陽，自耕而食。有孝行。楚王召其做官，不就，偕妻遷居江南。

【14】伯夷、叔齊：商末孤竹君之子。墨胎氏。初，孤竹君以次子叔齊為繼承人，孤竹君死後，叔齊不受。後兩人投奔至周。但反對周武王攻伐商王朝，武王滅商後，他們又逃到首陽山，不食周粟而死。

誨下，面對觸目驚心的人世而早熟了。少年老成的他像孔子那樣憂道不憂貧起來，夢想著「猛志逸四海，騫翮思遠翥」，幹一番轟轟烈烈的事業來。像他的曾祖父陶侃平定叛亂，屢建戰功；或者像名將祖逖【15】渡江抗戰、收復失地。但他生不逢時，命運不濟，已趕不上從前雖亂、尚能出英雄的時世了。現今，舉賢授能的大門，對他那種寒門出身的子弟是完全關閉的；再說，他那剛直孤傲的性格，又不屑去投機取巧、趨炎附勢。他只能期待有朝一日，有一位有德的明公來賞識他，讓他施展抱負。他一次次地尋找，一次次地失望，每一次失望後又產生新的希望。他是不相信「世無英雄」的說法，他相信「物極必反，命曰環流」的至理名言。例如王莽篡位，才有光武中興【16】；苻堅南侵，才使謝安【17】濟世。每次他到新的長官那兒做事，便以為他就是英雄、明公。一待下來，不對了，一個個暴露了真面目：混世魔王、亂臣賊子！

他最後一次，也是寄予最大幻想的就是投奔徐州刺史劉裕。劉裕這個人在他的心目中，其了不起的程度簡直就是他乃祖陶侃的化身，無論是性格、才幹、戰功、甚至出身都與乃祖相似。他生於破落的下級士族家庭，做過耕田、賣鞋、打魚等下賤職業。就是這樣一個被踩在社會底層的小人物，竟然衝破了森嚴的門閥制度而直上青雲了。僅僅四、五年功夫，劉裕靠勇敢作戰、嚴己律人，在平定孫恩、盧循的征戰中，從一個無名小卒一躍而為都督八州的大將。

接著在討伐篡奪帝位的陰謀家桓玄，攻下建康之後，又以雄才大略，把晉王朝的積重難返的腐敗現象掀翻。皇天不負苦心人，陶淵明覺得自己多年來的心血、努力總算沒有白費，他終於在不惑之年見到光明了。他興致勃勃地進了鎮軍將軍的幕府準備大顯身手。啊，他的宏圖、幻想卻被劉裕砸得粉碎！起初，他寧肯以為是自己眼裡掉入沙塵，也不願相信他的主公會蛻變、墮落。等到後來他親眼目睹這個武夫殺了和他一起平叛的功臣刁逵全家，又殘殺了不肯依附他的王愉父子，並把桓玄的死黨王謐提拔到高位上來……假象，又是假象！他覺得他受了最大的假象的污辱，再待下去遭到殺身之禍倒犯不著。他只能「達則兼濟天下，窮則獨善其身」了。一旦要將此事付之實踐，把頭上的這頂烏紗帽放到案桌上，這是有千鈞重的。在他自己

【15】祖逖（西元二六六—三二一年）：東晉名將。范陽遒縣人。建興元年，率領家口親黨北伐，渡江北上，收復黃河以南地區。後得不到朝廷支持，憂憤病死。

【16】元始五年（西元五年）王莽以外戚篡權，建立「新」朝。漢皇族劉秀在農民起義中推翻新朝，即位，為漢光武帝。劉秀實施「休養生息」的政策，使東漢初期繁榮。

【17】東晉太元八年（西元三八三年）前秦君主苻堅率領百萬大軍南侵，東晉宰相謝安使謝玄等北府兵八萬迎戰。謝安在弈棋談笑間大敗秦軍。

是完全能夠為心靈從形骸的奴役下解放出來而付出一切代價。左太沖【18】的「振衣千仞岡，濯足萬里流」，是多麼高古而曠達呀。但他陶淵明能「高古曠達」到忍看他的妻兒因此連累吃苦嗎？面對開門七件事的現實，他只得把傭人辭退了，前幾天又在南山裡開了十幾畝荒田。

如今，鄉親們不瞭解他、妻子不瞭解他，一起隱居的文人也不瞭解他（有的避開了，有的本來就打算出去做官）。原先想得挺美的事只好束之高閣。就連今天這個閑福也是得之僥倖，完全不像外面風傳的那樣：陶淵明先生逍遙自在，優哉游哉地享受田園生活的樂趣呢。他記得從前閒居在家飽覽詩書，最喜歡讀的就是阮步兵【19】的「詠懷詩」。不過，對他開宗明義的第一首詩是頗不以為然的。既然在「薄帷鑒明月，清風吹我襟」的良宵裡彈琴清娛，那似乎就沒

【18】左太沖（約西元二五〇—三〇五年）：西晉文學家。名思，齊國臨淄人。出身寒微，不好交遊。代表作有《三都賦》。他的《詠史》詩八首借古諷今，筆力雄健。

【19】阮步兵（西元二一〇—二六三年）：三國魏著名文學家、思想家。字嗣宗，陳留尉縣人。曾任步兵校尉，故名。他和嵇康齊名，為「竹林七賢」之一。其《詠懷詩》嗟生憂時，苦悶徬徨，對黑暗現實多所諷刺，辭語隱約。

有必要「徘徊將何見，憂思獨傷心」了？可見，他阮嗣宗對老莊的道還沒有參透。今天，方始悟到淺薄的是他陶淵明自己！他也嚐到了「黃連樹下彈琴，苦中作樂」的味道。只是自己的天性達觀，修養功夫又好，不把內心的痛苦放在臉上而已……還是不要自尋煩惱了吧，天下原沒有兩全其美、完美無缺的東西。且瞧瞧周圍是這樣的寧靜，孩子們跟他們的堂叔【20】開荒去了，村裡的鄉親們在地裡忙著活兒，妻子在隔壁屋裡不知在忙什麼；他呢，昨天開荒不慎跌了一跤，反而因禍得福。他還有什麼不滿足呢？知足常樂！知足常樂！

不過，昨天的事一上心頭，他又覺得不大舒坦。看來一個人最大的痛苦是沒有知音。平時，他把清風明月當成知音、素琴；詩書當成諍友；杜康當成知己。在他把自己的心完全交給他們後，似乎覺得有些遺憾：真正要請他們解疑難、出主意，他們則卻之不恭、悶聲不響了。知音難得！難怪古時，音樂家伯牙【21】聽到他的知己、樵夫鍾子期病故的噩耗，他心碎得就

【20】敬遠（西元三八一—四一一年）：陶淵明的同祖父之弟，比他小十六歲。但志同道合，感情甚篤。淵明最痛苦時，得其幫助。始終務農。早逝。淵明在祭文中，極其悲痛。

此在其墳頭將珍琴砸碎了。莊子和宋國的惠施是知心朋友【22】，惠施一死，莊子便不再開尊口了。那麼，他的知音何在呢？一個人要是理想破滅了，心便死了一半；如若知音也沒有，心就死了另一半；一個心靈全死的人，好比一根枯木。他不是枯木，因為他在這世界上還有一個知音，真正的知音；所以，他存在希望，慶幸自己是個心志健全的人。這個知音，就是他的從弟敬遠。他自愧不如，及不上這個論年歲可以做他的子侄，而品行則是他良師的敬遠。他倆從小就在一起，相濡以沫、相將以道，過著清貧的生活，一面以聖人的節操相互勉勵。一個在外面尋道，一個在鄉里種田。他回家之日他倆似乎有談不完的話、訴不盡的情。他把他的希望當作自己的歡樂，他把他的失敗當作自己的痛苦。他要起程了，他定要行行重行行地相送；他在歸來時，他提酒攜雞地為他洗塵。當他與官場訣別，決心走長沮、桀溺【23】的路時，人們給他看白眼，他則以青眼相待。當他重操農事顯得笨拙而赧顏時，他便耐心地教

【21】俞伯牙：春秋時音樂家，善琴。樵夫鍾子期是其知音。後者死，伯牙不再彈琴。
【22】莊子和魏國相國惠施是知己。後者死，莊子不再發表言論，因時人不能理解。
【23】長沮、桀溺：春秋時楚國兩個隱居耕作的高士。

他又不使其難堪。在他彈琴讀書到神采飛揚，他也陶醉其中；當他被妻子冷淡，他便以賢妻良母的榜樣來勸導嫂子……敬遠啊敬遠，你實在是鍾子期、惠施這樣的知音。他盼望他早些歇工，他要告訴他：今天，自己的心情非常之好，好到要提起筆來做詩，不，是把心裡自然流出來的一股詩情紀實下來。

就連眼前的景致也彷彿知道他此刻的心情而與他唱和了。西斜的陽光給巷子灑上一層金色，鄰家的狗醉熏熏地在暖日裡打盹，一頭母雞帶著它的三、四隻只毛茸茸的雛雞在覓食，兩頭公雞高視闊步地散步。看不清遠處幽暗的是蒼翠的山丘，還是披著綠衣的農舍？是下降的迷離的暮靄，還是升起的溫暖的炊煙？呵，原來是自家屋裡的晚炊，縷縷炊煙裊裊地往村外飄去……陶淵明下意識地感到他們收工了；他該去村頭迎接他們。今天，他在窗前坐得太久了，從來沒有這樣好的閒情逸趣；他自嘲地搖頭笑笑。他按摩了酸麻的腿部，然後撐起身來走出裡屋。他驚喜地看見堂屋裡：桌上擺著一壺酒、兩雙筷兩只酒碗、一碟子韭菜和一碟子花生米。他立即心領神會，走去打開壺蓋，一股撲鼻的酒香沁人心脾……突然，一聲狗吠，使他險些將酒潑翻。他抬頭一望，原來那條打盹的狗朝巷口竄去。與此同時，一隻驚起的公雞飛上了池畔的桑樹啼了起來。三三兩兩的農夫肩扛鋤頭走進村裡，而他的五個兒子也前呼後擁地簇擁著敬遠進了巷口。他們汗津津的面龐、胳膊閃耀著黃澄澄的光輝。老大身上沾滿灰色的泥土，敬遠俯身在對他講什麼。雙胞胎阿雍、阿端邊逗著黃狗邊兜圈兒玩，老二阿宣邊走邊玩著紡織娘，最小的阿通嘴裡嚼著、頭上插著、懷裡兜著的全是野花……

孩子們一見門前的爸爸，便歡叫地撒腿朝他奔去。

4 虞美人——往事只堪哀

李煜（西元九三七—九七八年）中國傑出詞人。五代南唐國主。字重光，初名從嘉，南唐中主李璟第六子。徐州人（一說湖州人）。建隆二年繼位，史稱後主。宋開寶八年（西元九七五年）亡國，被俘至汴京，封右千牛衛上將軍、違命侯。後被宋太宗趙光義毒死。

對於李煜的評價，似乎文學史上早有結論，即他在政治上是個昏君，在文藝上多才多藝：工書法、擅繪畫、通音律、長詩文，而在詞上造詣更高。王國維說：「詞至李後主而眼界始高，感慨遂深，才變伶工之詞而為士大夫之詞。」詹安泰認為「李煜是一個最忠實於文學藝術創作的人，文學藝術在其整個生命中佔有很重要的地位，特別是詞。他把詞作為抒發真情實感的工具，他寫這些詞可能是速死的原因。」那麼是什麼原因使他成為一代詞人，或者說開詞風之先河的大家呢？筆者並不否認這與作者所處的環境、文藝修養，尤其是後期所過的囚徒生活有關。然而，為何同樣是文學家（或詩人）、皇帝、囚虜的梁武帝蕭衍、梁元帝蕭繹、隋煬帝楊廣、宋徽宗趙佶等，卻沒有達到李煜在文學創作上的高度呢？筆者的觀點，這還須從李煜的本身去尋找答案。翻閱一部中國文學史，還沒有找到第二個人像李煜那樣一生畢力於詩詞創作。為了詩詞，甚至不願做皇帝；為了作詞，甚至忘了兵臨城下；為了寫詞，甘冒賜死的危險。填詞成了他心靈的追求、精神的寄託、生存的需要。這種事例就是在世界文學史上也是絕無僅有的。

紀實散文《往事只堪哀》，用內心獨白的形式，描繪李煜慘死的那年初的痛苦心情，萬般無奈之下重又拿起筆來，寫下了千古絕唱《虞美人‧春花秋月何時了》。

為什麼要癡心於做詩填詞、度曲工律？為什麼要一味舞文弄墨？為什麼要抒寫離愁別恨、感時傷懷，以至弄到國破辭廟、素車白馬、哀毀骨立、淚洗恨夢的地步？先父王【1】啊，是你害了我，害了我！生下我這個文學胎兒，又以文章誤我、詩詞誤我。你害了你自己不算，使金甌殘缺、喪權辱國，還要害我這個少不更事的孺子。說什麼做人要溫良恭儉讓，要把委曲求全、忍辱負重當作人主的信條；要以無為之心示好生之德，要時時禮佛，篤信天命。與

【1】 先父王：指李璟（西元九一六—九六一年）五代南唐中主。著名詞人。本名景通，改名瑤，後名璟，字伯玉。徐州人（一說湖州人）周世宗南征，他割地奉表稱臣，自去帝號。其詞作在當時意境較高。

來時縱情聲色，把洞簫漫按、檀板輕敲，合佳人舞步婀娜、金釵顫顫；愁悶間沉到醉鄉，把玉笙吹徹、紫毫揮寫；黃昏時登上百尺鳳樓，獨倚欄干，看暮雨塞煙，寄情風騷、托言歌詩……

細雨夢回雞塞遠，
小樓吹徹玉笙寒。

贏得我多少眼淚，矇騙我多少歲月！以至當四面楚歌、兵臨城下，我還在高樓上沉吟低徊，推敲新詞。

啊，春色才濃，花枝未老，我已肉袒宋營，跪遞降表。長眠在故國順陵下的父王呀，你不知道那一瞬間，你這個生前最寵愛的兒子，我有多麼恨你？道德綱常、聖經禮教也無法阻擋我內心的怨恨、詛咒：你為什麼不在喪師失地後痛定思痛，發憤圖強、厲兵秣馬、經天緯地呢，反而沉淪頹廢到不可收拾的地步？為什麼你不將半壁江山、一副爛攤，交給那些遠比我能幹的諸位兄弟；你不知道我對治國安邦一無志趣、二無本領，卻偏偏要把這座將傾的帝國龍樓壓到我這弱不勝衣的肩頭？你說我是吉人天相，那一隻重瞳子比西楚霸王【2】的還要威靈顯赫，那一隻駢齒惟有上古時代的堯王舜帝才有。你說我能保南唐江山安然無恙，你還讓那幾個禍國殃民的奸臣馮延巳【3】、馮延魯、嚴續、張洎、陳覺……騙我、坑我！你讚他們文章做得好，又是錦心繡口的忠臣。詩詞雖好，卻抵擋不住曹彬的十萬大軍；巧舌如簧，但打動不了宋祖【4】的鐵石心腸。好一個文章班頭、股肱之臣，窮奢極侈、貪贓枉法、陷害人主、賣國求榮。可悲我懵懵懂懂、閉目塞聽！

中書舍人潘佑【5】刺得好：

桃李不須誇爛漫，
已輸了春風一半。

【2】項羽（西元前二三二—前二〇二年）：秦末農民起義領袖。名籍，下相人。楚國貴族出身。起義後以鉅鹿之戰摧毀秦軍主力，自立為西楚霸王，並大封諸侯王。在楚漢戰爭中為劉邦所敗，烏江自殺。相傳他是重瞳子。

【3】馮延己（西元九〇三—九六〇年）南唐著名詞人。一名延嗣，字正中，廣陵人。南唐中主時，官至宰相。其詞對北宋詞壇頗有影響。

【4】宋祖：即宋太祖趙匡胤（西元九二七—九七六年）通過兵變而建立宋王朝。

【5】潘佑：南唐後主直臣。觸犯後主自殺。

不！潘卿呀，你應該唾我才是：桃李豈止是輸給春風一半，而是早被吹得滿地狼藉、一片殘紅。我，我錯殺了你，斷了自己的一隻臂膀！還有林仁肇【6】將軍，你是南天一柱、三軍翹楚，倚立則長城巍巍、叱吒則大海滔滔。天下還有誰比你更忠君愛國呢？你為了南唐、為了社稷，寧願毀家紓難，請纓殺賊，奇襲敵軍。唉，是什麼樣的報應作孽，我卻反而因懼生疑，因疑而中了敵方的反間計，偏聽王弟的告密，將你從江防前線召回，用鴆酒毒殺；把蔣幹盜書的悲劇演到極點。我成了一個名副其實的「孤家寡人」！啊，我家這些皇族貴胄，不是爭權奪利、自相殘殺，就是倚紅偎翠、吟風弄月，盡幹些親痛仇快的蠢事……到而今，先祖江山、千里國土，由我這雙罪孽深重的手將它葬送！

列祖列宗，還有你先父王呀，請寬恕我這逆子罪孫重光吧；為全九廟之祭祀、保百年之身家、救萬姓之生命，我只得這麼做了。我穿戴白衣白帽，在宮娥的哭泣聲中、在教坊的哀樂聲中，倉皇地拜辭祖廟，率領家眷臣僕在宋軍的押解下登上北去的舟楫。雨打孤舟，雲籠

【6】林仁肇：南唐後主虎將，外號林虎子。原為南閩將領。後為趙匡胤的離間計被李煜毒死。

遠岫，眺望那「鐘阜龍盤，石頭虎踞」的金陵城漸漸被雨霧掩住；「春風十里，高樓紅袖」的揚州城早在風浪中消失，不由得淚水洶湧，愁情翻騰，分不清是雨水，是淚水，是愁情，是雲片？一行行詩句，猶如白色的鷗鳥，從浪谷中飛起，在波峰上騰躍，追逐著船尾：

四十年來家國，
三千里地山河；
鳳閣龍樓連霄漢，
玉樹瓊枝作煙蘿，
幾曾識干戈？

一旦歸為臣虜，
沈腰潘鬢銷磨。
最是倉皇辭廟日，
教坊猶奏別離歌，
垂淚對宮娥。

先父王呀，請饒恕我，饒恕我這不忠不孝、不仁不義的逆畜。我，我欺騙了你！說什麼「全九廟」、「保百年」、「救萬姓」，才不得已投降？這都是騙人的鬼話、貪生怕死的藉口。我是多麼卑鄙無恥，不齒於人！你知道我弱冠時通經典、重節氣，每每想到勾踐【7】臥薪嚐膽的史實，總激起我豪情滿腔；我改字「重光」，不就是想學越王光復山河、重圖霸業嗎？當我讀到漢亡帝劉禪【8】厚顏無恥地奉承司馬氏：「此間樂，不思蜀。」當我看到陳後主【9】乞求隋文帝封其一官半職的醜事，我便欲哭無淚、義憤填膺。我有時不免胡思亂想，若一朝變為俘虜，我將寧為玉碎，不為瓦全。不，不，這是子虛烏有的事，南唐帝國絕不會由我斷送！

【7】勾踐（？—西元前四六五年）春秋末越國國王。越王允常之子，又名菼執。曾被吳國大敗，屈膝求和。他臥薪嚐膽，發憤圖強，任用范蠡、文種等整頓國政，十年生聚、十年教訓，終於變弱為強，亡吳稱霸。

【8】劉禪（西元二〇七—二七一年）三國蜀漢後主（西元二二三—二六三年）字公嗣，小名阿斗，劉備子。涿郡涿縣人。炎興元年降魏，後被封為安樂公。

【9】陳後主（西元五五三—六〇四年）即陳叔寶，南朝陳皇帝。字元秀。禎明三年（西元五八九年）隋軍攻佔建康被俘。後在洛陽病死，追封長城縣公。

誰料到世事難測，國運窮蹇，這噩夢般的災禍霹靂般地打下，我也到這窮途末路……父王啊，我枉讀詩書，恥為人君；還大逆不道地對你責怪，你以一千倍的詛咒來懲罰我吧！讓我永遠以淚洗臉，以愁焚心，任那恨夢鞭撻我的靈魂、折磨我的心靈。我行將就木，給我臉上蒙塊白布，我實在無顏見你及列祖列宗！

父王，你知道什麼樣的奇恥大辱降到你的不肖子的頭上？我癡得有多麼可憐，以為投降萬事休。豈知亡國之君的日子比死還難堪：我罪衣罪裙地跪倒在明德樓下，聽憑宋祖的訓斥，給我一個「違命侯」的頭銜。我一面磕頭謝恩，一面淚水漣漣地自忖：「違命」、「違命」，不若「昏命」、「混命」嗎？它點穿了我這個好死不如惡活的卑下心理？是呀，我是昏，是混，才有而今這麼一天！什麼「精研六經、百氏」，什麼「擅長絕妙好詞」？這些有什麼用？有什麼用！我的全部學問只及趙匡胤的一句評語：「好一個翰林學士！」

父王，你不是常常引兒為自豪，誇我是詞苑國手、歌壇大家，李太白略遜一籌，「秦娥夢斷秦樓月」，不過爾爾；馮延巳難以匹敵，「風乍起，吹皺一池春水」，稍比佼佼嗎？

有一天，宋祖賜宴，一時興來便對我說：「聽聞你在金陵擅長做詩，今天能給朕作一聯嗎？」

頓時，我熱流湧心，躊躇滿志，自以為得計，自來汴京後第一次舒展眉頭。

我揮舞團扇，隨手拈來，不假思索，脫口而出：

揖讓月在手，

動搖風滿懷。

我感到我可以揚眉吐氣了。

誰知道宋祖莞爾一笑：「滿懷之風何足當！」

滿堂的喝彩和歡呼，把我羞殺，愧殺。是呀，只有宋祖才有這樣的氣魄，才有這樣治國平天下的雄風。我只配作翰林學士，作這種小家子氣、纖細穠麗、哀感頑豔的雕蟲小技。

既然，我這一生為之久低昂的心血之作，只是些廢物，哪還留它何用？留它何用！

啊，你這害得我好苦的字字血、聲聲淚；這亡國遺音、斷腸哀思都離我去吧！哈哈，我瞧見你們碎成紙錢在屋子裡飄撒，興奮得發狂。當年，我這個六宮粉黛奉承、滿朝文武山呼的國主，如今成了孤眠獨宿、饑寒交迫的階下囚，總算有了一絲安慰。多謝你們預先來祭奠我的靈魂！哈哈，我瞧見你們化成蝴蝶在晨光中飛舞，神迷得酣醉。昔日，我貪戀於溫柔鄉、金玉窩、羯鼓樂、霓裳曲；醉心於衛王書法【10】的秘訣、文房四寶的製作【11】……而今，秋來悲歌，春回悵惘，見月傷心，聞花流淚；趕不走的舊事、掩不沒的細樂、夢不完的故國、剪不斷的愁絲，總算暫時得到了解脫。讓我的魂魄化成那不知有喜怒哀樂，不識那悲歡離合的蝴蝶去翩翩飛舞吧；讓我在來世投胎到尋常百姓家與我的「娥皇女英」——大小周后【12】和洽生活，共用天倫之樂吧。

娥皇是你？是你！我倆已有整整十三個年頭沒有見面了吧？讓我好好地端祥。我朝朝地把你思念，夜夜地將你夢見，我有一肚子苦水要向你傾吐，我有滿懷的情愫要對你訴說。你瞧我這些年來變得多麼厲害：我才日貫中天，已鬢髮皓皤、步履蹣跚；當年那種風儀俊雅、

【10】衛王書法：指書法家衛夫人、王羲之。衛夫人（西元二七二—三四九年）東晉著名女書法家。姓衛名鑠，字茂漪，河東安邑人，人稱衛夫人。王羲之少時曾跟其學書法。王羲之（西元三二一—三七九年）東晉大書法家。字逸少，琅琊臨沂人。出身貴族，官至右軍將軍，會稽內史，人稱王右軍。其書備精諸體，尤擅正行，字勢雄健多變，為歷代學書者所宗尚，影響極大。

【11】相傳文房四寶中的宣紙、歙硯、徽墨皆是李煜所改進，並監製出澄心堂紙、龍尾硯、廷珪墨。

【12】大小周后：均為南唐司徒周宗之女。美貌。揚州人。大周后：亦名娥皇，冊封為昭惠后。小周后：娥皇之妹。史失其名。舜有兩妻，曰娥皇、女英。故名女英。娥皇死後，立其為后。她和李煜死於同年。

神骨秀逸，早已無影無蹤。在你面前的夫君，已是一個形神俱老的行屍走肉。而你，還是這麼年輕聰穎、嬋娟慧秀，宛如你剛進宮的模樣。

我倆又回到了金碧輝煌、畫棟雕樑的皇宮裡，我倆又在度新婚蜜月般的日子。甘飴如蜜、明麗似春，金爐裡香煙裊裊、玉殿上簫鼓飄飄，你在紅錦的地毯上舞得如風擺楊柳、蝶穿牡丹；分不清是蕙風、柳絲、彩蝶，還是國色天香？我邊欣賞邊打著節拍，我醉熏熏地分不清是酒醉、舞醉、歌醉，還是佳人之醉？別說我們常常歌舞達旦，燭光連著曙光；更多的是我倆書房相談、小軒並坐，花前月下讀書詩、研音律、和歌舞、弈雙陸、論書法、究禮儀。我寫詩詞你品評，你譜舞曲我協律；你是我的「澄心堂紙」，我是你的「燒槽琵琶」。人們都讚歎我倆的結合是「此緣只合天上有，人間難得幾回聞」。人們都稱道你是儀態萬方、深明婦道的國母。可他們只知人云亦云的東西。在我的心目中，你不只是莊重如南海的觀音，也爛漫如可愛的嬌娃。不是嗎？你的打扮、你的妝飾，常使我目不暇接、喜不勝喜。今天，你創一種新穎的髮式，將明鏡似的烏絲綰一個高高的雲堆，著一襲緊身的衣裳，猶如從水中躍起的金鯉。你俏皮地說：「像不像龍女？」明天，你額頭垂一綹劉海，雲鬢插一朵珠花，穿一身吳帶當風的衣裙，你嬌媚地道：「凌波仙子來了！」曾記否新婚燕爾後的那一、二年黃金無價的日子裡，我常喜歡待在你滿室清香的柔儀殿裡，夜明珠、銷金帳輝映你的冰肌雪膚，欣賞你那晚妝初卸的情景？你唇上檀香輕注，擺動柳腰金蓮，你的千種風情、萬般旖旎，使我眼花繚亂，心旌搖盪。最是難忘：有一次你曉妝初罷，微露丁香、綻開櫻桃【13】，清歌從鶯喉裡升起，在滿屋繚繞。我放下了斟滿的酒杯，癡癡地聽著，呆呆地瞧著。歌聲唱到高亢處，風定樹靜、雲駐月來；我的魂魄也隨著歌兒飛升，在碧海青天裡遨遊。忽然，歌聲疾落下來，落到不知什麼地方去了，我也不知手中的酒杯怎麼會落到你的手中？我瞧見你面頰緋紅，濺出的酒汁染紅了你的羅袖。我想為你揩拭，卻又捨不得那嫋嫋餘音；我左右為難地朝你走去。你啊：

繡床斜憑嬌無那，
爛嚼紅茸，笑向檀郎唾。

【13】丁香：女子舌頭之代稱。櫻桃：形容女子之口嬌小紅潤如櫻桃一般。李煜《一斛珠》詞：「向人微露丁香顆，一曲清歌，暫引櫻桃破。」唐•李商隱《贈歌妓》詩之一：「紅綻櫻桃含白雪，斷腸聲裡唱《陽關》。」宋•晏殊《少年游》詞：「風流妙舞，櫻桃清唱，依約駐行雲。」

我裝作生氣的樣子，又嗔又愛地向你撲去，卻抱住了兩個冰冷的軀體！我們那聰明絕頂的幼兒仲宣也隨你而去；他能滾瓜爛熟地背誦《孝經》。我淚灑祭文，難以終篇：

「杳杳香魂，茫茫天步。抆血撫櫬，邀子何所？苟雲路之無窮，冀傳情於方士……」

我哭醒過來，又是南柯一夢！夜冷如冰，燭墮似淚，昏暗的斗室裡只有蜘蛛在屋角織網。娥皇呀，我不知你香消玉殞了十三個年頭，因為我醒時常想來到你的閨房，我夢裡總是跟你同遊故國。你可知道我十三年來是怎麼熬過的？啊，別給我雪上加霜、創上加痛吧。小周后，你的妹妹，雖和你一樣天生麗質，但心靈稚嫩，不懂世故。如果你活著，我還不致到如此地步；只有你才能鼓勵我振作起來。其實，我何嘗不想做一個有為的君主；然而，面對殘山剩水、強敵當前、遺訓、奸邪……我能有所作為嗎？待到我要痛下決心，你已撒手西去。從此，再也沒有人能這麼溫柔地勸我，再也沒有人能使我振作起來。

睹物思卿，總叫我目擊心傷；觸景生情，惟有那涕泗滂沱！

女英呀，你又來給我揩淚，你又來逗我歡笑。薄薄的羅衫，透出你優美的曲線；高高的雲髻，映出你流溢的秋波。一動足，一移玉，舞樂解人頤。是由於你姐姐我才愛上了你，還是因為你我才懷念你姐姐？她有你心中欠缺的蕙質，你有她身上少有的蘭心；你倆合在一起，才是無瑕完璧！啊，只要和你倆燕宿雙飛、白頭偕老，那麼六宮粉黛、三千佳麗，一朝摒棄，有何躊躇！

自從和你初見了，我的靈魂就被你勾去。我期待幽會的日子能偷覷而來。秋風秋雨，此恨綿綿。雨打芭蕉，我以為是你在輕敲窗櫺；燭爆漏滴，我只道是你俯身低喚；我掀被驚起，半夜猛醒，惟有長夜漫漫、鬼影幢幢。好不容易盼到冬去春回，乘一個月色淡淡，花籠輕霧的深夜，我在瑤光殿的南面把你等候。說不清是怕，是驚，還是冷，我陣陣寒戰？我不是靠耳朵，而是憑心靈感覺你的腳步聲，貓一般輕悄的腳步聲，蛇一般潛行的氣息聲。影子一閃，從雲縫中透出的一縷光輝照見你惹人愛憐的風姿和聰明絕頂的辦法：你襪子貼地，手提金縷鞋。你朝我跑來，露水沾濕了你的腳踵，樹枝劃破了你的衣衫。你紅暈忽泛，力不能支地撲入我的懷抱，你氣喘呼呼地說：

奴為出來難，
教郎恣意憐。

當這闋《菩薩蠻》傳到外面，被人視為笑柄。當你姐姐死後，我決定立你為后，遭到諷議；我斷然不顧。讓他們去笑話我吧，諷刺我吧；什麼國制祖訓、體統綱常，我一概不理。只要我愛你、喜歡你，就扯紅絲蘿永結同心。你們這班「正人君子」、貴爵重臣，誰個不是佳麗成群、姬妾充塞、喜新厭舊、耽溺酒色，卻來干涉我這美滿婚姻？你們串通一氣離間她們姐妹，使娥皇殞落；你們還想剝奪我最後一次的愛情？去吧，我的主意已定；來吧，我的天臺女仙！我們不用再膽戰心驚地偷情，再不用惶恐不安地幽會。讓我仔細瞧瞧你的修娥眉、笑曼臉；讓我們彼此相視，輕憐蜜意。

你的音容笑貌，你的歌吹舞步，無一不叫我想起娥皇。只有你才能填補我失去她的空虛，只有你才能增添我沒有她的歡樂。尋春須是先春早，看花莫待花枝老，東風吹水日銜山，留戀光景惜朱顏。來，人生如夢，醉酒當歌。

啊，女英！你怎麼雲鬢懶墮、杏眼乜斜？別嗔怪我讓你獨守空房；我絕不是到秋水、流珠、黃保儀、窅娘等幾位姐妹那兒去溫存。這幾天我朝議百官，心亂如麻；宋蠻子已飲馬長江、投鞭斷流了！我們已到了山窮水盡的地步，眼淚、歎息、詛咒、怨恨都無濟於事。我也不會埋怨你我紙醉金迷，尋歡作樂；我也不能要求你使我振聾發聵。我只痛悔我不聽忠臣良將的勸諫，我只猛省事到臨頭才去亡羊補牢。我們的第一次、也是最後一次抗戰，只能是一盤散沙、一場兒戲。也許，我們採取這於無生處的唯一求生辦法，還有一線希望使你我隱居鐘山，終老秦淮。

女英，你怎麼啦，脂粉狼藉，對我辱罵？……你，你，你罵得對！我是昏君、懦夫、浪子、忘八！我連自己的愛妻也保不住；眼睜睜地瞧著你召進宮去，被宋家的兩個皇帝先後蹂躪，夜夜霸佔！我曾經對蜀後主、陳後主有多麼鄙視：他們一味貪歡，放蕩縱欲，到頭來連自家的愛妃寵姬都被奪走。

我又對花蕊夫人【14】、張麗華【15】滿懷惻隱、不勝讚歎：不是你們禍國，而是昏君無能。

十四萬人齊解甲，
更無一個是男兒。

花蕊夫人，你說得好，好極了！如今，我也加入了被你笑罵的昏君行列。我們是遠比你們怯弱的懦夫；你們尚且敢對敵國至尊、萬乘之主的皇帝這樣指責，而我們只會搖尾乞憐、卑躬屈膝，和淚將亡國悲劇重演！

【14】花蕊夫人：指五代後蜀主孟昶之妃。姓徐（一說姓費），青城人，號花蕊（當時美婦人之特稱）夫人。世傳《花蕊夫人宮詞》多係其原作。又說是五代前蜀主王建之妃所作。

【15】張麗華（？—西元五八九年）南朝陳後主妃。隋軍破城，被殺。

人君的恥辱，是人間莫大的恥辱！我為什麼不去死？我為什麼不學蜀漢王劉湛青鋒一柄，或者本國元老陳喬白綾三尺從容就義？我為什麼不先將后妃她們血洗，免得去蒙受這種比死還難堪的恥辱呢？是呀，妻妾被汙，乞求度日，更兼一舉一動都在鷹犬的目爪底下……這種生活苦水相拌，了無生趣；我還貪戀什麼呢？

春花秋月、車水馬龍早就與我無緣；鳳笙清弦、飛絮輕塵只是倍加辛酸。月華不再捲簾，細雨常鎖軒窗。寒侵孤衾，偏又夢回祖國；雁鳴新愁，卻在上苑尋芳：

秋來登高，千里江山如畫，水天碧連；萬竿蘆花似林，孤舟自横。一彎明月鉤樓頭，羌笛悠悠。

春歸看花，江上管弦吹綠，垂絲拂面；路上柳絮飛輕，香車寶馬。滿壟桃李映人開，黃鶯啾啾。

啊，繁華夢，富貴境，又像夢魘把我攪擾，又像蒼蠅揮去即至。我如何是好？我如何是好？女英，你我再無相見的機會，我也怕我們重晤的時刻。我現在已沒有一個人能一訴心曲；當年那些「忠臣」、「股肱」，如今一個個冠冕堂皇，北面事主了。只剩我形影相弔，孤鬼遊魂地，或向壁枯坐，或繞室徘徊。殘陽如血，愁緒似鴉，走向樓窗——啊！

獨自莫憑欄，
無限江山。
別時容易見時難。
流水落花春去也，
天上人間！

別時容易見時難。我如今體驗到個中苦味。記得當年七弟從善遣朝汴京，久失音耗，我是多麼焦急懸念呀。我借怨婦惦念離人盼望他早日歸來，帶給我江南無憂的佳音，還給他夫婦團圓的歡樂。可是，魚書難泝、弟婦啜泣；後來才知道他被扣留作了人質。我登高而愴呼，罷宴而悲傷。

從金陵至汴梁，千里春草，都化作綿綿離情；聽子規望鴻雁，一抹秋色，全結成縷縷愁絲。

我年年進貢、歲歲來朝，卻填不滿趙家的欲壑；我跪稱國主、貶損儀制，仍干擾天子的塊壘。他詔我入汴，一而二，再而三地邀請宴遊，參加祭典；無非是故伎重演，楚囚相泣。

不來強來，大軍壓境；昨在江南，今已河南。我今生今世再也休想一見古都，如同參星和商星遙遙相對。

老天啊，你以為我留戀舊日的歡樂，追蹤消逝的榮華？我祈求尚有一線希望，放還故國，只做個江上釣徒、浪裡舟子，逍遙自在，平生足兮。但我再也不會為你齋戒沐浴、頂禮膜拜；再也不會任你蠱惑愚弄、擺佈坑害。我曾十載禮佛進香、舍田造廟，不能謂之不誠？我曾朝夕誦經、發願齋僧，並起號「蓮峰居士」，不能謂之不信？可是，國難當頭，你卻袖手旁觀；太廟將廢，你仍裝聾作啞。什麼「救苦救難」、「普渡眾生」；什麼「誠則靈」、「行必果」，統統是一派胡言亂語！

老天啊，原來是你騙了我！騙了我父王、列祖列宗及南唐的臣民！你這泥塑木雕的朽物、欺軟怕硬的東西！去吧！一切的一切都跟你離我去吧！

往事已空，浮生若夢，來日無多，唯有杜康。

醉生夢死，幾換朱顏綠鬢；月照秦淮，今日荒台老樹。汴水嘩嘩，長風呼呼，排解愁悶，驅趕傷悲，無奈把鳳笙再吹，心事又寫：

春花秋月何時了，
往事知多少！
小樓昨夜又東風，

故國不堪回首月明中。
雕欄玉砌應猶在，
只是朱顏改。
問君能有幾多愁，
恰似一江春水向東流。

5 念奴嬌——大江東去

蘇軾（西元一〇三六—一一〇一年）中國偉大文學家、書畫家。北宋文壇領袖，豪放詞派創始人。字子瞻，號東坡居士。四川眉山人，出身寒門地主家庭。其父蘇洵、弟蘇轍，皆為著名文學家，史稱「三蘇」，為唐宋八大家成員。蘇軾任判官、翰林學士，出知杭州、穎州，官至禮部尚書，後又貶謫惠州、儋州。卒後追謚「文忠」。一生坎坷，心境豁達。他主張改革，但不滿意王安石的變法，因此他與變法派、保守派都有矛盾；「這就使他既不見容於元豐，又不得志於元佑，更受摧折於紹聖，一生遭受了很大的政治磨難。」（劉乃昌）然而，這反而造就了他在文學藝術上達到高峰的水準。在中國文學史上，他是極少數在文藝的各個領域都獲得豐碩成果的「全能」文學家。主要文學作品：詩：《荔枝歎》、《吳中田婦歎》、《遊金山寺》、《新城道中》、《讀孟郊詩》、《王維（吳道子畫）》；詞：《念奴嬌（赤壁懷古）》、《水調歌頭（丙辰中秋）》、《江城子（乙卯正月二十日記夢）》、《江城子（密州出獵）》、《水龍吟（次韻章質夫楊花詞）》；文：《策論》、《石鐘山記》、《遊定惠院記》、前後《赤壁賦》等。

元豐二年（西元一〇七九年），何正臣、舒亶、李宜、李定等新進官僚從蘇軾詩文中深文周納，羅織構陷，把他逮捕下獄。勘問其誹謗朝廷的罪行，釀成了北宋有名的文字獄「烏台詩案」。蘇軾僥倖被釋，貶謫黃州。在黃州的四年中，他仍然關注現實，同情民瘼，寫下了不少有價值的作品，成了他創作的又一豐收期。

《念奴嬌（赤壁懷古）》這首名詞，作於他貶謫黃州的第三年。這是蘇軾豪放派詞的代表作，也是作者平生引以為得意的佳作。它是作者重遊赤壁，登臨縱目，借古抒懷的詞篇。

《大江東去》，這篇紀實散文，描繪了蘇軾當時的創作心態及其人生觀。

長江西來，勢若野馬，匯合九派，雄馳萬里。在黃州城外、赤壁【1】磯頭，亂石穿空、飛雲難度、危崖千尺，威鎮大江；林寒澗蕭、魚潛龍藏，江海倒湧、巨浪排空、雷電崩擊、怒濤摧折；掀起玉龍三百萬，擲來岷峨一片雪。風雲為之突變、天地因而失色；紅焰冷光相

【1】赤壁：坐落在黃州城西北長江之濱，這是座紅褐色的石崖，形似鼻，又名赤鼻山、赤鼻磯；因石崖屹立如壁，故名赤壁。山上原有涵輝樓、棲霞樓、竹樓等建築，是遊覽勝地和憑弔古跡之地。但一般人認為三國時赤壁之戰的「赤壁」，應是在湖北嘉魚縣東北長江南岸。

射，星漢壯其行色。

春末夏初，傍晚時分，蘇軾站在赤壁磯上、涵輝樓頭，望著面前壯景，神搖意奪。一顆心隨著滾滾波浪在江心裡翻騰跌宕、狂放奔突，倏忽，上溯源頭、下至東海，飛越數千年，縱橫百萬里。多少英雄豪傑、風流人物的雄才大略、豐功偉績，激得他意氣風發、志趣雲揚。他們搖唇則風掃殘雲，揮戈則席捲落木，舉袂則河晏海清，歌吟則麗日東升；他也和他們一起指點江山、把握乾坤。

他時而像戰國時的縱橫家【2】雄辯滔滔，排撻眾家，汪洋恣肆，壓倒群雄；時而像漢博士賈生【3】獨具慧眼，深謀遠慮、針砭時弊、力主變革；時而像雲中太守魏尚【4】一馬當先，

【2】縱橫家：戰國時蘇秦說合縱於六國攻秦；張儀說連橫於各國以服從秦。史稱「縱橫家」。

【3】賈生（西元前二〇〇—前一六八年）：即賈誼。西漢著名政論家、文學家。先為漢文帝博士，後貶為長沙王太傅。曾多次上疏，評論時事，提出鞏固中央集權，抵抗外侮等策論。

【4】魏尚：漢文帝時雲中太守。守邊抵抗匈奴戰功卓著，但因小過而獲罪，後幸中郎署長馮唐勸諫，赦免，復任雲中太守。

千騎阻擊，開弓滿月，北射天狼；時而像抗遼名將楊延昭【5】光揚父業，守邊廿載，轉戰大漠，旗梟可汗……

他還沒有待到與民同樂、功成身退，一場特大的暴風雨把他從摩天的浪峰拋入無底的波谷。

他以為這不過是一場噩夢、一次危機；而人生總是伴有無數次噩夢、經歷無數次危機的。比如，熙寧二年，神宗皇帝任用王安石【6】為參知政事實行變法。一時，新派人物彈冠相慶、炙手可熱；他卻持有不同政見，認為新法於國病無補於益。他不顧親朋故友、元老重臣的勸阻，屢屢上書，歷陳利弊，將自身安危置之度外：「我蘇軾如果附和王介甫，定能青雲直上，但身為朝廷諫官，就應當獨立不倚，知無不言。」

【5】楊延昭（西元九五八—一〇一四年）：北宋名將。是楊業之子，本名延朗，太原人。守邊二十年，號令嚴明，屢敗契丹軍。號稱楊六郎。

【6】王安石：（西元一〇二一—一〇八六年）：北宋傑出政治家、文學家、思想家。字介甫，號半山，撫州臨川人。神宗熙寧二年，任參知政事，次年拜相，進行變法，但終於失敗。

結果，龍心不悅、宰輔惱怒，御史謝景溫乘機進讒，胡言亂語。以「蘇軾在丁憂期間販賣私鹽」的罪名加以彈劾。他對於上怒，處之泰然；對於誣陷，付之一笑。既然一場嚴肅的政治鬥爭，已夾帶可卑的派性報復，他就沒有必要捲入到這場是是非非、爭權奪利的漩渦中去了。與其在京裡坐以待斃，感歎自己不能施展治國濟世的抱負，還不如到地方上為老百姓幹些實實在在的事。他便上表朝廷，恩准出任外官去了。

另一種噩夢、另一層危機卻紛至遝來：杭州蝗災、常州饑荒、密州蟲害、徐州水患，遍地是乞兒餓殍、滿目是啼饑號寒。好一個「太平世界」！「百年無事」！他笑傲噩夢、殘踏危機，親去賑濟、監督撲蝗、訪貧問苦、拾養棄嬰……每每請朝廷蠲免稅收，時時要自己身體力行，一面開荒救災，與民同心；一面齋戒吃素，為民祈求。最是危急：剛到徐州任上，黃河氾濫，一瀉千里，眼看全城皆為魚鱉，人心浮動，猶如鳥獸散。他登高疾呼，力挽狂瀾：「只要我蘇某在，就不容洪水決城！」一呼百喏，眾志成城。他頭戴草帽、身披蓑衣，頂風沐雨，一身污泥、兩肩風霜，排險抗洪、淹障疏導。白天，他挑擔奮戰，中夜，他督守長堤。他的弟子勸他小憩、他的妻子盼他歸來；他說：「大禹三過家門而不入，王尊【7】力拒水患而填堤；我身為一郡之長、父母之官，怎能懷有顧及自身的念頭呢？」

啊，黃龍咆哮，又怎樣呢？河伯威脅，又如何呢？它們還不是在千軍萬馬、同心協力的抵抗下，敗鱗殘甲，倉皇潰退了嗎？天災也好、人禍也好，都不能把他蘇軾難倒、嚇倒；反而練就了他的一副鐵骨、一顆丹心、一雙明眼、一支生花妙筆。他出自肺腑地要拜謝天公：幸虧是熙寧初年的那場危機，才成全了他的好事。回首那些扶老攜幼、簞食壺漿、戀戀不捨、依依相送他離任的父老鄉親，不禁心潮起伏、熱淚難抑。他的知音在民間、他的作為在地方。他像魚迴大海、鳥歸芳林，盡可大顯身手，況且，對他個人又平添了不少賞心樂事。

他平生所快，與眾不同：不是黃金白璧、美女良田、珍肴華飾；而是文章事、書畫心。他雖有出口成章之才、援筆立就之能，可在離京前的幾年裡，他的詩作不過二十餘首，且多為應酬敷衍之作。他擔心自己文思枯竭、江郎才盡【8】；然而，一到地方，出現奇跡：天上飛來翡翠鳥，手中持有五彩筆！他的詩文不但獲得了豐收，且是百姿千態、萬紫千紅，猶如滿園春色；鐵板銅琶，驚倒纖聲，開創一代雄風。試想如果不到杭州，他能寫出：

【7】王尊：漢東郡太守。黃河水患，吏民逃竄；他祝禱河神，願以身填堤，獨宿河堤。

【8】江郎（西元四四四—五〇五年）：即江淹。南朝梁文學家。字文通，濟陽考城人。歷仕宋、齊、梁三代。早年以文章著名，晚年所作不如從前，人謂「江郎才盡」。

欲把西湖比西子，
淡妝濃抹總相宜。

這樣令人擊節歎賞的絕句嗎？如果不在密州出獵，他能觸景生情，升起一股浩然正氣，慷慨抒懷嗎？

酒酣胸膽尚開張。
鬢微霜，又何妨！
……
會挽雕弓如滿月，
西北望，射天狼！

如果他不在徐州抗洪，他怎麼會有征服「黃龍」後的歡暢情緒呢？

豈知還復有今年，
把盞對花容一呷？

如果不到石潭謝雨，他怎能描繪出農村喜雨的歡樂景象呢？

麻葉層層蘔葉光，
誰家煮繭一村香？
隔籬嬌語絡絲娘。

……不，不是他蘇軾是天才，有神靈；而是天才、神靈走到他筆底來了；他不過是得天獨厚、借花獻佛罷了。湖州的山山水水又奔來眼底，激起他引吭高歌；湖州的百姓，又使他一獻身手。

驀地，他的歌喉瘖啞、他的眼前昏暗，他憑直覺知道又將是一個噩夢襲來、一次危機劫掠。可它畢竟來得太突然、太險惡了；剛才還是風和日麗、山光水色，怎麼一瞬間天昏地暗、風狂雨驟？他的小舟被風浪打得粉碎，他也被鯨鰲吞噬、龍蛇捲裹……他以為這一切不過爾爾，噩夢總會過去，危機必將度過。不是嗎，他尚有知覺，能睜開眼睛、感到寒戰了？但不知什麼緣故，周圍比夢中還要昏暗、處境比設想還要冰冷，叫人如墜五里霧中。他忍受割膚裂肌、剜心剖腦的劇痛，把碎成斷片的記憶一點一滴地串連起來……

他離開徐州，趕赴湖州不過三個月，面對民生凋敝、弊政擾民的情況，憂憤交加，耿耿難眠，奮筆疾書，為民請命。不料，禍從天降，時在伏天，太常博士皇甫遵奉御史台之命，帶著一班獄吏從京城流星飛馬趕到湖州，直入公堂，宣佈對蘇軾撤職查辦。一條鐵鍊、一副枷鎖，如役牛馬、如驅雞犬，將他這一州知州抓走，即刻解京。毒日焰焰，千程萬里；逆風炙炙，千頭萬緒。他不知道罪由筆起、禍從口出。當時，蔡確掌權，夥同御史何正臣、舒亶、李定、李宜之流，以維護新法為名，行排斥異己、打擊報復之實。僅一月之餘，便接連四次彈劾蘇軾，他們尋章摘句、羅織構陷，指斥蘇軾的詩文是「譏諷文字」、「愚弄朝廷」，攻擊新法、無君無忠、大逆不道，如此等等。

蘇軾萬萬沒有想到他的那些直言談想，忠君愛國的心聲，會成為誹謗朝政，十惡不赦的罪證？他面對擲在他腳下的「鑿鑿罪證」喟然長歎。《吳中田婦歎》，不過是把生活中的實事，江南農村遭到天災人禍的慘象如實地描繪出來罷了：淫雨連旬，稻田盡淹……但水災帶來的災害遠不及新法的弊病來得嚴重，迫使這位農婦「賣牛納稅拆屋炊」、「官今要錢不要米」、「不如卻作河伯婦」。是的，他在《寄劉孝叔》這首詩中是不滿於削減衙門公使錢的「變法」的。所謂「公廚十日不生煙」，至少是自己知州衙門裡的寫照吧。倘使說新法實行之初，還有抑豪強、止特權、修武備的一面，這也是他從前在策論中提出的；那麼到而今，不少「良法」都名存實亡、適得其反，成為擾民的工具罷了。反省起來，他在這些「謗詩」裡所犯的反對新法的罪行，還不及他從前上書皇帝中的嚴重呢。而那回惹禍，龍顏不過一怒；然而，今日落在這些「新進」手裡，就罪大惡極、天地難容了。

是啊，他們容不得我蘇軾，不然為何要無中生有、小題大做、窮追不放、置人於死地呢？就連《八月十五日看潮五絕》也被作為定案的鐵證。這還是六年前自己在杭州任上觀潮時的興會之作，其中一首這樣寫道：

吳兒生長狎濤淵，
冒利輕生不自憐，
東海若知明主意，
應教斥鹵變桑田。

這首絕句明明是批評弄潮小兒，貪圖官府彩禮而輕率地躍入江潮，以至溺死的愚昧悲劇。三、四兩句則是宣揚朝廷頒佈的禁止弄潮的新旨旨意：東海龍王如果領會陛下的聖旨，那麼應該把滄海變為桑田讓弄潮兒耕種自食、得其所哉呀。這個舒亶卻故意混淆視聽、指鹿為馬，定要誣陷他是攻擊「陛下興水利」、「指斥乘輿」……諸如此類的罪名不一而足。蔡確、王禹玉之輩見時機已到，也粉墨登場，指責他在《檜》詩裡，以「根到九泉無曲處，世間惟有蟄龍知」兩句，是否定「陛下飛龍在天」，而反求地下之蟄龍！

蘇軾自知生還無日、死當臨頭，只得趕在大限之前，寫絕命書留給前來和他訣別的胞弟子由。擲筆之後，他又長吁短歎、義憤填膺，太史公【9】說：「人固有一死，或重於泰山，或輕於鴻毛。」他的死太無價值了，比鴻毛還輕！少年時的一件事突現眼前：有一次，母親給他講《後漢書》裡東漢名士范滂【10】反對宦官專權誤國、捨身成仁的英勇事蹟。漢靈帝建寧二年，宦官四面羅織，大誅黨人；范滂挺身而出，赴難就義；范母高風亮節，感動生死。臨別時，

【9】太史公（約西元前一四五—前八十七年？）：即司馬遷。西漢傑出的史學家、文學家、思想家。字子長，夏陽人，太史令司馬談之子。元封三年（西元前一〇八年）繼父職，任太史令。後因替李陵辯解，得罪下獄，受腐刑，出獄後任中書令，發憤繼續完成所著史書，即《史記》。

【10】范滂（西元一三七—一六九年）：東漢名士。字孟博，汝南征羌人。曾任清詔使、光祿勳主事等職。抑制豪強，並與太學生結交。延熹九年，與李膺等同時被捕，次年獲釋，後再度被捕，死於獄中。

范母贈言：「今天，你能與李（膺）、杜（密）齊名【11】，我死亦何恨！人既要令名，復求長壽，二者豈可兼得？」范滂跪而受教，再拜訣別……講到這兒，蘇軾母子一樣感同身受、激動不已，他向母親發誓：「發奮勉勵我自有當世之志，兒一定以范滂為楷模，生，有澄清天下之志；死，有揚善伐惡之舉！」

誰知而今壯志未酬、榮名未顯，卻默默無聞地屈死在幾個翻手為雲、覆手為雨，以整人為己任、以誤國為能事的奸臣酷吏手裡？轉而一想，自古以來，又有多少忠良賢士難展鵬舉、含冤遭屈呢：屈原、賈誼、李廣、晁錯、范滂、嵇康、孔明、夏侯玄、祖逖、陸贄……他蘇軾算得了什麼呢？還是禍福由它，任其自然，死是生，生是夢。他索性雙目一閉，任濤而

【11】李杜：指李膺、杜密。李膺（西元一一〇—一六九年）東漢名士。字元禮，穎州人。曾為司馬校尉。與太學生結交，反對宦官專權；太學生稱為「天下楷模李元禮。」後逮捕下獄中，禁錮終身，死於獄中。杜密（？—西元一六九年）：東漢名士。字周甫，穎州陽城人。曾任泰山太守、北海相、尚書令、河南尹、太僕等職。和李膺齊名，時稱「李杜」，被列為「八俊」之一，太學生稱為「天下良輔杜周甫」。後黨錮事再起，自殺。

去……

他驚訝地發現自己既沒有葬身魚腹，也沒有勾入地獄；而是泛舟江心，吟風弄月，清風徐來，涼波醒人。原來是太后陳情、元老解救，皇恩浩蕩，從輕發落，一場大禍就此冰消雪融。他貶謫黃州，責授檢校尚書水部員外郎、充黃州團練副使，本州安置。

故舊們祝福他再生有幸、至親們告誡他禍從口出、新交們不平他冤獄之事、豪士們慨歎他流徙謫居。他卻做詩自嘲、不改本色、一笑了之。他劫後餘生，來到這魚美筍鮮、如此勝景的好地方來，還有什麼不知足？至於掛名的官銜也好、不得參政也好；「無官一身輕」，他不正好利用這閒暇，扁舟草履、放浪山水、洗筆磨墨、寫詩作畫嗎？他在罪官之列，經濟拮据，囊袋空空，一家二十餘口生活困頓，常常有匱乏之急。貧，貧則節儉，他每逢初一取出四千五百文，分作三十塊，懸掛梁頭，每日以畫叉挑取一塊，即日用不過一百五十文。窮，窮則思變，他便搬到城外黃泥坡去，披荊斬棘、搭屋畫壁，堂名「雪堂」，自號「東坡居士」；又帶領全家在東坡開墾荒地五十畝。春種稻麥、秋收棗栗，自食其力，其樂無窮；綠水繞堂，春風拂面，真是名副其實的居士呀！憂來，他手抄《金剛經》，興來，抒寫《論語說》。他時和開酒店的潘大臨、賣藥的郭遘、無業遊民古耕道，結伴同行、尋芳暢飲；時而竹杖芒鞋、吟嘯徐行，風雨不怕；時而托事以諷，寫信給知交、鄂州知州朱壽昌，要他革除地方上的弊病惡習；時而往返百里外的岐亭，和一代豪傑、隱士陳慥談古論今，抒發豪情，憶往昔崢嶸歲月、歎今朝蹉跎年華。

他踏遍了黃州的山山水水，唱徹了黃州的一草一木。自然，遊得最勤、詠得最多的還是赤壁。

赤壁，不僅是形勝觀賞之地，更是一處聞名遐邇的古跡，它是和歷史上著名的赤壁大戰聯在一起的。據說當年孫、劉兩家【12】就在這兒大敗曹操【13】。他對於這段掌故熟稔於心、了然於掌。東漢建安十三年春，即八四七年前，曹操挾天子號令諸侯，擊呂布、敗袁術、破袁紹、滅韓遂、征烏桓，削平群雄、一統北方之後，氣焰如熾、威靈顯赫。是時，他以功業

【12】孫劉：即孫權、劉備。孫權（西元一八二－二五二年）：即吳大帝，三國時吳國建立者。字仲謀，吳郡富春人。建安十三年，和劉備聯軍，大敗曹操於赤壁。黃龍元年（西元二二九年）稱帝于武昌，國號吳。劉備（西元一六一－二二三年）：即蜀漢昭烈帝，三國時蜀漢建立者。字玄德，涿郡涿縣人。章武元年（西元二二一年）稱帝於成都，國號漢。

【13】曹操（西元一五五－二二〇年）：即魏武帝，三國時傑出政治家、軍事家、詩人。字孟德，小名阿瞞，譙人。封魏王，子曹丕稱帝，追尊為武帝。

彪炳、靖忠漢室，被漢獻帝拜為丞相。他更是師出有名、征伐南天、圖霸中國。他橫槊則風雷激蕩，揮鞭則雲水怒騰。同年七月，南征劉表、西敗劉備；劉表病死、劉琮乞降、荊州失守、江陵陷落。曹操一鼓作氣、乘勝追擊，親率馬步水軍二十五萬，號稱八十萬大軍，攻伐孫權。水陸並進、雙管齊下，旌旗蔽空、舳艫橫江。江東上下，一時聞風喪膽，嘈嘈切切：「拒之則以卵擊石，降之則可保完璧。」文臣言降、武將怯戰，連前朝元老、謀士領袖張昭【14】也力陳投降為萬全之策。孫權如火燃眉、如沸湯蟻。大廈將傾，千鈞一髮，前部都督周瑜【15】、贊軍校尉魯肅【16】舌戰羣儒、力排眾議、痛斥屈膝、雄辯抵抗。他們或侃侃而談、或激將之法，

【14】張昭（西元一五六—二三六年）：字子布，三國彭城人。孫權時謀士領袖。赤壁之戰前，主張投降曹操，為孫權所不齒。

【15】周瑜（西元一七五—二一〇年）：三國時吳國名將。字公瑾，廬江舒縣人，出身士族。二十四歲時任建威中郎將，後任前部大都督。赤壁之戰前，他和魯肅堅決主戰，並親率大軍大敗曹軍。後病死。

【16】魯肅（西元一七二—二一七年）：三國時吳國名將。字子敬，臨淮東城人，出身士族。赤壁之戰前，他首先「建計拒曹公」，並建議聯合劉備共拒曹操。孫權採納，任贊軍校尉，助周瑜大敗曹軍於赤壁。瑜死後，他繼續使吳與劉備維持和好關係。

一練兵鄱陽、一出使當陽。率聯軍有五萬、與劉備結同心、倚孔明【17】之良策、用黃蓋【18】之巧計。草船箭飛，吳兵火攻，風助火勢，火仗風威，一瞬間，烈焰沖天、洪爐煮海，石壁燒得通紅、江面如墜十日。一千里鎖江巨艦、幾十萬排山雄兵，頃刻成了死魚爛鱉、污泥濁水。一蛇吞象，就此成了三足鼎立……

想不到仰慕已久的名勝就在這咫尺之地，他不是又一次因禍得福，好時時拜訪、常常憑弔嗎？

赤壁坐落在城西北，長江之濱。他無論是春花秋月、晨昏晴陰，無論是迎朋送友、獨酌抒寫，總喜歡上這兒來。或者攀危履岩、登臨鳥瞰；或者擊波泝流、任其搖盪。飄飄然有一種遺世獨立、羽化登仙的極樂感；陶陶然有一股壯思逸飛、淋漓酣暢的寫意。但不知為什麼

【17】孔明（西元一八一—二三四年）：即諸葛亮，三國蜀漢傑出政治家、軍事家。琅琊陽都人，劉備主要謀士。建安十三年，向劉備進策，聯孫抗曹，取得赤壁之戰勝利，並建議領荊、益，建立蜀漢政權。劉備稱帝時任丞相，後病死。

【18】黃蓋：三國時吳國將領。字公覆。赤壁之戰時，建議火攻，並率領滿載薪草、灌有膏油的船隻數十艘詐降，乘機縱火，大破曹軍，以功任武鋒中郎將。

在滿足中隱隱然有點不滿足；在興致中潛潛然有點兒失落感。它是什麼？又是為什麼？這似乎很清楚，卻又變得模糊，若隱若現、若即若離、撲朔迷離、不可捉摸。

浪花飛濺，濤聲轟鳴，把他從昏暗的海底抛上險峻的山頂。大江壯觀、赤壁偉舉，使他驚心動魄、振聾發聵、豁然開朗：出獄後的曠達也好，在黃州的快意於詩文也好，其實都不是他的本性、他的心願；就像細雨平湖、煙嵐春山，不是赤壁的英雄本色！在旁人看來，他，東坡先生能超然物外、清靜無為，連其友人也豔羨他這位高人隱士、騷人墨客，福份非淺、得其所哉。只有他自己知道這是一帖苦藥，苦中作樂，難以言說。他們不知道他的頭上張著無形的羅網、他的周圍設著有形的陷阱，他動一髮而牽京師、他走百步而繫人眼……就拿人家讚賞他的創作來說，多則多兮，但究竟有些什麼呢？無非是隨筆、小品、題跋之類的東西，再也沒有那種洋洋宏論、灑灑偉文；在他一向慘澹經營、嘔心瀝血的詩詞上，也不過是風花雪月、遨遊尋芳之類的雕蟲小技罷了。當年在密州任上，那種剛勁排宕的雄調，如今已寂然不見，就連他並不喜歡馳騁角逐的婉約派詞上，他再也寫不出：

料得年年斷腸處，
明月夜，短松岡。

這樣哀感頑豔、沉鬱清婉的歌詞來了。退一步講，他不是時常歌詠赤壁嗎？但捫心自問、深自反省，他的所有那些與赤壁有關的，究竟有幾首是他平生得意、道出他心中塊壘的佳作呢?!

而今，他終於看到了赤壁的本來面目，而赤壁也掀起了壓在他心底的一股豪情。是呀，自古以來的風流人物，隨著滾滾東流的江水消逝在天邊。惟有三國時代的英雄豪傑仍在這兒進行著那場氣壯山河、驚天動地的鏖戰：曹孟德橫槊賦詩、不可一世；孫仲謀斬案斷降、胸有成竹；劉玄德連袂抗曹、忠而見信；魯子敬奔走結好、赴湯蹈火；諸葛亮神機妙算、縱橫捭闔；黃公覆身先士卒、建策火攻……英雄如雲、將才濟濟。

在這千軍萬馬之中、戰鼓號角聲裡，踏浪而來的一位白面儒將是誰：頭戴綸巾、手搖羽扇、雄姿英發、風流倜儻？啊，他就是赤壁之戰的第一位英雄、東吳大都督周公瑾！

「公瑾！公瑾！請受鄙人蘇子瞻一拜。將軍少年英麗，美譽周郎，就被授予建威中郎將，又與國色天香的小喬結成伉儷，真乃英雄美人、人間良儔。將軍在狂瀾既倒之際、百川東奔之時，奮起力挽、縱身屏障。你言議則如天風海雨；運籌則如大匠運斤；指揮則如閒庭信步；出擊則如龍騰虎躍。在談笑風生之中，揮手雲湧之間，曹操的一腔野心、半世霸業灰飛煙滅、零落成泥。

「公瑾！公瑾！在戰火光中、凱旋聲裡，我彷彿瞧見大宋國朝的兩個強敵遼與西夏，也在你的馬蹄下覆沒，不，是在我的弓箭下滅亡……啊，這在我卻是場幻夢！站在你面前的鄙人是多麼自慚形穢、窮途落魄：想當年蘇某頗為自負，『有筆頭千字、胸中萬卷，致君堯舜，此事何難？』的心志，只落得早生華髮、一襲青衫、兩行熱淚、三重心事、四面楚歌！鄙人只能忍看強虜橫行、朝廷屈膝、國恥重重、民瘼累累……

「公瑾！公瑾！你一定會笑我吧？笑我多愁善感、功名未就、事業未成、老之將至、前途茫茫？你笑吧，笑吧，笑得我淚水滾滾、衣襟濕透；笑得那群雄冷徹心腸、歎息而去；笑得那風濤偃旗息鼓、雪浪垂首低回；笑得那嬋娟推窗俯瞰、吳剛捧酒待客。我舉杯邀明月，起舞弄清影；休管它似夢非夢、無為有為。把欄干拍遍、醉眼乜斜……

「公瑾！公瑾！你在何處？啊，唯有江上明月、霄漢波光、危岩獨立！我星馳電奔。」

6 夏日絕句——生當作人傑

李清照（西元一〇八四—一一五五年）中國偉大女文學家、婉約派詞代表人物。自號易安居士。宋濟南章邱人，出身於很高文化修養的士宦家庭。父格非為著名學者，「蘇門後四學士」之一；夫趙明誠為金石考據家。天資聰穎、勤奮好學、涉獵廣泛、博聞強記，在詩詞散文上乃一代名家，又工書畫、通音樂、懂金石。前半生和丈夫致力於金石書畫的搜集、研究。金兵入侵後她流亡、喪偶、被誣通敵、失盜、改嫁、訴訟、病痛……境遇苦不堪言；但她始終關心抗金復國。她的詞作在文學史上享有崇高的地位。著作《易安居士文集》、《易安詞》散佚。今存的主要作品：詩：《浯溪兩首》、《夏日絕句》、《詠史》、《上樞密韓公，兵部尚書胡公》；詞：《如夢令・春曉》、《醉花陰（重陽）》、《漁家傲・記夢》、《聲聲慢・秋情》、《永遇樂・元宵》；文：《詞論》、《金石錄・後序》、《打馬圖經》等。

筆者以為李清照的思想和性格佔主導地位的是陽剛，而非陰柔；這才是當時人的印象；它主要表現在詩文上。然而，在她的剛性美背後又極富有陰柔的女性美；但這是其次要方面，從她的詞作中可見一斑。

紀實散文《生當作人傑》，力圖挖掘詩人的剛性美。

她老了，孤苦無依，舊病新愁，偌大的臨安沒一個知音。

「渡河！渡河！渡河！」夢裡還響著宗元帥的吶喊。【1】她的一腔熱血，被柳三變【2】的卑下俚語吹成一池秋水。西子河畔、樓外樓頭響徹「三秋桂子，十里荷花」的弦歌。南渡的大佬們在鶯歌聲中、燕舞隊裡，叫落魄的才子再填幾首消魂的新詞。滿耳聽聞的是「露花倒影，煙蕪蘸碧，靈沼波暖」，士女遊春的盛況……

【1】宗元帥：即宗澤（西元一〇六〇—一一二八年）宋朝名將。字汝霖，婺州義烏人。曾任副元帥、東京留守。他多次上書力勸宋高宗回都，收復失地，但都被投降派阻止，憂憤成疾。臨死前猶呼「渡河」者三。

【2】柳三變：即柳永，北宋詞人，原名三變，字耆卿，排行第七，官職屯田員外郎，世稱柳七、柳屯田，崇安人。為人放蕩不羈，終身潦倒。雖對宋詞發展有所影響，但「詞語塵下」，清照有詩句刺之：「露花倒影柳三變」。

春在何處？春不在江南、不在臨安；不在融和天氣、不在清明時節；春也不在汴水，不在中州盛日。春在昔日詩詞、少女情懷、青州歲月；春在李宰相【3】抗金的宏圖中、春在宗留守殺敵的戰鬥中、春在太學生陳東【4】驚天地、泣鬼神的誓死請願中……

都去也！春被急風驟雨吹打盡，如今只見征鴻南飛、驚蛩哀啼、黃花堆積。

休說那些姐妹女眷一個個珠翠滿頭、綺羅香澤，妝扮齊楚，在元宵佳節，鬧哄哄地爭去長街看燈——猶如在東京繁華夢裡！就連那些慕她的才名、邀她賞光的詩朋酒侶，在重陽節、菊花會上，也沒一點兒男子氣概！一觸到清麗風光，一提到故國舊事，就只會長吁短歎、語

【3】李宰相：即李綱（西元一〇八三—一一四〇年）宋朝名臣。字伯紀，邵武人。金兵初圍開封，他力阻欽宗遷都，擊退金兵。高宗即位，任宰相，主張用兩河義軍，收復失地；在職僅七十五天，就被黃潛善、汪伯彥所排斥，後多次上書抗金大計，均未被採納。

【4】陳東（西元一〇八六—一一二七年）：北宋太學生，鎮江丹陽人。曾多次上書徽宗請誅蔡京等六賊，反對和金，要求抗戰。高宗即位後，他又斥責黃汪罪惡，請求用李綱，為高宗所殺。

不成流，引動滿座涕泗，一片悲慟。他們為什麼要作這種懦弱的兒女之態呢？又為什麼要把東晉士大夫哭新亭【5】的故事演給她看呢？丞相王導【6】的斥責，真是一洗她胸中塊壘呀：「你我應當同心戮力，報效王室，克復神州；何至於像楚國囚徒作相對哭泣呢？」宋室的「王導」在哪兒呢？李宰相只起用了七十五天，就被國賊反誣為「國賊」而撤職流放；宗留守被投降派逼至窮途末路，憂憤成疾，死不瞑目。她憤慨之餘，遺憾自己不是男兒，否則就留在北方，學那堅守並州的西晉將軍劉琨【7】與胡虜對峙到底。

她不願見淚水、聽哭聲；這幾年眼淚還流得太少、見得不夠嗎？強敵難道因為你可憐而

【5】哭新亭：《世說新語・言語篇》：「過江諸人，每至美日，輒相邀新亭，藉卉飲宴。周侯中坐而歎曰：『風景不殊，正自有山河之異』，皆相視而流淚。惟王丞相愀然變色，曰：『當共戮力王室，克復神州，何至作楚囚相對？』」。周侯：周顗，晉士大夫。王丞相：即王導。

【6】王導（西元二七六—三三九年）：東晉大臣。字茂弘，琅琊臨沂人。出身士族，歷仕元、明、成三朝丞相。他在領導南遷士族，聯合江南士族，穩定東晉政權起了奠基作用。

【7】劉琨（西元二七一—三一八年）：西晉將領，詩人。字越石，中山魏昌人。少與祖逖為友，湣帝初任大將軍，都督並州諸軍事，忠於晉王朝，長期堅守並州，招撫流亡，與劉聰、石勒等胡人政權相對抗。

不以刀兵相逼？皇帝難道由於你哭斷肝腸而發憤圖強？又是歌舞昇平、歌功頌德！金國的鐵騎剛剛離去，龍袍上還沾著逃竄海上的鹽漬風塵，剛回到杭州，就忘記了昔日向狼主搖尾乞憐的奴才相；建明堂、立太廟、開科舉……那班擅長揣摩龍心的試子便迎合其上，說什麼「陛下之心，臣得而知之。」殿試錄為第一名的張九成【8】，其對策詞藻華麗、語意媚俗、刻意求工，極盡阿諛奉承之醜態。如果當今天子真的時時處處都在惦念他的父兄——在寒荒漠北作囚虜的徽欽兩帝【9】，那麼何至於而今沒有王導、劉琨這樣的人傑？何至於讓投降派沐猴而

【8】張九成（西元一〇九二—一一五九年）：南宋錢塘人，理學家楊時的弟子。宋紹興二年高宗策試進士，錄其第一；策論中，他歷數四季，頌趙構念念不忘北虜的徽、欽二帝。因此，清照有詩刺之：「桂子飄香張九成」。但縱觀其一生，他反對議和，並被秦檜所貶謫。

【9】徽、欽二帝：即宋徽宗趙佶、宋欽宗趙桓。宋徽宗（西元一〇八二—一一三五年）：北宋皇帝。書畫家。神宗子。西元一一〇〇—一一二五年在位，任用蔡京、童貫等奸賊主持國政，貪污橫暴，濫增捐稅。他窮奢極欲，大興道觀，搜括江南奇花異石。靖康二年被金兵所俘，後死於五國城。（今黑龍江伊蘭）。宋欽宗（西元一一〇〇—一一五六年）：北宋皇帝。宣和七年底，金兵南侵時，接受其父傳位。靖康元年，他雖被迫用主戰派李綱擊退金兵，但仍割地求和，並制止各路援軍前來。不久，金兵再度南下，破城，次年，同徽宗被俘北虜，北宋亡。後死於五國城。

冠，主戰派西風瘦馬？何至於他棄天下蒼生不顧而望風披靡，最後苟安江南一角呢？

想想也真可笑，那年她禍從天降，丈夫病故，陷於劇痛；那些卑鄙齷齪之徒還來趁火打劫，造謠她以玉壺贈番邦，給她扣上一個「通敵」的罪名。慌亂之中，她只得將僅有的一些、視作比生命還寶貴的銅器古物投獻朝廷，以洗刷污垢。可是，皇帝在哪兒呢？啊，皇帝陛下的腿又長又快，還沒有瞧見金兵的影子，就棄建康飛逃。聽說他跑過了鎮江、平江、杭州，現在流亡到浙東一帶。她只好趕到越州（其時，建康剛剛陷落）；誰知皇帝已逃到明州。她追到明州，皇帝卻乘船入海去了。她無可奈何，由陸路經奉化、台州、黃岩雇船入海，緊追御船；又從溫州、章安、台州、定海、明州、餘姚，終於追到了皇帝駐蹕的越州，整整兜了一個大圈子才算追上……

瞧他在江南已覺得泥馬過江，自身難保而惶惶不安，哪裡還會想到在冰天雪地裡受苦受難的兩聖呢？他不過是迫於輿論，怕其民變，才裝模作樣地派出使節赴金國通問兩聖。一旦真的將兩聖迎回，他還能坐穩這把龍椅嗎？

簽書樞密院事韓侂胄、工部尚書胡松年【10】，此行責任重大，苦衷難言。世人對他倆很苛求：投降派以為他倆會敗盟，不堪重任；主戰派以為他倆是妥協，不該使金。那麼袞袞諸公，你們為何不敢挺身而出，直入虎狼之穴；卻低眉垂首、戰戰兢兢，生怕皇帝點到了自己？

你們為何不肯冒死直諫，請纓作戰；東晉的祖逖將軍【11】不是在朝廷不發一兵一卒的逆境下，毀家紓難，率領家口親友渡河抗戰，收復失地嗎？韓公侂冑乃大宋名臣、三朝元老韓琦的曾孫；她常以父祖出自韓琦門下而引為自豪；韓公定能不辱使命，光揚門楣。胡公松年的愛國之心、清高德操，有目共睹。奸相秦檜專權，滿朝文武有幾個不趨炎附勢，奔走依附於老賊門下？胡公松年卻是個例外。他於抗金救國大計自有韜略：力主恢復中原，必從山東開始……他倆使金，且不說要做好種種不測的防備：扣留、侮辱、折磨、殘害等，就像從前離歌裡唱的那樣：

風蕭蕭兮易水寒，
壯士一去兮不復返。

【10】韓侂冑：字節夫，相州安陽人。胡松年：字茂老，海州懷仁人。紹興二年五月丁卯，吏部侍郎韓侂冑為端明殿學士、同簽書樞密院事充大金軍前奉表通問使，給事中胡松年任試工部尚書充使金副使，使金。

【11】祖逖（西元二六六—三二一年）：東晉名將。范陽遒縣人。建興元年，率領家口親黨北伐，渡江北上，收復黃河以南地區。後得不到朝廷支持，憂憤病死。

而且要一探敵寇虛實，努力將兩聖迎回，不管當今皇上的虛情假意，也要洗雪國恥。

對於韓胡兩公，她十分惋惜的是，由於地位、身份有別，不能參拜他們，再加上自己貧病交加、臥床不起，也不能為他們送行。不過，她的志氣猶在、心火不滅，尚能拿起這支禿筆，給大人賦詩，以壯行色：

欲將血淚寄山河，
去灑東山一抔土。

那麼，諸位男子漢、大丈夫的雄心呢？

還是杜門謝客、離群索居的好：在小院徘徊、簾下低坐。滿籬黃花凋謝，與她一般瘦損。是黃花？是人？只覺得淒風苦雨、霜重霧濃，花和人一樣憔悴、人和花一般命運。環顧四壁，空空蕩蕩、冷冷清清，一無長物、二無慰籍。

從前在青州的時候，明誠不時外出，或者尋訪古跡文物，或者親去摹拓碑文，後來兩度赴外地做官而不在自己身邊。頓時感到冷清淒切，離愁別恨：

此情無計可消除，
才下眉頭，卻上心頭。

但畢竟有滿室的書詩可供她消愁解悶，有小歌詞讓她寄託情懷、抒寫相思。待到他遠遊歸來，或者她去他任上聚首，更添一種難以言說的歡欣：她將以自己的一首新詞，令丈夫驚喜把玩、歎為觀止呢。更多的時候，她和擺滿一間間屋子的金石字畫做伴；這些銹跡斑斑、文字殘缺、色澤暗淡的古銅器、石刻、碑拓、字畫吸引了她的心靈。她彷彿闖入一個神奇的世界、參拜一座輝煌的殿堂，忘卻了人間有那麼多的憂患痛苦、發現了世上有那麼多的奇跡美觀。她似乎親眼目睹那班諸侯貴族、帝王將相自古所使用的貴重而精巧的銅器，從奴隸、賤民手裡製作出來：鐘、鼎、甗、鬲、盤、匜、罇、敦……她似乎親眼驚覷石匠在深山大澤中、懸崖絕壁上摩崖石刻；她似乎親眼喜見王羲之修禊蘭亭序、唐高宗刻石泰山、徐熙畫牡丹圖、白居易書楞嚴經……一樁埋沒於歷史塵土中的故實就此被發現、一件冷落於當時的藝術珍品就此被賞識、一個被偏見奉為教條的謬誤就此被匡正、一段由於天災人禍戰亂而失卻的史事就此得到補綴。這裡面也有她的一份功勞呀！

她沒有想到：她，一個天真爛漫的少女、一個官宦小姐、一個士子夫人，會和這堆被人視為廢銅爛鐵、磚瓦石塊、破書廢紙打交道，更沒有想到甚至賠上自己的一生。並和那個書呆子的丈夫迷得廢寢忘食、神魂顛倒；寧可布衣菜蔬、當光賣盡，而將全部資財、心血花在搜羅、研究、整理這些東西上面。他倆似乎是為它們活著；也惟有他倆，才是它們的知音、伯樂、保護人呀。以至到後來大難臨頭，金兵南下，明誠奔母喪已去建康，她面對滿箱滿筐滿櫃滿案的金石字畫戀戀不捨、悵然無措，不知道怎麼辦才好。平時，與它們朝夕相處，日月交接，已有極深的感情：摩玩舒卷，心領神會，它們已成了她的骨肉、她的心血。一旦有變，她恨不能將它們一個個全都帶走；如今她只能懷著十分痛惜、負疚的心情，硬硬心腸把已挑好的放下，重行選擇。她挑了又挑，選了又選，直到不能再挑去、不能再剔除為止。所帶的金石字畫還是眾多，滿載十五輛大車。她自知餘下的文物再無相見之日，心存僥倖，打算明年開春再來載運……而今，她平生所愛，和丈夫畢生的心血都蕩然無存！只有明誠的遺著《金石錄》三十卷還在案頭，與她朝夕相伴相視。

明誠，明誠，我們當初這樣苦心搜求、慘澹經營，難道就是為了眼睜睜地瞧著它們、一朝失去而不復留在人世嗎？

曾記得看到你每獲一幀名人字畫、一幅古代碑拓、一件銘文銹蝕的銅器、一卷黃舊的詩詞抄本時的狂態癡情，我也心動了。我被你從中發掘出來的天生麗質、滲透炎黃子孫的堅毅精神、洋溢先人才智的光芒弄得豁然開朗。我將與你並駕齊驅、比翼雙飛。讓後人瞧瞧，我李易安不愧為趙明誠的知己、賢內助。記否我們著書立說之前、飯後茶餘之時，在「歸來堂」作的賞心樂事嗎？我好勝心強，以博聞強記自負，每每指著滿堆的書史典籍，要彼此輪流作莊出題，猜某某事在某書某卷第幾頁第幾行，以角逐勝負；誰勝就享有品茶飲茗在先的資格。其結果，有許多回都是我捷足先登、搶杯在手、哈哈大笑。你笑我失卻大家體統，我笑你又是瞠乎其後。我在得意忘形之際，把一杯茶注入口中——錯傾入懷抱，頓時，衣裙濕透，狼狽不堪，引得你哈哈大笑……這種樂趣再也不會來了。如今回憶起你的笑聲也是一種福份，不管一瞬間驚醒，會付出雙倍的創痛！你在何處？為什麼要拋下我一人，受那孤苦淒涼的老境折磨、各種愁滋味的煎熬、鬼魅的暗算、豺狼的蹂躪？那窗外的風聲、雨聲是我痛悼你的哀哭聲，還是你跟我永別時的斷腸聲？世人只知我在人前敢做敢為、敢愛敢憎、彷彿巾幗英雄、女中丈夫；卻不知道我在人後是這樣一個多情善感、愁眉常鎖、愁心常捧的弱女子。是呀，我在人前從不落淚，從不怯懦，再大的哀傷我也強自忍受，最大的痛苦我也只讓它在心中咬噬。我為什麼要讓別人來可憐我、施捨我，將我當成可卑的弱者？你看那：叢叢白菊，縱然風雨無情，將它摧折，它依然雪清玉瘦，花香濃郁，與屈原、陶潛風韻相宜！

從小家父就把我當成男兒看待，他教我讀經史百家、詩經楚辭、太白詩、韓愈【12】文等，又教我做文章。他說文章三昧：氣、誠、橫。即貴為精神、講究真情、富有創造。家父自己就是這方面的學者、大家；和前輩蘇軾他們時相往來，唱和。他在讚歎我的文章之餘，忽又遺憾我是女子——像家父這般開明通達之士也囿於迂腐之見！

我的天性有一股不媚俗、不入流的個性。說不清是家父常常吟誦、並以此作為楷模的範文：諸葛亮的《出師表》、劉伶的《酒德頌》【13】、陶潛的《歸去來兮辭》、李令伯的《陳情表》【14】……促使我暗下決心，一定要寫出不朽文章；還是我從慈母的婦德綱常的傳統教誨中產生反思，使我對女性的自甘下賤、百無聊賴、默默無聞地過一生進行了反省。難道幾千年來文的就只有班婕妤【15】、蔡文姬【16】；武的就只有花木蘭【17】、梁紅玉【18】？難道英雄豪傑就只有男人能做？救國濟民的大任只是男子的事？難道騰雲駕霧、叩問天帝；大鵬展翅，一飛

【12】韓愈（西元七六八—八二四年）：唐朝傑出文學家、哲學家。字退之，河南河陽人。自謂郡望昌黎，世稱「韓昌黎」。曾任國子監博士、刑部侍郎等職。他和柳宗元同為古文運動的宣導者、「唐宋八大家」之一，他的詩文對後來影響很大。

【13】劉伶：西晉沛國人，字伯倫，「竹林七賢」之一。他的《酒德頌》對禮法表示蔑視，宣揚老莊思想和縱酒放蕩生活。

【14】李令伯：即李密（西元二二四—二八七年）西晉建為武陽人，一名虔。少仕尚書郎，蜀漢亡後，晉武帝召他，他以父早亡，母再嫁，與祖母劉氏相依為命，因上《陳情表》固辭；祖母死，才出仕。

沖天；讀書萬卷，下筆有神，只有屈原、李白、杜甫才能夠嗎？不！清照只信鍥而不捨、有志竟成。清照以為有慧即通，通則無所不達；能專即精，精則無所不妙。做詩有驚人句，算什麼本領？詞壇名宿的小歌詞皆非完璧。比如柳耆卿【19】詞語塵下，蘇子瞻【20】句讀不葺，王介甫【21】更不通音律，至於晏叔原【22】、賀方回【23】、秦少游【24】、黃魯直【25】之流，則無鋪敘、少典重、欠故實、多疵病。需知詞別是一家……

誰讀了她的《浯溪中興頌碑【26】和張文潛》【27】兩首，會相信這樣鞭撻有力、寓意深遠的諷喻詩，竟出於一個年剛及笄的深閨少女之手呢？

　　堯功舜德本如天，
　　安用區區紀文字？
　　著碑銘德真陋哉，
　　乃令神鬼磨山崖。

諸公，樹立中興頌碑是必要的嗎？要緊的是應該從安史之亂中引出教訓：

　　夏為殷鑒當深戒，簡策汗青今具在。

【15】班婕妤：西漢女文學家。名不詳，樓煩人，班固祖姑。少有才學，成帝時選入宮，立為婕妤。今僅存《自悼詩》、《搗素賦》、《怨歌行》。

【16】蔡文姬：即蔡琰。東漢著名女詩人，東漢文學家蔡邕之女，陳留圉人。博學有辯才，通音律。漢末大亂，為董卓部將所虜，歸南匈奴左賢王，居匈奴十二年，後被曹操贖回，再嫁董祀。有《悲憤詩》、五言及騷體各一首，備言痛苦。琴曲歌詞《胡笳十八拍》相傳亦為其作。

【17】花木蘭：中國古代女英雄。曾女扮男裝代父從軍，立功而還。北朝有民歌《木蘭詩》詠其事蹟。

【18】梁紅玉：南宋著名女將領。韓世忠之妻，封安國夫人，後改為楊國夫人。建炎四年，與丈夫在黃天蕩阻擊金兵，擊鼓助戰，金兵突破江防後，她又上章請治韓世忠之罪。

【19】柳耆卿：即柳永。

【20】蘇子瞻：即蘇軾。參見《念奴嬌——大江東去》篇。

【21】王介甫：即王安石（西元一〇二一—一〇八六年）：北宋傑出政治家、文學家、思想家。字介甫，號半山，撫州臨川人。神宗熙寧二年，任參知政事，次年拜相，進行變法，但終於失敗。「唐宋八大家」之一。其詩遒勁、清新，詞風格高峻。

【22】晏叔原：即晏幾道（約西元一〇三〇—一一〇六年），北宋詞人。號小山，臨川人，著名詞人晏殊第七子。

【23】賀方回：即賀鑄（西元一〇五二—一一二五年）北宋詞人。號慶湖遺老，衛州人。好以舊譜填新詞而易其調名，謂之「寓聲」。

【24】秦少遊：即秦觀（西元一〇四九—一一〇〇年）北宋著名詞人。字少遊、太虛，號淮海居士，高郵人。曾任秘書省正字，兼國史院編修官等職；被視為元佑黨人，累遭貶謫。文辭為蘇軾賞識，「蘇門四學士」之一。

這樣的見地遠遠高出元結、張耒這些前輩詩人的盲目歌頌、陋見套語。誰會相信《漁家傲・記夢》這首充滿奇思妙想、探求理想境界、豪放清逸的雄詞，會與寫「簾卷西風，人比黃花瘦」這般細膩、委婉、幽怨的婉約詞是出於同一位小婦人之手呢？

九萬里風鵬正舉，
風休止，
蓬舟吹取三山去！

【25】黃魯直：即黃庭堅（西元一〇四五—一一〇五年）北宋著名詩人、書法家。號山谷道人、涪翁，分寧人。任校書郎、著作佐郎等職；遭貶謫。他出於蘇軾門下，而與其齊名，世稱「蘇黃」。

【26】中興頌：作者元結（西元七一九—七七二年）唐朝文學家。字次山，號漫郎、聱叟。曾避難入猗玗洞，因號猗玗子；河南魯山人。參預抗擊史思明叛軍，立有戰功，後任道州刺史。詩文注重政治現實和人民疾苦。

【27】張文潛（西元一〇五四—一一一四年）：即張耒。北宋詩人。號柯山，楚州淮陰人。「蘇門四學士」之一。《中興頌》詩，歌頌唐肅宗平定安史之亂，使唐室中興。唐代宗時於浯溪摩崖勒石，刻成中興頌碑，由顏真卿書。後張耒作《讀〈中興頌〉》，傳頌一時。但清照的和詩卻予以批判，提出獨特見解。

誰讀了《夏日絕句》，不以為它自然是李太白或者蘇東坡這樣的大手筆所書的呢？

生當作人傑，
死亦為鬼雄。
至今思項羽，【28】
不肯過江東。

這樣的氣魄、才情、膽識，也惟有李、蘇兩位天才才能創造呀！不，就是他們也不敢這樣狂妄、囂張、借敗寇項羽，直刺皇帝趙構如喪家之犬地一味逃跑，苟且偷安呀！當最後證

【28】項羽（西元前二三二—前二〇二年）：秦末農民起義領袖。名籍，下相人。楚國貴族出身。起義後自立為西楚霸王，在楚漢戰爭中為劉邦所敗，最後從垓下突圍至烏江，烏江亭長備船讓他渡江，他謝絕道：「天之亡我，我何渡為？且籍與江東八千人渡江而西，今無一人回。縱江東父老憐而王我，我有何面目見之！縱彼不言，籍獨不愧於心乎。」終不願渡江，追兵至，乃自刎死。

實是李清照的手筆，一時譁然。一些對朝廷敢怒不敢言的正人君子，一面為她擔心，一面暗地讚歎她是倜儻丈夫、閨閣李蘇，壓倒了鬚眉男子。

但，她一到無人處，淚珠兒卻撲簌簌地從頰上掉下，寒噤把她陣陣抽打，烈烈剛腸化為秋日裡暗淡無力的流水，愁苦猶如暮色，黑暗從四面八方壓來。她不知怎樣度過這殘生、這夜半、這黃昏？惟有把它和著淚點點滴滴、細細密密織進詞裡。

她終老青州，寄心金石，心中一番事業的夢想，因靖康之變的國恥而驚碎了。金寇南侵的戰火，又燒毀了她和丈夫長年累月、千辛萬苦所構築起來的文藝殿堂。她被一陣狂飆捲入到難民行列中，流離失所、無家可歸。她壓根兒也未想到，真正的愁苦僅僅開始，連串的災禍將像淫雨天沒有盡頭！她的夫君怎麼可能猝然撒手西去？她天真地以為明誠將同她白頭偕老，死將同穴。《金石錄》還未完稿，她還有心事要向他剖白，同他唱和；雖說每每唱和多是她主動，而每回唱和都使他自愧不如，但她仍覺得明誠是她最好的詩朋酒侶。他倆的恩愛、知己，猶如牛郎織女一般情長誼深。

那年，朝廷罷明誠建康太守時，她為此有多麼高興：他的天性、志趣、才幹，與升官發財無緣；他完全不像乃父、故尚書左丞趙挺之那樣熱衷功名利祿，不顧父子之情。她著實地諷刺這位任相爺的公公是「炙手可熱心可寒」呢。趙挺之擅長在風浪險惡、沉浮不定的宦海中弄潮順流，以至生前官運亨通而立於不敗之地。明誠卻與其父背道而馳，惟一的志向就是「窮遐方絕域，盡天下古文奇字之志」。偏偏皇帝要他做官，君命難違，他只得出任萊州、淄州知府。他倆每一次小別，在她都有一種度日如年、鵲橋相會的感覺。這趟罷官，正是他倆求之不得的好事！在這兵荒馬亂年頭，皇帝昏庸、奸臣當道，忠臣良將也難有作為；還是夫婦相依為命。皇帝又心血來潮，把他倆又一次拆散，送他往死路上去！他對於金石字畫珍視愛惜，深知怎樣鑒別、保存、整修。有一次，她閱讀卷帙不小心，稍有汙損，他就責令她將汙損處拂拭完好，全然不像平時那麼隨和、溫馴，是個沒有脾氣的老好人。如果買來的字畫稍有殘缺，他就立即修補，直到滿意為止。他在接旨赴湖州任時，臨別時念念不忘收藏，諄諄囑咐她，萬一有什麼意外，也要懷抱宗器同歸於盡。但為什麼他對自己的身體反而不懂得保重、愛惜呢？於是，途中中暑，庸醫誤人，病入膏肓，絕筆而去。

失去支柱的寡婦，猶如委地的女蘿遭人殘踏；沒有兒女的孀老，彷彿失窩的雛燕被人欺侮。惡人伏在暗處對她射出毒箭。明誠重病時，張飛卿學士前來探望，攜來一只玉壺請明誠鑒賞。明誠精神陡地一振，激起他的考古癖性。他的眼神隨即默然，搖頭把玉壺還給對方。他的這位不識貨的朋友，把賤價的瑨當作貴重的玉被人騙了。

傷夫之痛未去，通敵之冤又加。先是十五車文物在鎮江遇盜，繼而所餘的二萬卷書、二千卷金石刻又在洪州遭劫；而留在青州的十多間書冊古器毀於兵燹。碩果僅存的極少數卷軸書帖、寫本，如李杜韓柳集、《世說》、《鹽鐵論》；漢、唐石刻數十軸、三代鼎鼐十數件、南唐寫本數篋……她連忙搬進臥室；即便在病中也只是偶爾把玩欣賞。「玉壺頒金」謠言一出，眾口鑠金、積非成是，雖洗黃河之水無法去穢，縱飛六月之雪亦難伸冤。她不得不把所有銅器、古物投獻皇帝行在。途中，又被卜居於會稽的鐘姓居民盜去大半書畫卷軸。她悲憤之中真想自殺，她到了山窮水盡、惜物甚命的地步。但她萬萬不能讓這最後一點文物再明珠暗投、環寶遁去。老天呀，她的命運被播弄於人家的股掌之中，她被踢入社會的底層。

她震驚於自己一個士族女子、名門裙釵，鐵中錚錚、庸中佼佼，心比天高，卻命比紙薄！不但多少事老去無成，而且落到長枷扼頸、罪衣囚身、百人所指、千夫所笑的地步——她晚年再醮已為人所輕，嫁了再告後夫更是膽大妄為。大宋國的《刑統》上條例分明：妻告夫者即便屬實，亦須服刑二年。

不！易安出乖露醜、身敗名裂，也要告他這廝：騙婚、奪財、虐妻；就是刀山火海、永墮地獄，也要與他一決雌雄！張汝舟【29】這無賴子，生就一條如簧的巧舌、一張似錦的嘴巴，利用胞弟的老實輕信，探知我屋漏夜雨、新寡連禍，就此設下圈套。我倉皇之中，愚謬昏矇，以為他是志同道合之友、情投意合之侶，晚歲有靠、殘志能展。一朝歸於張氏，他便暴露市儈本相、匪人面目：原來他是妄圖奪我劫餘珍藏、謀我千金字畫。我大呼上當，後悔不迭，他又對我飽以老拳，日夜相逼。胞弟卻軟弱迂腐：「家醜不可外揚」，勸我顧全名聲，不妨忍讓。不！易安梅心菊質豈能和奇臭之人共處朝夕；清照高才令德豈能和卑下之夫白首偕老？我與他是鯤鵬、鷃雀之別，升降根本不同；我與他是火鼠、冰蠶之對，嗜好恰恰相反。我寧肯以隋侯之珠彈千仞之雀【30】，傾其所有，也要把他告倒；我哪怕抱玉撞柱將頭碎壁【31】，拚卻性命，也不能讓他私欲得逞！哈哈，老天有眼，我終究看到這個奸小機關算盡，適得其反，

【29】張汝舟事：宋．李心傳《建炎以來繫年要錄》：紹興二年九月戊午朔：「右承奉郎，監諸軍審計司張汝舟屬吏，以汝舟妻李氏訟其妄增舉數入官也，其後有司書汝舟私罪徒，詔除名，柳州編管。十月己酉幹遣。李氏，李格非女，能為歌詞，自號易安居士。」清照從改嫁至離婚在三月左右，時年四十九歲。

【30】《莊子雜篇．寓言》：「今且有人於此，以隋侯之珠，彈千仞之雀，世必笑也。是何也？則其所用者重，而所要者輕也。」清照反其意而用之。

【31】《史記．廉頗藺相如列傳》：相如奉璧西入秦，視秦王無意償趙城，相如因持璧，卻立倚柱，怒髮上衝冠，謂秦王曰：「大王必欲急臣，臣頭今與璧，俱碎於柱兮。」

被罰罪除名，謫居嶺南。我幸仗明公求助，得到勝訴，免除二年之刑，獲釋九天之牢……

雨滴黃昏、風敲紙窗、雁過花落，飲酒更添寒意、填詞倍增愁緒：韓胡兩公，此去音問？北地遺民，生計如何？復國大計豈是和豺狼議和，屢屢結盟哪可成功？中原一日未復，就一日不能重返故土，祭掃廬墓、探望青州。相國寺內，會尋覓到多少奇趣，典衣賣釵，淘來一石一畫；歸來堂上，會享受到多少極樂，秉燭校勘，沉浸一器一卷。浮生若夢，盡成煙雲！趕快將明誠遺著《金石錄》補寫書跋，也好告慰亡人……啊，三十四年之間，憂患得失，何其多也！然而，萬物都是有有必有無，有聚終有散，這也是世之常事、物之常理。孔夫子不是說過：「人亡弓，人得之」嗎？我倆收藏的散失又算得了什麼呢？且看金甌殘缺、大廈飄搖，敵酋亡我之心不死，又是洶洶而來。金寇和偽齊聯軍侵犯淮上，又攻滁州、亳州、濠州，全不聽趙構重彈投降老調：「我南朝如今守則無人，奔則無地，所以我日日夜夜戰戰兢兢，惶恐不安，惟望閣下念我可憐而頒恩饒赦。前不久，我連連上書給閣下，願意削去國號，在這天地之間惟你金國為大，不敢再尊第二位國主。我祈願閣下不必勞師動眾，辛苦遠來而後為快呀……」

無恥！無恥！無恥！有如此昏君，就有如此賊臣：國賊張邦昌【32】、劉豫【33】身為朝廷大臣，卻力主降金，棄職潛逃，為鬼畫皮、為虎作倀，叛國有功、投敵得力，先後被冊封為帝，建立「楚」、「齊」。這兩個傀儡、漢奸憑什麼天意繼兩聖坐宋朝龍椅？它像僭主王莽篡漢的「新」朝【34】——生在兩漢之間的一個毒瘤，應當割去！身陷北寇的宋朝臣子中，為什麼沒有嵇叔夜【35】這樣的義士？他就是和篡奪曹魏江山的亂臣賊子司馬氏拒不合作，他的正氣化成

【32】張邦昌（西元一〇八一－一一二七年）：漢奸。北宋永靜軍東光人，字子能。歷任禮部侍郎、少宰、太宰等職。靖康二年，金兵攻陷東京，他建立傀儡政權，稱楚帝三十三天。高宗即位後，被放逐處死。

【33】劉豫（西元一〇七三－一一四六年）：漢奸。字彥游，景州阜城人。北宋末任殿中侍御史、河北提刑等職。金兵南下時逃離職守。建炎四年受金冊封為「齊帝」。後多次配合金攻宋，均遭失敗。

【34】「新」朝：始初元年（西元八年），王莽代漢稱帝，國號「新」，建都長安。更始元年（西元二三年）滅亡。

【35】嵇叔夜：即嵇康（西元二二四－二六三年），三國魏著名文學家、思想家、音樂家。譙郡銍縣人。與魏宗室通婚，官至中散大夫。「竹林七賢」之一，與阮籍齊名。因聲言「非湯武而薄周孔」，不滿於當時掌權的司馬氏集團，遭鍾會構陷，為司馬昭所殺。他善鼓琴以彈《廣陵散》著名，並作《琴賦》。

就義前彈奏的《廣陵散》樂曲，絕響天地、震鑠古今。西楚霸王如果地下有知，或生在當今，瞧見皇帝老兒逃竄的狼狽之相，會怎樣怒髮衝冠、暴跳如雷？

逃跑！逃跑！逃跑！趙構又是聞風喪膽地逃跑。

清照避難金華，意欲排解愁悶、寄託心志，但小詞無力，登高傷心。追憶舊時歡娛：秋千架上，荷花深處……覺來悲涼更甚。她怕翻亡人遺墨，和他相見之餘，心潮難平。在這寒冬臘月，也怕折梅花：

一枝折得，
人間天上，
沒個人堪寄。

她想起平生最喜博弈，往往沉溺其中。於是，玩起了閨房之雅戲——「打馬」【36】。打馬！打馬！打馬！她齊驅八駿，如同周穆王萬里之遊【37】；善御五隊，似楊氏女驪山之幸【38】。她或者成了用兵如神的劉秀，昆陽之戰大敗王莽【39】；或者是個指揮若定的黃帝，涿鹿之師【40】擒殺那蚩尤。她率軍夜行銜枚，若章邯擊項梁【41】；單槍賈勇爭先，像高固襲晉師【42】。打馬！打馬！打馬！她不負平生，儼然桓溫伐蜀【43】，奇兵飛度劍閣；一睹未輸，不啻

【36】「打馬」：古代的一種博弈，乃閨房之雅戲，可一人消遣，今失傳。「凡馬二十匹，用犀象刻成，或鑄銅為之，如大錢樣，刻其文為馬文，各以馬名別之，如驊騮之類。」清照精其博，且作《打馬圖經》。「使千百世後知命辭打馬，始自易安居士也。」

【37】周穆王萬里之遊：《逸周書・周穆王篇》：「穆王乘八駿，賓於西王母，觴於瑤池之上，一日行萬里。」

【38】楊氏女驪山之幸：《唐書・楊貴妃傳》：「玄宗每年十月幸華清宮，國忠姐妹五家扈從，每家為一隊，著一色衣，五家合隊，映照似百花之煥發，而遺鈿墜舄，瑟瑟珠翠，燦爛芳馥於途。」

【39】昆陽之戰：漢朝推翻王莽統治的最大戰役。更始元年，王莽派王尋、王邑以四十二萬兵馬包圍昆陽攻城，王鳳等率義軍八、九千人奮勇堅守，劉秀（後乃漢光武帝）突圍求援。各地義軍進援時，劉秀乘王莽莽軍輕敵懈怠，率精兵三千突破敵軍中堅，殺死王尋，配合各路義軍，殲滅王莽主力。

【40】涿鹿之師：《史記・五帝本紀》：「蚩尤作亂，不用帝命，於是黃帝乃征師諸侯，與蚩尤戰於涿鹿之野，遂禽殺蚩尤。」

【41】章邯擊項梁：參見《漢書・高帝紀》。

【42】高固襲晉師：《左傳》成公二年：「齊高固入晉師，桀石以投人，禽之而乘其車，繫桑本焉，以徇齊壘，曰：欲勇者賈餘勇。」賈勇：勇有餘，欲賣之。

【43】桓溫（西元三一二—三七三年）：東晉大臣。字元子，譙國龍亢人。明帝婿。曾於永和三年滅成漢；成漢在蜀。

謝安破賊【44】，驃騎奪過淝水。她豪氣成虹、壯志煉鋼：誰說今日沒有桓溫，明朝缺少謝安？且看岳鵬舉【45】收復六郡有襄陽，韓世忠【46】大破賊軍於大儀！

打馬！打馬！打馬！她威風凜凜，檢閱六軍；英姿勃勃，調兵遣將，恍若張良【47】運籌於帷幄之中，韓信【48】決勝於千里之外。她神似曹孟德【49】烈士暮年，壯心不已；酷肖花木蘭橫戈躍馬，梟首佛貍【50】，與南宋王師相將渡淮，直搗黃龍！【51】

【44】謝安（西元三二〇—三八五年）：東晉政治家、軍事家。字安石，陳郡陽夏人。出身士族，孝武帝時至宰相。太元八年，前秦百萬軍南侵，他使謝玄等北府兵八萬迎戰，巧渡淝水。其時，他在山墅與張玄下棋，一賭別墅。大勝驛書送來，他閱畢仍棊，客問之，他徐答之：「小兒輩遂已破賊。」

【45】岳鵬舉：即岳飛（西元一一〇三—一一四二年）中國傑出民族英雄。南宋抗金名將。字鵬舉，相州湯陰人。北宋末年投軍，由士兵升至元帥。紹興四年（西元一一三四年）大破金偽聯軍，收復襄陽、信陽等六郡，後屢敗金軍。紹興十一年十二月二十九日（西元一一四二年一月二十七日）以「莫須有」罪名與其子雲及部將張憲同被宋高宗、秦檜等殺害於臨安。甯宗時追封「鄂王」。他的詩詞散文均慷慨激昂。

【46】韓世忠（西元一〇八九—一一五一年）：南宋名將。字良臣，綏德人。行伍出身。宋金戰爭時，數敗金兵。紹興四年（西元一一三三年）在大儀大敗金偽聯軍。秦檜主和，他多次上章反對，後被解除兵權。岳飛冤獄中，他面詰秦檜。所言不被採納，乃自請解職。

【47】張良（？—西元前一八六年）：漢初大臣。字子房，城父人。祖與父相繼為韓昭侯、宣惠王等五世之相。秦滅韓後，他圖謀復國。後得《太公兵法》，歸附劉邦，為重要謀士。漢朝建立，封留侯。

【48】韓信（？—西元前一九六年）：漢初名將、諸侯王。淮陰人。初屬項羽，後歸劉邦，被任大將。楚漢戰爭中，大敗楚軍，並擊滅項羽於垓下。

【49】曹孟德：即曹操。作有《龜雖壽》詩。

【50】佛貍：魏太武帝拓拔燾小名。此處指金國主。

【51】黃龍：府名。契丹天顯元年置，治所在今吉林農安縣。金天眷三年改為濟州。岳飛曾對部下說：「直抵黃龍府，與諸君痛飲耳。」岳飛以黃龍府泛指金國大本營，表示他收復失地的決心。另一說似不妥：岳飛誤把當時的燕京為黃龍城；所謂「直抵黃龍」實指燕京而已。豈有作為軍事家的岳飛會連這樣的地名而弄錯耶？

7 詠梅——只有香如故

陸游（西元一一二五—一二一〇年）中國偉大詩人。字務觀，號放翁。越州山陰人，出身於一個「貧居苦學」而仕進的世宦家庭。曾任鎮江、隆興、夔州通判、四川宣撫使司幹辦公事、寶章閣待制等職。堅決主張抗戰、充實軍備，但一直受到投降派的壓制，鬱鬱不得志。晚年退居故里，仍念念不忘收復中原。一生創作豐富，他的詩始終貫穿熾熱的愛國主義精神，被譽為「蘇陸」兩大家之一。他又擅長寫詞，所作不多但筆力雄健，文學史上與辛棄疾並列。主要作品：詩：《關山月》、《十一月四日風雨大作》、《書憤》、《農家歎》、《沈園》、《示兒》等；詞：《釵頭鳳・紅酥手》、《雙頭運・華鬢星星》、《訴衷情・當年萬里覓封侯》、《卜運算元・詠梅》等。文：《南唐書》、《老學庵筆記》。

宋孝宗乾道八年（西元一一七二年），主戰將領、四川宣撫使王炎聘陸游為幹辦公事，延至幕中襄理軍務。這使他的生活發生了很大變化，他換上戎裝，馳騁在當時國防前線南鄭（今漢中）一帶。這是他一生中光輝燦爛的時期（雖只半年時間），並成為其後半生的精神寄託和詩歌創作的源泉。由於孝宗只求苟安，不思進取，採納主和派意見，使他的報國雄心無法實現。

同年九月，朝廷將王炎召回，隨即罷免，陸游改任成都府安撫司參議官。他只得抱著「不見王師出散關」，「悲歌仰天淚如雨」的憤激之情，眼看收復中原的希望破滅。

紀實小說《只有香如故》描寫乾道八年十一月，陸游騎驢攜帶家眷離開南鄭重回四川調任，途中羈留在葭萌驛的悲憤抑鬱的心情與堅貞不屈的節操。就在這時他寫下了詩史上的名篇《卜運算元・詠梅》，借梅花寄託自己的心志。

驛外斷橋邊，
寂寞開無主。
已是黃昏獨自愁，
更著風和雨。

無意苦爭春，
一任群芳妬。
零落成泥碾作塵，
只有香如故。

一、

四川宣撫使司治所南鄭至劍門不過二、三百里路程，陸游騎驢卻走了一旬。到葭萌驛時，他像一張繃得過緊的弓弦般散架了，只得在驛站裡待了下來。好在劍門關已經在望，這一趟回錦城，又並非有什麼緊要公事，只是掛個閒職，去飽食終日、尸位素餐罷了。

陸游把自己關在小屋裡，不讓別人來打擾，就是他的妻子王夫人也吃了閉門羹。王夫人感到萬箭攢心，委屈與痛苦一齊襲來：昨天她丈夫還在一闋新詞裡欣賞她的嫵媚睡態：「綠雲堆一枕」；隨即又意識到這是自欺欺人：

鴛機新寄斷錦，
歎往事不堪重省。

這兩句，不是分明告訴她往日的山盟海誓，兩情歡洽，夫妻恩愛，已如織機上的錦緞被剪成兩斷了嗎？

自從暮春時節，他離夔州去南鄭任職，她等呀盼呀，望穿秋水，待到黃葉飄落，才將她的疑慮打消。一到那兒她又失望了：南鄭雖說是僅次於錦城的一個繁華之地、西北的重鎮，遠不是地辟人稀的夔州所能相比的。可使人心驚肉跳的是：它與侵佔中州的敵營離得實在太近了，只一山之隔，胡笳聲常常在蕭瑟嗚咽的朔風中傳來；有時，金國的鐵蹄也到這一帶騷擾；當初還是留在夔州的好。現在後悔已來不及了，她唯一的願望是丈夫能待在身邊，這是他能夠做到的——陸游的職務是公署衙門裡主管機宜文字和幹辦公事。天可見憐，她的夢想被撞得粉碎！才離別半年，他卻變得如此陌生？她憑女性的靈敏直覺一下子捉住這種奇特的變化，他就是不肯安分守己。

他身為文官，偏偏去幹武將們的差使：操練、打獵、偵察、奇襲……聽他的僚友說起，不久前，我軍的一支部隊在冰天雪地裡直插虎狼之穴，他一馬當先向敵叢衝去；在秦嶺的深山老林裡打獵，一頭吊睛白額的猛虎襲擊他們，將士們嚇得魂飛魄散，他卻穩如磐石，挺槍刺死老虎……這些故事聽來，直叫她冷汗淋漓、驚魂未定。

她攜家帶口來到南鄭後，他依舊頂盔貫甲，頭也不回地四出巡視去了，很少時間留在城裡；而當他馬蹄得得，風塵僕僕地公出歸來，還沒有在家裡稍事休息，又去宣撫使司衙門了。她納悶之中，忽然悟到了什麼，心頭又疼痛起來。在乍一見他時的那種渴念、驚喜的心情，已為怨艾和恐懼所代替：站在她面前的這位頂盔貫甲、英氣勃勃的風流儒將，竟是昨天那個酒漬滿襟、潦倒不堪、垂垂老兮的腐儒丈夫？不可思議的是：他那瘦削的面龐反被北地的風霜打得豐腴紅潤，他那佝僂的脊背反為艱苦的從軍生涯鍛鍊得偉岸勁挺。她弄不明白這是什麼緣故？她在欣慰之餘，有所不安。她暗中窺探，是什麼神靈法術使丈夫變得如此年輕、精神……她竭力想證實那個可怕的事實，又拚命想驅散那片籠罩的陰影。她為在他的臉上、身上再也找不到丈夫舊日的影子而感到苦悶。長吁短歎、愁眉苦臉、見月傷心、臨風流淚，才是她司空見慣的形象呀！如今見到他那喜色匆匆、談笑風生、彈琴如春風沁人、寫詩似秋月圓滿的情形，刺激得那條藏在她心底的毒蛇又竄出來噬齧她的靈魂了。

她先是發現丈夫留在南鄭的日子裡，並不是忙於什麼公事，而是在幕府、軍營與僚友們詩酒唱和、登高賞景；與將士們賭博豪飲、打球閱馬。後又探視到他在酒肆教坊、秦樓楚館，與那班放蕩、下流的女人混在一起，淺斟低唱、手舞足蹈、尋歡作樂……她的妬火燒了起來，她的身分則壓抑它不讓爆發。她再一想，即使她心碎地面對最可怕最冷酷的一著——他有了新歡，她又能怎樣呢？她畢竟人老珠黃了！古往今來，多少美女麗人，即便是國色天香也難逃這個可悲的命運呀。然而，使她更加不安的是，音訊如斷線的風箏再也不見他有什麼動靜。

她的心死死地揪住那根紅線，線的一頭拴著陸游的心。她驚恐地瞪著日日夜夜懸在她頭上的利劍。現在好了，終於離開了那個冷如冰窖的地方，壓在她身上的白色夢魘也隨之而去。事態並沒有完。昨夜，它又追蹤而來，爬到她的臥榻上，壓在她的身上……她想央求丈夫同床而眠以保護她，但羞於啟齒，即使她有這種「厚顏」，但捉摸到他臉上的表情時她也不敢提出呀。昨天，她暗中偷看他寫的新詞《清商怨・江頭日暮痛飲》後，夜來在床上輾轉反側，淚濕錦枕。她不明白和他結褵二十六年了，他還要拋棄她？她又有什麼過失將遭到被休的厄運？她捫心自問，她沒有愧對賢妻良母的責任。過去的事休去提它；就瞧在她接續陸家香火的份上：孩子們已長大成人，有的已娶媳生子，在她已是孫兒繞膝做祖母的人了，難道還要受這種恥辱嗎？這個要奪去她丈夫的無恥女人又是誰呢？她在記憶的迷宮裡搜尋著；在南鄭凡是與她丈夫有一點應酬、交往的女人：歌女、舞伎、官妓、僚友與長官的太太、小姐，她都不放過。可是，她徒勞地哭泣了。他把他的「阿嬌」藏到哪兒去了呢？在黑暗中，一個霹靂打在她的心上，借著閃爍的電光，她驚慌失措地窺見到一個風姿綽約、舉止嫻雅的女郎姍姍而來……

「唐婉！」[1]她慌不迭地掩住自己出聲的嘴……唐婉似乎沒有察覺窺探者而仍朝她走

【1】唐婉：陸游前妻、表妹。出身於仕宦家庭，富有文學修養，與陸游志趣相投，婚後美滿；但陸母不喜歡她，逼迫離婚。唐婉改嫁同郡士子趙士程。十年後，陸游遊覽沈園，與她邂逅，在粉牆上題寫《釵頭鳳・紅酥手》詞。她和了一首。不久，便鬱鬱而終。

來。她睥睨她，輕蔑之中卻本能地自慚形穢：唐婉長得實在俏麗動人；更兼是一個多情的才女。她注視著她的舉動，果然，她是朝她的丈夫走去，她朝他嫣然一笑，他回她癡情的凝眸。她從他倆目光的交流中，意識到他們的心靈已溝通了。她妬火熾烈地覷見他倆相互依偎著走進書房；門碰上的響聲震碎了她那狂熱的念頭——唐婉和陸游原是夫妻呀！

她羨慕他倆的美滿結合，遐想他倆的伉儷相得之餘生出一絲妒意，嫉妒誰呢？是陸游，還是唐婉？她不清楚，似乎都有一點，但偏重於唐婉。直到那個女人不稱婆婆、也就是她姑母的心意而被休去；她才覺得她紅顏薄命、佳人可憐。一種憐香惜玉的心情，使她幾乎忘了自己也是個柔弱的女性……現實不允許她如此多情，她而今的責任就是全心全意地侍奉好她的丈夫，用賢妻的溫柔撫平他心靈的創痛，讓兒輩的親昵拂去他對前妻的眷戀。但她很快便明白，這是一廂情願。隨著年深歲久，他對唐婉的相思愈來愈濃，強烈地達到哀毀成疾、形神俱傷的地步。在他倆離異的第九年上，他在禹跡寺南的沈家花園裡跟唐婉的邂逅，便將這種深情和淚，盡情地在粉牆上傾洩。《釵頭鳳》詞傳出，人們無不唏噓感歎、憐惜哀矜。又是許多年過去，丈夫的創傷已經平復，她和他的恩愛代替了昔日他倆的濃情；她也把唐婉忘卻了……想不到今夜她千里迢迢又來了，在他們寧靜安謐的夫妻生活中掀起了滔滔惡浪！她憤恨得將影影綽綽的僅有的一點同情也踩在腳下，嫉妒與偏狹驅使她朝那個奪去她丈夫的女人撲去……

她跌倒地上，又是個可怕的夢魘！唐婉不是早在二十年前就去世了嗎？

白色的夢魘，連白天也來欺侮她。

二、

白色的夢魘，也壓在陸游的身上。

不過與他的夫人所見到的迥然不同，而且是在他剛懂事時它就來了。在他十八年的人生中，大約只有兩次沒有敢來驚動他：一次是在宋孝宗隆興二年，他四十歲任鎮江通判時，在抗金名將、江淮都督張浚【2】的麾下；另一次即是在南鄭從事；嚴格地說來，只能算這一次。因為在鎮江任職不久，隨著主帥張浚的北伐失利，夢魘也伺機朝陸游反撲過來。只有在南鄭，

【2】張浚（西元一〇九七—一一六四年）：南宋大臣，主戰派將領。字德遠，漢州綿竹人。曾任樞密院事、川陝宣撫處置使、宰相等職。秦檜執政後，他被排斥在外二十年。孝宗時重被起用，北伐失利，又被主和派排擠去職。

他把那個全身腥膻味、披狐獸皮的惡鬼打敗了。他喜色重重、淚眼盈盈地見到被敵人霸佔的土地、財產、骨肉同胞回到了祖國的懷抱，重展華彩。他感到韶華、愛情回到他身上來了；衰弱的身體康復了，變得像駿馬般地矯健；昏花的眼睛明亮了，變得如鷹隼般地銳利。周圍的一切與他的心境水乳交融：幕府、軍營、校場、街巷、酒肆、歌館、民居在明麗清澈的秋陽裡顯得生機勃勃、欣欣向榮。每一個戰士，從最高長官宣撫使到小兵；每一個階層，從士紳到販夫歌女，都為同一個夢想憧憬著，為即將到來的喜事準備著，為自己能置身在這邊防前沿、抗戰重鎮而感到自豪。

陸游的心返老為童了，第一次發現世界是如此美好，不必說南鄭的那種五光十色、豐富多彩的生活：宴飲、縱博、歌舞、打球、賽馬……更有那在郊原雪野裡出擊，崇山峻嶺上巡視，充滿了無上的樂趣。

秋風獵獵、天高雲淡、落葉紛紛、草低獸現，正是狩獵的最佳季節。龍駒在原野上飛騰，雕弓在朔風中鳴響、金戈在虎嘯中閃光，寶劍在霜天裡開花。他笑古往今來的騷人墨客，總是那麼悲秋、怨秋、傷秋、悢秋，宋玉【3】開了個惡劣的先河，弄得那些報國的男兒、戍邊的將士，當秋風一起，雁聲呀呀，也英雄氣短，兒女情長，學起婦人腔來了。

冰天雪地、大夜沉沉、朔氣寒凝、飛雪撲面，正是奇襲的最好時機。一寸丹心，樂在天涯，他和將士們橫刀躍馬、銜枚疾走、沖雪蹴冰、臥冰飲雪，熱汗淋漓、熱血沸騰，在渭水北原、大散關前，衝鋒陷陣，血濺戰袍。他感慨無論是戍守的將軍，還是歌吟的詩人，都道從軍之苦、邊塞無樂。他最為欽佩的邊塞詩人岑參軍【4】也這樣令人寒戰地寫道：

將軍角弓不得控，
都護鐵騎冷難著。
瀚海闌干百丈冰，
愁雲慘澹萬里凝。
……

【3】宋玉：戰國楚辭賦家。後於屈原，或稱是其弟子。曾事楚頃襄王。他的長詩《九辯》主題是悲秋感懷，借景抒情的手法，對後世詩創作產生深遠的影響。

【4】岑參軍：即岑參（約西元七一五—七七〇年）唐朝著名詩人。南陽人，曾任兵曹參軍，故稱「岑參軍」。曾隨高仙芝到安西、武威、北庭、輪台等邊地生活。其詩與高適齊名，並稱「高岑」，善寫邊塞詩。

兩峰插天，一水入海，棧道如梯、雄關似鐵、野花明眼、雪山壯心，三百里公幹是賞心樂事，幾十日巡視總不過癮。他不解的是，那些高貴顯達、文臣武將為什麼死蹲在名都大邑，或天堂蘇杭、或成都揚州；就是在前線的，心也飛往江南？詩人們更是大寫特寫「江南好」，《望江南》、《憶江南》、《江南曲》之類的詩詞，連憂國憂民的白居易【5】也唱道：

江南好，
風景舊曾諳。
日出江花紅勝火，
春來江水綠如藍。
能不憶江南？

江南憶，
最憶是杭州。

【5】白居易：參見《我直諫》篇。

山寺月中尋桂子，
郡亭枕上看潮頭。
何日更重遊？
憶江南，
……

為什麼不唱西北好，邊塞憶，最憶是南鄭呢？他陸游就是生長在江南地方呀，也在「天堂」杭州——如今是皇帝陛下龍興的所在地生活過，可是他感覺不到一點福份。相反，那兒如酒的暖風熏得人醉生夢死、壯志消磨；那兒似景的氛圍把人的視野弄得如同蓬間雀一般。

只有到了南鄭，他才發現它是自己靈魂的托庇之所。他第一次自我反省，第一次找到了人生道路，第一次全面地批判了過去的作品。雄鷹搏起野兔，南鄭一下子抓住了他的靈魂把他帶上天空；他看到昔日的自己有多麼寒酸、慚愧。

他這個文弱的詩人，只是在無力地塗著蒼白的詩句。那些曾經奉為金科玉律的「格高」、「字響」、「脫胎換骨」、「點鐵成金」等做詩法寶，原來只是幾根枯骨。附在它上面的乾癟皮肉，已和他的老師、江西詩派的一代宗師曾幾【6】一樣爛掉了。他卻錯把錦繡裝飾的軀殼當成靈魂了。他欣喜若狂地發現他的詩魂閃耀在陝豫的高山大川，復活在川北的名勝古跡，跳躍在南鄭如火如荼的日子，激盪在同仇敵愾軍民的心胸中。

他這個卑微的文官，只是虛擲年華；他的用武之地不是在勾心鬥角、朝令夕改的朝堂；不是在古寺枯井、猶如死水的衙門；他的歸宿也不是在世外桃源的泉林、不是在柳暗花明的山陰；而是在秦嶺北麓、渭水流域。上馬擊狂胡，下馬草軍書，這才是老天賦予他的重任呀！

他這個空懷大志的壯士，只有井底之蛙的見識。昔日以為從山東進軍是北伐的方針；只顧痛快、便捷、接近敵人的心臟，而忽視了那兒有重兵把守、羅網高張；真是紙上談兵、腐儒之論，幾乎鑄成大錯。現在經過實地考察，惟有大西北才是進軍、凱旋的通道。一旦令下，披荊斬棘，長驅直入，定能使群陰伏、太陽升、胡無人、中原興！

【6】曾幾（西元一〇八四—一一六六年）：南宋詩人，江西詩派代表之一。字吉甫、志甫，號茶山居士，贛州人。曾任江西、浙西提刑、敷文閣待制、奉通大夫等職。因主張抗金而被秦檜排斥。陸游曾從他學詩。

壓在他身上的夢魘，也是壓在父祖輩、無數愛國志士、中原遺民身上的夢魘，將徹底地被擊潰、消滅。他要請天公用暴雨沖洗那片被胡塵污染的土地，用狂飆掃除那座被狐鴉糟蹋的太廟。他將在凱歌聲中收復蒙受恥辱的兩京，迎孝宗皇帝【7】榮歸故里；他將乘勝追擊，直搗幽燕，拔除狼窟。他心願如萬里長城雄踞於漠北，青山處處屹立在邊陲。他活著，志在四方，不虛此生；他死後，心肝不爛，凝成鐵精金英，倚天長劍。護衛國門、殺伐敵虜！

天時、地利、人和，無不給自己的心靈添翅插翼。

靖康之變以來，兩聖蒙塵、東京陷落，大好山河淪於敵手、骨肉同胞踩於鐵蹄，高宗皇帝【8】泥馬渡江，行在杭州。君臣們依然昏昏沉沉、聲色犬馬、管弦歌舞、日甚一日，不啻當年舊京的窮奢極侈景象。他們不念故國龍陵劫於刀兵，忍看金國狼主揮師南犯，作好再次

【7】宋孝宗（西元一一二七－一一九四年）：即趙眘。南宋皇帝。高宗嗣子。即位初有銳氣，任用主戰派張浚，發動抗金戰爭，失利後，即與金重訂和約。

【8】宋高宗（西元一一〇七－一一八七年）：即趙構。南宋皇帝。在位時先後任用奸佞黃潛善、汪伯彥、秦檜為相。並殺害岳飛等抗金將領，割棄秦嶺、淮河以北土地，向金稱臣納貢。

逃跑的準備，密擬屈膝求和的國書。他們將亂臣賊子一個個請上高位，篡奪國柄：黃潛善【9】、汪伯彥【10】、秦檜【11】……他們把忠臣良將一個個逐出朝堂、置之死地：李綱、宗澤、岳飛【12】……

北伐有罪，罪在「莫須有」。岳鵬舉被十二道金牌召回，絞殺風波亭；復國大業功敗垂成！投降有功，功在通敵酋。秦會之數十次酷刑逼供，密謀宰相府；賣國勾當反敗為勝！於是，主和派彈冠相慶，主戰派向隅而泣，風雨飄搖，南朝垂危。幸而明主即位，奸相

【9】黃潛善（？—西元一一二九年）：宋朝奸臣。字茂和，邵武人。曾任元帥、右僕射、左僕射、宰相等職。因循苟安，排斥主戰派，不作戰備，為軍民所痛恨。後被貶逐。

【10】汪伯彥（西元一〇六九—一一四一）：宋朝奸臣。字廷俊，祁門人。曾任樞密院事右僕射，與黃潛善同居相位。專權自恣，不作戰備。

【11】秦檜（西元一〇九〇—一一五五年）：南宋投降派代表人物。字會之，江寧人。進士出身。靖康之變時被虜到北方，成為金太宗弟撻賴的親信，後被放還作內奸。紹興年間，兩任宰相，前後執政長達十九年，主張投降，為高宗所寵信。他殺害抗金名將岳飛、貶逐張浚、趙鼎等人。力主議和，決策向金稱臣納幣，為人民切齒痛恨。

【12】李綱、宗澤、岳飛：參見〈夏日絕句——生當作人傑〉「注釋」。

天奪其魂；當今痛心疾首於山河破碎、遺民黥墨，耿耿於武備，收復失地。陛下廣開言路、採納策論，起用了張浚，大舉北伐。雖曾失利而龍心動搖，但隨後在消沉中奮起，任用陳俊卿【13】、虞允文【14】、王炎【15】等一班能臣幹將。尤其是參知政事、四川宣撫使王炎，更是顆耀眼的將星。他彷彿是漢家的蕭何【16】股肱高祖開國，唐朝的裴度【17】扶助憲宗平叛。三年前，他還在地方做官時，只要利國利民，有助抗戰，便不畏權勢、直面強

【13】陳俊卿：南宋直臣。字應求，福建興化人。曾任侍御史、參贊軍事、右丞相之職。

【14】虞允文（西元一一一〇—一一七四年）：南宋大臣。字彬甫，隆州仁壽人。曾任中書舍人、川陝宣撫使、參知政事兼樞密院事、四川宣撫使等職。曾在采石磯大破金軍，但在乾道九年再任宣撫使時，卻藉口抗戰未備而坐失收復失地之良機。

【15】王炎：生卒不詳。南宋抗戰派領袖。山西清源人。在地方甚有政績，乾道五年，以參知政事出任四川宣撫使，重鎮西北，準備收復失地，但八年九月被召回，次年罷職。

【16】蕭何（？—西元前一九三年）：漢初大臣。沛縣人，曾為沛縣吏。秦末佐劉邦起義，楚漢戰爭中薦韓信為大將，以丞相身分留守關中，對劉邦戰勝項羽，建漢起了重要作用，後封酇侯。定律令制度，協助高祖消滅韓信、陳豨、英布等異姓諸侯王。

【17】裴度（西元七六五—八三九年）：唐憲宗時宰相。字中立，河東聞喜人。歷任監察御史、御史中丞、宰相。力主削除藩鎮，元和十二年，督師攻破蔡州，擒吳元濟，使唐代藩鎮叛亂局面暫告結束。

暴。他厲行國策、興修水利，奪回被豪強侵佔的湖蕩水網；他卓有遠見、力主抗戰，建起一支義務民兵，平時生產，戰時打仗。他一到四川宣撫使司任上，便把皇帝授予的西北軍、政、財大權牢牢握之掌心，將邊防出擊的抗戰司令部從益昌前移到南鄭。他物色人材，人盡其用；鼓舞士氣，同心同德。他的目光利劍般地從隴後直穿長安，他的拳頭冰雹似地從秦嶺打到燕山。將士們摩拳擦掌，文人們揮筆抒豪，百姓們奔相走告。

從敵佔區不斷地傳來振奮人心的消息：金國統治者外強中乾、爭權奪利；不堪重壓的農民揭竿而起：大名府李智究、冀州王瓊、鄜州李方、同州屈立……到處燃起了反抗異族暴政的烽火。那些名為降順將校，實為我方細作的愛國志士，密奉皇帝陛下的詔書，在敵營中策反。在金兵的西部重鎮長安，不時有父老兄弟冒著九死一生的危險，偷渡而來，送上機密情報。又捎來洛陽的春筍、黃河的魴魚，作為心禮，讓日夜惦念的大宋子弟兵嚐鮮。他們像大旱盼望甘霖似地，盼望王師去解放。敵人猶如驚弓之鳥、喪家之犬地在長安挖了三道防線……不管胡虜怎樣變本加厲地榨取民脂民膏、禁錮言論、血腥屠殺；哪怕金寇築起銅牆鐵壁、刀山槍林。只要號角一吹，戰鼓一敲，我們的大軍就將所向無敵、摧枯拉朽；北國的同胞就會殺死獸兵，打開明德門，以迎王師。

父老啊，請放心吧！統帥啊，快進軍吧！陛下啊，快下令吧！只要劍舉蒼穹，電火即會燒穿夜空，長安即能唾手可得。大雪啊，你下得再急些吧！堅冰啊，你結得再厚些吧！朔風啊，你吹得再勁些吧！今夜，我軍將戰車隆隆、鐵騎隊隊，向敵人發起進攻；四十年來的奇恥大辱，八千里地的血海深仇，將從此洗雪！

父老啊，你為何掩面而去？主帥啊，你為何望洋興嘆？陛下啊，你為何裹足不前？當我從外地歸來，一場黑色的暴風雪，摧毀了宣撫使司衙門，人員暫態星散；王炎早已踉蹌離去，一顆將星急劇地殞落。新任長官虞允文令人百思不得其解地按兵不動，坐失良機；昔日的雄風何處去了？中原遺民哭瞎了眼睛！

三、

陸游在驛站裡病倒了幾天，一個連一個地做著噩夢。

他夢見屈原漫遊澤畔，戴著高高的帽子、佩著長長的寶劍，一邊朝湍急的江心走去，一邊唱著歌。他的身形在江面消失，他的歌聲還在秋風中飄蕩：

世溷濁莫吾知，
人心不可謂兮
知死不可讓，
願勿愛兮
……

他夢見他在夔州城樓上和杜甫狂歌痛飲，當他唱到：

相逢何必曾相識，
同是天涯淪落人。

多病白髮的杜甫，淚如雨下。泣盡繼以血，灑入江裡，染紅江水，滾滾東流。

他夢見大將軍韓信【18】在沙場上浴血奮戰，殺賊斬旗。一忽兒皇帝親自給他戴王冠、服錦袍、賞封地；一忽兒又判他大逆罪，插斬條、執屠刀。

他夢見諸葛亮隆中出山，輔助劉備立國，又將劉阿斗【19】扶上帝位。阿斗瞥見丞相的眼睛剛剛閉上，就去跪在司馬炎的腳下，把蜀漢的版圖獻上；金盤裡盛著諸葛亮的頭顱！

他夢見古人朱泙漫【20】交了一千兩黃金的學費，在仙人支離益那兒學會了屠龍的本領，告別了老師，走遍了天下，卻沒有找到龍的蹤跡；只得坐在石頭上用寶劍斬蜈蚣。

他夢見自己在哭泣，忽然一個女人走來安慰他。他驚喜地把她摟住親吻：「唐婉！」——一股寒流襲來，使他渾身冰冷。她倒了下去，已然香消玉殞。

恐懼襲擊他，他逃了起來。唐婉、朱泙漫、諸葛亮、韓信、杜甫、屈原，還有許多似曾相識、但一時說不清姓氏的人都朝他追來。他拚命逃竄，剛剛慶幸擺脫他們時，一個白色的鬼怪把它那長長的爪子伸進他的皮肉裡去了。

【18】韓信（？—西元前一九六年）漢初諸侯王。淮陰人。初屬項羽，後歸劉邦，被任大將。楚漢戰爭中，大敗楚軍，建立殊勳。先後被封為齊王、楚王。後相繼被告發謀反，降為淮陰侯，最後被呂后所殺。

【19】劉阿斗（西元二〇七—二七一年）：三國蜀漢後主。字公嗣，小名阿斗，涿縣人。劉備子，初由諸葛亮輔政。亮死，他信任宦官，朝政日趨腐敗。炎興元年（西元二六三年）魏軍攻成都，他出降，後被封為安樂公。

【20】朱泙漫：傳說中的古人。關於他屠龍之事，參見《莊子・列禦寇》。

他嚇醒了，噩夢仍在困擾他：

他跪在丹墀下，皇帝高坐在龍椅裡發怒，斥責他是反覆無常的小人；站在皇帝身邊的兩個奸臣曾覿、龍大淵對他發出夜鳥般的笑聲。

他跪在丹墀下，皇帝從龍案上擲下御史彈劾他的奏摺。上面大書著他的罪狀：陸游「交結台諫，鼓唱是非，力說張浚用兵……」

他跪在丹墀下，皇帝將他的萬言策子一甩，拍案而起：「『遷都』？『遷都』？又是遷都！朝廷放在臨安不是很好嗎？一，可以和金國和平共處，表示我大宋的誠意；二，萬一有所不測，可以往南遷國；如若遷都建康，不是自蹈虎尾、自餵虎口嗎……聽說你有『小李白』之美稱，依朕看來，你還是找個清靜地方去做詩填詞吧。哈哈……」

他跪在丹墀下，皇帝拂袖而去：「你又在南鄭煽惑宣撫使長官，惹是生非，不能體會朕的苦衷！」

他迷惘得不知是夢是醒？只是從詩箋上才悟到自己已離開了南鄭，從窗縫裡飄進來的雪花才意識到自己不是夢裡。他麻木得不知自己有否軀體、有否靈魂？整個兒輕飄飄、空蕩蕩地如雪花、如紙屑。他瞧見自己的身體被肢解了，外表看來似乎完整無缺；但他的心卻獨自留在南鄭；身心之間有一根細若遊絲、韌如牛筋的紐帶聯接著，身體每朝南走一步，心靈就萎縮一點、疼痛一陣。現在似乎是心靈在奮起反抗，把他的身體往回拉。他被拉出了小屋，連他的夫人也擋不住。

驛站門口有車輪的轍印，辨不清是南來的，還是北往的？車轍伸到遠處都被飛雪蓋沒了。

今年川北的冬天來得這麼早，雪灑在臉上，竟是這般灼人、刺骨、烏黑；而嶺外的雪則是多麼知己、溫暖、皎潔呀！空蕩蕩的驛道上被連日來的大雪蓋得嚴嚴實實。忽然，他嗅到了一股清香，那麼細、那麼淡，要不是他被心靈驅使著，真要懷疑它是自己的幻覺了。他蹣跚地尋芳覓去，雪變成雨夾雪朝他撲打。他冒寒沖雪地走去，他倔強地抬頭遠眺，天宇下只有白茫茫暗沉沉的一片。奇怪的是，清冽的芳香那麼醇、那麼深地沁人心脾，使他如癡似醉。他身上的夢魘居然逃卻了。他凍得像串冰糖葫蘆，而芳香從腳下直透心田，他潛意識地側過身來——啊，一枝黃澄澄、金燦燦的梅花在鐵幹虯枝上傲然怒放！他酥融了，宛如沐浴在火黃色的晚霞裡。他怎麼也不曾想到，在這北去的驛道上、坍敗的石橋旁，會有這樣一株早開的梅花，而且是數以百計的梅花品種中最名貴的黃香梅！【21】

【21】黃香梅：《梅譜》（西元一一三一年）記載：中國當時有珍品黃香梅，屬龍游梅類。後絕種。

第二天一早，他在風雨中帶著歸心如箭、如釋重負的家眷離開了驛站南下。說也納悶，自此之後，陸游的身上常常散發出一股連他的夫人也感覺到、喜愛的淡淡的清香。可是，南來北往的旅客。哪怕是驛站上的老卒，也從來沒有瞧見當地有一樹如火似霞的梅花！

8 吉檀迦利——神啊，神啊

羅賓德拉納特・泰戈爾（西元一八六一——一九四一年）印度偉大詩人、藝術家、哲學家、社會活動家。出身於西孟加拉邦加爾各答名門望族的婆羅門家庭。他的一生獻給文藝創作、教育事業及其和平活動。共創作五十多部詩集，十二部中、長篇小說，一百多篇短篇小說，二十多個劇本，一千五百餘幅畫以及論文，歌曲等。主要文藝作品：《飛鳥集》、《園丁集》、《新月集》、《吉檀迦利》；長篇小說：《戈拉》、《沉船》、《最後的詩篇》；劇本：《紅夾竹桃》、《郵局》、《暗室之王》等。

一九〇五年，英國殖民者實行分裂孟加拉的政策，促使了印度民族解放運動的高漲。泰戈爾積極投入運動，但由於鬥爭隊伍的分裂和他的非暴力觀點等因素，終於離去。他回到桑地尼克坦進行社會實踐和探索，一面試圖解決農民的教育問題，一面從事文藝創作。在這期間他又遭到親人死去的一連串打擊。他的最優秀的宗教詩篇《吉檀迦利》，就是他在這段最痛苦、最孤獨時期通過精神的探索而頓悟的產物。一九一三年榮獲諾貝爾文學獎。詩歌體現了詩人的愛國主義精神和泛神論的哲學觀點。

詩體特寫《神啊，神啊》，描繪了泰戈爾創作《吉檀迦利》的思想和內心活動。

一、

頂禮，桑地尼克坦！【1】頂禮，大神頸項的寶石！

桑地尼克坦是塊神奇的土地、恒河掌上的蓮花。

夏季的熱浪從卡拉庫姆沙漠刮來，冬季的風雪從喜馬拉雅山吹來。

桑地尼克坦——這個額點吉祥痣、右手提著金筐、左手托著金瓶，腳鐲叮噹，美麗而歡欣的孟加拉女兒，搖曳而來。

每天都是這樣載歌載舞為印度母親祝福與歡娛。

【1】桑地尼克坦：這是離加爾各答一百餘英里的荒野。泰戈爾的父親買下它建了莊園，取名為桑地尼克坦，意即「平和宅園」。西元一九〇一年，泰戈爾定居於此，並創辦了學校（國際大學的前身），對印度的教育、農民問題進行了實驗性的改革。

忽然，有一天她癱手癱腳、赤裸裸地躺在樂園裡不能動彈。

她是被魔王派遣的妖風打倒。

魔王用惡毒的目光、淫邪的狂笑——閃電與霹靂，擊昏她的腦門、燒灼她的心靈，然後用暴力摧殘、折磨她的肉體。

恥辱與痛苦的淚水，摧落了枝頭的花朵。

一瞬間，陣陣顫慄的心靈，在記憶的迷宮裡尋覓遭難的因由。

也許有一天清晨，她忘了去聖河沐浴、奉獻鮮花；濕婆【2】把她從天堂裡放逐出去？

也許有一天黃昏，她無意中觸犯了某位「大仙」【3】；大仙法力無邊的詛咒，叫天神之王

【2】濕婆：印度婆羅門教和印度教的三位一體的主神之一，也稱「大自在天」，即毀滅之神、苦行之神、舞蹈之神。他和梵天（婆羅摩）、毗濕努三者代表宇宙的創造、保護、毀滅。他和妻子雪山神女終年在喜馬拉雅山苦修和沉思，因而法力最高。

【3】大仙：在印度傳統信仰中占重要地位。修道人通過修行而得法力被稱為大仙。連天神之王因陀羅也對其畏懼。他的最大本領是詛咒（預言），一旦說出，就會實現。

因陀羅【4】也愛莫能助？
她想起了修道人的「梵行」與苦修【5】，祈求大神保護：
把她毀滅，直到大仙解除詛咒的那天，再使她新生；直到濕婆讓她在聖河裡沐浴。
大神接受了她的祈求，把她從魔王手中拯救。
清泉乾涸、綠蔭荒蕪、飛鳥走獸絕跡，樂園從她身旁消失。
風刀霜劍、烈火毒焰日日夜夜騷擾她的修行。
歲月的風沙將她重重淹沒，猶如千百萬隻螞蟻把「蟻垤」淹沒【6】，在上面作窠。

【4】因陀羅：印度神話中的天神之王。他能隨意變形，曾為人伏魔除災。在後起的神話中，他的地位低於梵天、濕婆、毗濕努三大神之下；但仍是天堂的統治者。

【5】梵行：不結婚，靜修，稱為修「梵行」。梵即「清淨、寂靜」。婆羅門教指不生不滅，常住，無差別相，無所不在的最高境界或天神。苦修，印度古代一般修行者，認為自餓、拔髮、裸形等忍苦行為，可以得到解脫。

【6】蟻垤：印度古代大詩人，傳說他是印度史詩《羅摩衍那》的作者。據說他早年為盜，後出家修行，由於長期苦修，端坐不動，螞蟻在他身上作窩，故稱「蟻垤」。真名反而不傳。

桑地尼克坦變成了一塊荒漠，沒有生命的痕跡、沒有光明的希望；世人將她遺忘、天神不再光顧。

誰一瞥桑地尼克坦，會想到她曾經是印度最美麗、豐滿，最多情、可愛的女兒？

誰也許有幸意識到，也會惆悵地嘆惜這位純潔無瑕的少女早已被死神劫走。

萬千呼聲發自岑寂而荒涼的原野，從四面八方匯成洪濤與陣雷，響徹天空與大地。

「我活著！我活著！我活著」！

呼聲從每一粒沙子、每一塊石頭、每一撮塵土中發出。

就連打敗她的敵人的身上，也蓋有她生命的印記，噓出她不死的氣息。

茫茫黑夜，她默禱上蒼的虔誠，使大神化成星星照臨。

炎炎白晝，她把烈火的烤灼當成甘霖拜受，使大神化成清風撫拂。

她依然穿著苦修者的衣裳，是一片荒漠。

但，沒有誰比她更美麗、更純樸、更歡樂、也更吉祥。

神靈的泉水流過她全身，洗去了昔日的污點與舊我；她的心靈也化為泉水淙淙流淌。

她千百倍地超越自身，從一粒小小的原子化為大千世界。

從恒河河畔，直到人妖難以到達的天國，她都能自由徜徉。
又從萬千合而為一，帶著人的使命，用花環為大地加冕，用涼飆為大海祝福。

二、

泰戈爾孤零零地站在荒原上，像一棵高高的七葉樹【7】。
七葉樹在晚空中雙手合十，翱翔天庭；
七葉樹在晚暉中默禱，放射光芒。
七葉樹在晚風中歌唱，樹葉沙沙響。
泰戈爾獨立在荒原上。面前是又野又紅的落日、背後是又圓又大的明月；身旁是他的小小的宅院，像他一樣孤零零。
落日把他的身軀融進光海，滾滾地奔向天邊；明月把他的身影溶入雪海，汩汩地直達地心。

【7】七葉樹：落葉喬木，高達二十五米，又為庭院樹、行道樹。在印度，修道人常在此樹下修行。

他長髮垂肩、長鬚垂胸、長袍垂足，在七葉樹下晚禱，像一位古代的大仙。

他每天都是這般光頭赤足，在荒原上做著日課。

在這塊刮著沙暴、燒著烈火、捲著旋風、結著冰霜、爬著蛇蟲的不毛之地上做著日課。

十年如一日。他的親人撒手離去、他的同胞分道揚鑣、他的學生不辭而別。他的人民把他當成蟊賊，投以詛咒的石塊；他的國家把他當成奸細，用一千隻眼監視。世界雖大，沒有他的立足之地；種姓再多，他被排除在種姓之外，成為不可接觸；但他做著日課。

一日如十年。他飛越了多少年代、閱歷了多少滄桑、遭受了多少磨難、經過了多少輪迴；但他做著日課。

他的青絲、他的烏髮，變得像他的白袍那樣白。

他的面龐、他的肌膚，變得像他的荒原那樣老。

他站立的地方，磨出了一條溝渠，裡面泉水蕩漾。

他潛修的地方，生出了一片綠蔭，庇護著他的宅院。

每天，他都在七葉樹下教授他的學生；後來只剩他一人。

每天，他都在研究自然這部大書；直到他能夠把這部誰也不懂的天書，講給每一個人聽。

他在創造中毀滅，又在毀滅中創造。

人生的最高意義、最大幸福和自由的最大價值，都指向創造——藝術。

誰使他離開了孟加拉的天堂——加爾各答，捨棄了古老的宅第、榮譽、財產、通向權力與財富的階梯；像淨飯王的兒子【8】出家修道，而去桑地尼克坦？

誰使他離開了印度人的聖地——銀河惠注的地方，失去了恒河岸邊沐浴的福份、芒果樹下沉思的清馨、屋形船上漫遊的樂趣，和在人民中間歌唱的權利；像羅摩和他的妻子被父王放逐【9】，而去桑地尼克坦？

誰又在懲罰闖進桑地尼克坦——這個似乎是神的禁地——的泰戈爾呢？

奪去了他那畢生將自己獻給大神的父親、導師代溫德拉納特。熄滅了，一盞印度道德與理想的明燈！

【8】淨飯王的兒子：即釋迦牟尼，佛教創始人。姓喬答摩，名悉達多，古印度北部迦毗羅衛國的王子。二十九歲時捨棄王族生活，出家修道，後來信徒奉他為佛陀。

【9】放逐：印度神話中大神毗濕努為消滅十頭魔王羅波那，便下凡化身為羅摩，降生在十車王家，成了王的長子。但十車王聽信讒言，將他放逐十四年。他的妻子、兄弟羅什那伴同一起流放。

奪去了他那忠實的伴侶、愛友、信徒默勒納利妮。
奪去了他那金色花一般的愛女萊努加。
奪去了他那最小也是最可愛的兒子薩明德拉，新月被夜叉吞吃了。
誰又在教訓玷污桑地尼克坦——這個似乎是處女神發祥地——的泰戈爾呢？
他的同胞把他的名字當成是恥辱的標記；
他的信徒把他的頌歌當成是欺騙的毒藥；
他的朋友要人們趕快避開他，猶如避開夜叉和羅剎：
不能讓他那有毒的唾沫玷污孟加拉的天空與大地，不能讓他那有罪的靈魂腐蝕印度的兒童和婦女。
不！泰戈爾決不離開桑地尼克坦，任什麼樣的懲罰都願意忍受；直到和平的甘霖傾盆而降，從桑地尼克坦灑遍萬方！
不！泰戈爾將長久地在桑地尼克坦蹲下去，當那天庭瀉下瀑布般的音樂！

三、

印度！印度！印度！

印度是大神在大地的居所、創造的樂園。

大神和人交往，親密無間猶如兄弟姐妹；他愛人，人是他的子女、枝葉。

人啊，人啊！當你們的始祖從大梵天【10】的精氣、心臟、乳房、或大拇指出生，是他最先體驗了母親懷孕、生育的痛苦，才使你們的女人把子女從子宮裡平安地產出。

當地球上洪水滔滔，人和世界面臨末日，他急忙化成魚兒對人發出警告。又從頭上生出角來，把載有七個修道士和一萬種生物種子的方舟，拖到喜馬拉雅山上去避難。

當你們獲得新生，在大地上重又繁衍，享受著他的纍纍碩果，他又讓他的妻子——文藝

【10】大梵天：印度三大主神之一，即婆羅摩，創造之神。他創造了人和世界，也創造了妖魔鬼怪。他的妻子文藝女神是從他左手大拇指上出世，掌管文藝和智慧，又稱智慧女神。

女神開啟你們的心智。

看呀，這位生有四條手臂的天女，披戴銀色的紗麗，高坐在碧空的蓮臺上，俯身為你們演奏。她面似滿月、神如春天，頭上用太陽的光環裝飾，她雙手彈撥琵琶，雙手邊數念珠、翻動經書，把大神的福音化為美妙的和聲。

啊，神的音樂使你們擺脫禽獸的軀殼，高過妖魔的地位；樹木與花草沒有你們的靈性、飛鳥與游魚不及你們的自由。

大神為讓你們成為世界的主宰，煞費苦心、工於心計。濕婆化成男性的生殖器——「林加」，讓萬物對它崇拜。

他又赤身裸體地在冰雪皚皚的計羅婆山，實行最嚴酷的苦修。他沉思默想、融會貫通，獲得了三界的真諦，成了空前絕後最偉大、最有力的天神。

你們男性的軀幹魁偉，陽剛如火。

你們女性的體態婀娜，陰柔似水。

你們這般從肉體到靈魂的美，萬物之中誰也無法般配。

大神把你們塑成他自己的模樣，濕婆給你們吹進了他的元氣。

他創造了舞蹈，火的舞蹈、水的舞蹈。火降服了叛亂的妖魔，水潔淨了虔誠的兒女。

當罪惡累累的妖魔把天、地、人三界擾得翻覆顛倒、神人不甯時，他額上的第三隻眼便噴射出烈火，燒毀了他們的巢穴。

當銀河下凡【11】，大地忍受不了她的重負，人類將再次遭到毀滅的厄運，他便頂天立地，用頭頂住滔滔滾滾的大水。

洪波被他的頭髮分成七股，從喜馬拉雅山上緩緩流向人間。人們就在這條月光般的聖河裡沐浴，活著吉祥，死後靈魂升入天堂。

當天神們和阿修羅【12】合力攪乳海【13】，想從海中撈取一種長生不老的甘露。乳海中升起了一件件光彩奪目的寶物：月亮、吉祥天女、寶石、酒神、如意樹、白馬、

【11】銀河下凡：印度神話。恒河是天上銀河流向人間而成的。因此，印度人有恒河沐浴，以淨化靈魂之舉。

【12】阿修羅：即惡神，妖魔。

【13】攪乳海：印度神話。天神與阿修羅在長期的戰爭後達成協議，齊心協力地攪乳海，以取得長生不老的甘露。他們用巨龜作大海底座，以大山為攪乳棒，以巨蟒作繩索，分別抓住巨蟒的頭尾來回攪動。於是海水化為乳，並從海中出現十件寶貝。

大象……

乳海中又冒起了一股黑色的煙柱……

虎視眈眈的妖魔嚇得目瞪口呆，惶惶不安的天神也手足無措。

哪裡是什麼「甘霖」？分明是一團毀滅世界的毒藥！

天神和阿修羅都逃脫不了死亡的命運。

千鈞一髮，濕婆風馳電掣地把毒藥一口吞掉！

他的脖子立即被燒成青黑色。但人類和世界就此得到了拯救。

誰說濕婆是毀滅之神，不同時又是創造之神、保護之神？

大神創造了人，預見到人類將要被妖魔、戰爭、災禍等頻頻危害，他總是奮不顧身一次次地保護你們。

毗濕努【14】，這位生有四手、握有神螺、神盤、神杵、蓮花，身貫神弓、神劍的大神，

【14】毗濕努：又譯「遍入天」，印度三大主神之一，即守護神、善神。他曾幾十次下凡救世。據說從他臍中生出梵天。他的妻子吉祥天女，是從攪乳海中出現，多次伴他下凡。

坐在蓮臺上，躺在千頭蛇上，騎在大鵬金翅鳥上，從天上下凡、數十次地從天上下凡。
他那美麗絕頂的妻子——從乳海裡出來的吉祥天女，手持蓮花，常常陪伴大神下凡。
他嘗遍世人生離死別、生老病死的痛苦，備受詛咒放逐的憂傷、飽經刀兵血火的劫難。
他曾在攪乳海時殺死過偷吃甘霖的阿修羅、從妖魔手中救出過大地、從魔王那兒奪回過天堂和人間。
他又一次次地打敗傲慢的武士、消滅十首魔頭羅波那、化身過佛陀、剷除過暴君、惡人，重建了「圓滿時代」。

四、

女皇王冠上閃閃發光的是什麼？鑽石。不，是印度凝固的淚珠！
鑽石炫耀的是竊來的光芒，淚珠映出的是巨大的苦難。
人啊，人啊！大神創造了你們，救護了你們，毀滅了那些企圖消滅你們的妖魔、天災，重建了圓滿時代。
可是，你們忘恩負義遺忘了大神賜予的恩惠，你們以種種的惡行玷污了大神的聖潔，你們覆滅了圓滿時代！

你們用黃金與寶石裝飾自己，你們被財富與貢品弄瞎了眼睛、你們讓美女與宮殿迷惑了心竅；你們被欺詐與野心、貪婪與嫉妒所驅使，用偽善與不義去報答大神。

大神只得離開你們，在天上和人間築起了一道屏障。

義憤填膺的濕婆。騎著大白牛、手執三股叉，朝人間降下烈火——曾經燒死愛神的烈火，懲罰你們！

達羅毗荼人、雅利安人不再是印度大地的主人。

波斯人、希臘人、大月氏人、厭達人、突厥人、阿富汗人、蒙古人……爭先恐後地入侵印度。

每一個新的入侵者都把這塊土地上的人民視為野蠻人、邪教徒、敵人；當作奴隸、俘虜、妖魔那樣奴役、祭祀、屠殺。

每一個新的暴君、惡人都把這塊流著牛奶與蜂蜜、蘊藏著黃金與寶石、盛產黃麻與香料的樂園占為己有、侵吞、揮霍。

江湖裡流的不再是清清的泉水，而是血，印度人的血、被壓迫者的血。

原野上照的不再是燦爛的陽光，而是火，侵略者的火、食人者的火。

時間的巨掌，把一批批「高貴者」、「凱旋者」、「合法者」打入歷史的洪流。
但新的入侵者，猶如十首魔王羅波那，被斬去了一個頭顱，又生出了一個頭顱。
葡萄牙人、荷蘭人、西班牙人、英國人又捲土重來。
從前是豺狼，現在是虎豹。
他們比先前的野獸狡猾與貪婪十倍、野蠻與偽善勝過百倍。
曾經威震南亞，把印度蹂躪了三百年的莫臥兒皇帝，如今輪到他來做奴僕，跪倒在現代海盜的腳下。
印度這座大神的樂園被霸佔、搗毀。每一寸土地都成了屠場、監牢、拍賣市場、壓榨機。
印度這面大神的寶鏡被砸得粉碎。每一塊碎片都映出僭主青面獠牙的臉龐。
幾千年來，婆羅門教、佛教、耆那教、摩尼教、錫克教、印度教……都以神的名義，不遺餘力地宣揚自己的教義，將自己奉為真理；可悲的是，印度仍沉淪苦海。
幾千年來，摩揭陀、孔雀、貴霜、薩珊、笈多、戒日、德里蘇丹、莫臥兒……王朝或帝國都標榜自己是上帝的化身，許諾恩賜給人民自由和幸福；可悲的是，人民反而墮入地獄深處。
印度啊，女皇挖出你的心臟，嵌在王冠上，說她是你的太陽——因為你的國家一片黑暗。
印度啊，女皇肢解你的軀幹【15】，放在祭臺上，說她是你的救主——因為你的人民是一個猶大。

印度啊，女皇拿走你的財寶，展出宮殿裡，說她是你的國王——因為你是一個乞丐。

不准犯我！我能生在這塊土地，因此，我知道她是光明的。我有幸去愛她，我是有福的。

不准犯我！我能生活在人民中間，因此，我知道她是無辜的。我有幸去愛她，我是有福的。

不准犯我！我能伏在神的面前，因此，我知道她是富足的。我有幸去愛她，我是有福的。

印度啊，沖掉你心上的污泥，喚醒沉睡的人們起來鬥爭。

印度啊，你才是你自己的太陽、救主、國王！

五、

黑夜在過去，白天正到來。當黎明來臨，這一瞬間，牛車輾過幾千年的田埂。

【15】 肢解：西元一九〇五年，印度總督寇松秉承英國殖民政府之意，將孟加拉省分裂為東、西兩部分，造成全國兩個主要教派嚴重對立，以分而治之，激起印度人民的反英鬥爭。

我的同胞呵，我們用什麼來歡迎新紀元的誕生？

不！我們不能用暴力對付暴力，這會使更多的鮮血在大地上流淌；我們面對的是世界魔王！

我們不能用屈辱去對付淫威，乞求得來的自由像彩虹一般虛幻；我們的領袖不是出於無知，便是圖謀私利。

我們不能坐等蓮花在庭園中開放，

我們不能空談吉祥從夜空中光降。

焚燒洋貨，這真是愚蠢；我們去製作比他們更好的東西。

辱罵洋人，這多麼狂熱；我們為什麼只看到他目中有刺，不注意自己眼裡有梁木？

我愛我的祖國，不是愛她的潰瘍——種姓制度[16]、貧窮、無知與不潔。

人在神面前是平等的，不論財產與地位。

但為什麼要把人分為婆羅門、剎帝利、吠舍、首陀羅等四個種姓，他們之間壁壘森嚴，不能通婚、交往、共餐、同座？

在種姓制度的廟宇下面，奠基的是賤民！

他們為什麼要被打上「不可接觸」的烙印：不能在陽光下出現、不能在大路上行走、不能在天地中呼吸、不能和其他種姓接觸？是他們打掃垃圾，使印度潔淨；反而連豬狗不如！

而每一次造孽、輪迴，使人越來越低下，世上將出現更多的賤民，這怎麼是神的本意呢？

這位年輕、美麗還未品嘗生活甘美的寡婦，為什麼要把她放在火堆上殉葬；而那死去的老怪物吸乾了十位姑娘的蜜汁？

是誰硬要把這株柔弱的花枝嫁接到新婚的屍床上；她的花朵還未開放就被風暴摧殘？

我們為什麼給花園澆灌，卻讓田地乾涸？

成年人的枷鎖還沒有砸碎，又給孩子們套上新鑄的鎖鏈，這到底為什麼？

人們說我瘋了！朝我頭上拋擲塵土、對我臉上唾吐。

人們把我從演講臺上趕下來、把我從遊行隊伍裡拉出來、把我關在門外、打斷我的歌聲、

【16】　種姓制度：原是古印度的一種社會等級制度。西元前二〇〇〇年時，婆羅門教僧侶居於首位，他們在《摩奴法典》中將人分為四個等級。第一等是婆羅門（僧侶），第二等是剎帝利（武士），第三等是吠舍（農民、手工業者、商人），第四等是首陀羅（奴隸和處於奴隸地位的窮人）。在種姓之外，還有被稱為「不可接觸者」，他們是沒有權利和最受剝削的人，亦稱「賤民」。他們是無土地的雇農以及從事「不潔」行業的人。

把我的著作甩到泥淖裡。

我被我所愛的人凌辱，我被我所服務的同胞唾棄。

上帝啊，我願我祖國的山山水水、空氣和果實都變得甜蜜！

上帝啊，我願我故土的房屋與市場、森林和田野都變得豐美！

上帝啊，我願我人民的希望與誓言、事業和諾言都能實現！

上帝啊，我願我民族的兒女們、生命和心靈都融為一體！

我生生死死都情願在印度，不論她如何貧困、悲苦與哀愁；我最愛印度。

可是，我所愛的人們罵我是叛徒，我所服務的同胞指責我是逃兵。

冥冥之中，我聽見我的心靈在對我歌唱：

如果所有的人都因害怕而離開了你，

那麼，你，一個不幸的人，

就敞開胸懷，披荊斬棘，獨自前進！

如果無人在暴風雨之夜舉起火炬，

那麼，你，一個不幸的人，

用痛苦的雷火焚燒自己的心。

讓它照著你，奮勇前進！

神啊，我不知道是否是你的預言的金雨，穿過雲霧與風暴，飛過高山與沙漠，灑到我的心上？

神啊，你在何方？你在何方？

六、

泰戈爾在桑地尼克坦尋覓大神，在他的學校裡尋覓大神，在他的詩篇裡尋覓大神。他深信所有落到他頭上的災難與厄運，都是神的旨意、考驗及鍛鍊。

他是印度的一部分、印度這棵神聖檀樹上的一根枝幹。它所有的痛苦，他都必須分嘗；它所有的重負，他都必須分擔。

童年時代，他隨父親到喜馬拉雅山去旅行，途中，桑地尼克坦這個無名的荒原佔據了他的心靈。他覺得自己變成了一隻白鶴朝天國飛去。

青年時代，有一次看日出（他看過多少次日出）他第一次洶湧欣喜若狂的波濤：當旭日掀起面紗，大自然在她的美妙的一瞥下，奏起了華麗的序曲。完美的音樂、神奇的韻律、輝煌的和聲……世界沐浴在她的光輝中。

桑地尼克坦在召喚他。

他重返荒原，用烈火冶煉自己的心靈、用泉水清洗人們的傷口。軀體永遠潔淨、心靈永遠真誠，才有福面聆大神。

棄絕物欲、皈依自我，「梵」我合一，才能使祖國擺脫黑暗，享受白晝的光明。

把愛播種心田，使它生根、發芽、長枝、開花、結果，束縛掉下、自由到來。

孩子們在海邊盡情玩耍、母親們在搖籃旁唱著催眠曲、情人們赤誠相愛、同胞們互相幫助、全人類像親兄弟一樣。

生與死、甜蜜與痛苦、歡樂與憂愁、自由與奴役、光明與黑暗……不就是大神在舞蹈、演奏、創造，甚至在毀滅中所產生的奇跡：韻律的和諧嗎？

它猶如灰敗的冬天與絢麗的春天、豐碩的夏天與凋謝的秋天在交替工作，相輔相成嗎？

它使生命常青、世界美好，前途充滿希望。

瞧呀！當征服者用暴力剝奪我們的自由，他發現鐵鏈也把自己捆住。這就是一個個王朝的覆滅、一個個暴君的下場、一個個惡人的命運！

瞧呀！當死亡奪去我們的親人，它自己也被生命打倒：我們新生的孩子變得更加可愛、健康。猶如那些無名的、甚至沒有色香的小花，經過幾萬年的風吹雨打、幾億次的開落生死，才變得今天這般碩大、豔麗、芬芳！

神啊，讓我來到你的天國，帶著你的意志，使我的祖國覺醒過來，得到自由！

狂風暴雨蕩滌桑地尼克坦，沉沉黑夜統治桑地尼克坦。
泰戈爾在荒原上祈求、讚頌，像一棵七葉樹。
我的上帝！我的主人！我的生命！
我為你歌唱，讓我站到你的面前，教我把頌歌唱得更好。
我沉靜地等待你的到來，清晨一定會到來，黑暗一定會消隱。
黑夜有多麼美妙，把生命的奧秘藏匿在歸鳥的歌聲與朦朧的穹蒼。
這位黑美人又載著它朝光明急馳，將它交到太陽的懷抱時，自己隨即逝去。
暴風雨有多麼可愛，將塵世的貪婪竊行、污穢勾當蕩滌乾淨。
當大地酬上珍珠與彩帶，這位揚善罰惡的勇士悄然不見。
啊，我聽見蒼穹在和聲中醒來！
神啊，你的音樂的光輝照亮了世界，你的音樂的氣息透徹諸天，你的音樂的聖泉沖決一切阻擋的岩石。

我瞧見了你無處不在，你在太陽、雲彩、雨滴、星星、樹葉、鳥巢、石頭、沙塵……對我微笑。

我瞧見了我無所不是，我是那太陽、雲彩、雨滴、星星、樹葉、鳥巢、石頭、沙塵……俯伏在你的腳下。

啊，你在最貧賤、最失所的人們中歇足、行走、做伴。

啊，我用花環為大地加冕，用涼飆為大海祝福。

9 埃涅阿斯紀——帝國的桂冠

普布留斯・維吉留斯・馬羅（西元前七十—前十九年）通稱「維吉爾」。古羅馬最偉大的詩人，新型史詩的創始人。生於時屬南高盧曼圖亞的農民家庭。因體弱多病，對長年內戰的厭惡，從不參與軍事和政治活動。前半生過著學者生活，畢生致力於寫詩與研究。屋大維建立了羅馬帝國後，加了「奧古斯都」稱號。他倆認為羅馬肩負神聖使命，先是征服世界，然後在各民族中傳播文明和法治；因此，維吉爾一直是奧古斯都最尊重的詩人。《埃涅阿斯紀》即表現了羅馬的民族成就和奧古斯都時代的理想。維吉爾生前就被認為是最重要的羅馬詩人，死後聲名不衰。由於基督教會從西元四世紀起就認為維吉爾是未來世界的預言家和聖人，因此他在中古時代就享有特殊的尊榮地位。在古代希臘、羅馬文學家中，一般公認他是荷馬之後最重要的抒情詩人。主要作品：《牧歌》、《農事詩》、《埃涅阿斯紀》。

《埃涅阿斯紀》是維吉爾的最重要作品。敘述特洛伊城被希臘人攻陷後，埃涅阿斯逃亡，歷盡艱難，最後到義大利建立羅馬的故事。西元前三十一年，屋大維戰勝了安東尼，結束了內戰。西元前三〇年，維吉爾（四十歲）開始寫作《埃涅阿斯紀》。直到西元前十九年去世，才完成初稿。他準備再用三年時間退隱到希臘和小亞細亞進行修改，但未能如願。在他離開義大利去希臘之前，曾囑咐友人瓦留斯，如果他發生什麼意外，就把這部詩稿燒掉。他死後，瓦留斯和圖卡作為遺囑執行人，遵循屋大維之命，把詩作整理出版了。

紀實小說《帝國的桂冠》採用神話和現實交織的手法，描繪維吉爾在臨終的那年，決定將其花費了半生心血而創作的《埃涅阿斯紀》付之一炬（只是由於奧古斯都的重視才得以倖存）。維吉爾為什麼要這樣做呢？我認為這是詩人對羅馬帝國的洞察力、和他的悲觀宿命論思想，最終佔主導地位的緣故。

當世界上大部分地區還是冰封雪飄、酷寒隆冬，第勒尼安海岸畔的羅馬卻是陽光燦爛、鮮花盛開。

西元前十九年春，美惠女神【1】又像往年那樣早早地光臨到這座她一向垂青而眷戀的城市。她駕著風神之車降落到帕拉契努斯山岡，把它裝飾得青蔥翠綠、花枝粉披，閃耀著彩虹伊里斯般的光輝。如同一千年前，特洛伊英雄埃涅阿斯【2】飄洋過海，千辛萬苦，終於在這兒找到了一塊樂土，建立了新的國家；她便編織了榮耀的桂冠，親自戴到這位王國締造者的頭上。現在，羅馬正斜倚在撒滿花粉般陽光的山岡上，她的手指則化成台伯河清澈而暖融融的流水，在他那寬闊而健美的胸脯上柔情地撫過；她又將甘美的氣息一縷縷地朝他吹拂。於是，橄欖樹清香，桃金娘嫵媚，曼陀羅嫣笑，鬱金香豔麗，被奉為神聖的無花果枝葉繁茂，猶如貴族暗紅色「朵袈」[3]色澤的果實在綠蔭裡搖盪；那來自埃及的名姝——荷花，玉樹臨風、高雅素樸。於是，天風琅琅，大群的船隊駛進港灣，地球上應有盡有的物產，從四面八方源源不絕地給羅馬送來：埃及的亞麻、玻璃器皿、糧食、紙草，達西亞的黃金，西班牙的白銀，高盧的鐵，西西里的皮革，波斯的地毯，印度的寶石，非洲的象牙，腓尼基的毛織品、中國的絲綢、瓷器，賽普勒斯的銅，優比亞等地的大理石，義大利各邦的葡萄酒、橄欖油、

【1】美惠女神：希臘神話中代表嫵媚、優雅和美麗的三位女神的總稱。主神宙斯（鈕庇特）的女兒，分別取名為優美洛西尼（歡樂）、塔里亞（花朵）、阿格拉伊亞（燦爛）。她們都喜愛詩歌、音樂、舞蹈。有關文藝、科學和造型活動都得依靠其美感。本文將她們「三位一體」合為一神。

【2】埃涅阿斯：他是特洛伊英雄。安喀塞斯和維納斯之子。傳說他是羅馬帝國的創建者。維吉爾的同名詩篇即是反映他怎樣建國的。

【3】「朵袈」：古羅馬男性公民服裝，類似印度人穿的「紗麗」。貴族穿的朵袈是暗紅或絳紅色的。

牲口等。於是，矗立在七丘的巨大神廟裡的天神：神王朱比特、天后朱諾、智慧女神密涅瓦、土地神拉爾、海神尼普頓、太陽神阿波羅、月神狄安娜——他們在人間的雕像，被注入了生命，偉大的神祇立即降到雕像上。大神們決心庇護這座永恆之城，賜以和平昌盛的福祉。

美惠女神一邊吹拂，一邊朝市中心急急飛去。那作為集議場的中心廣場熙熙攘攘、五光十色、歡歌笑語，一派節日的景象。穿著各式民族服裝，操著不同語言的人們在做買賣、祈禱神祇、觀看雜技、辯論哲學、傾聽演講……她喜悅地目睹自己的三尊白如雪、美如玉、形如生的雕像高聳於廣場的中心。在她的雕像的左邊是青春女神尤文塔斯，右邊是愛情女神維納斯，小愛神丘比特則在彎弓搭箭；周圍是九位繆斯女神。廣場四處錯落有致地屹立著播種神薩圖爾努斯、豐收女神克雷斯、果實女神利帕拉、花神芙羅拉、森林與原野神皮庫斯、時序三女神、商業神墨丘利、灶神維斯太、火神伏爾甘……在集議場通向胡同的各條大道的路口、要津，以及建築物的頂端、柱廊站立著「和睦」、「堅韌」、「信義」、「誠實」等神像。那邊便是著名的雅努斯神廟。【4】

神廟前發生了什麼事情？美惠女神的目光一瞥那兒，頓時臉飛紅雲，芳心激跳：在緊閉的廟門前，一大堆人簇擁著一位服飾華麗、氣度高雅的人，傾聽其演講。是他？她心中渴念的那個人！他是在朗誦新作。這一定是那篇白璧無瑕的長詩，也就是獻給她美惠女神的情詩。

聽眾中有平民也有貴族，有文學愛好者，也有目不識丁的農奴，但他們個個全神貫注、神情激昂。他還不知道她會來——啊，這不是好出風頭的詩人普洛佩爾修斯【5】嗎？瞧，這個「溫柔詩人」一點也不溫柔，嗓音宏亮得彷彿軍號：「……就像我在多年前預言的那樣：『羅馬的詩人們，還有希臘的，你們讓路！一部比《伊利亞紀》更偉大的作品正在創造。現在，密涅瓦給我這個榮幸，讓我告訴你們，羅馬的公民們，你們有福了！這部輝煌卓絕的史詩已經誕生！它名叫《埃涅阿斯紀》！』」

「《埃涅阿斯紀》！」「《埃涅阿斯紀》！」「……」

剛才還屏心息氣得像風平浪靜的大海似的群眾，一下子沸騰起來。狂歡的人們把普洛佩爾修斯抬了起來，有的還向他撒去了鮮花。

【4】雅努斯神廟：又譯雅奴斯。是古羅馬人的司時間和一切事物的起始之神，有兩副臉孔；守門神。他的神廟，戰爭時開啟，和平時關閉。

【5】普洛佩爾修斯（西元前五十—前十五年）：古羅馬著名詩人。主要寫愛情詩，被稱為「溫柔的詩人」。

亢奮但尚有自知之明的「溫柔詩人」一邊掙扎，一邊辯解：「這不是我寫的；是我的朋友、真正的詩人維吉爾寫的！維吉爾！」

這種多餘而徒然的分辨，絲毫也不妨礙人們對他的感激之情。因為他畢竟是福音的使者，猶如他是愛和美的歌者一樣。

她沒有留意到是誰將一頂桂冠戴到普洛佩爾修斯的頭上。這種狂熱而帶有褻瀆的舉動，幾乎激怒了美惠女神。

月桂呀，天國的聖樹，你貞潔的處女，仙女達芙涅【6】的白璧無瑕的化身！你珠玉般的繁花，原是你的姐妹採擷星星給你串綴：你翡翠般的枝葉，卻是維納斯用她的緞帶製成。人們只能為你純潔的心靈和獻身大自然的精神而頂禮膜拜，卻絲毫不容玷污與褻瀆。天上，只

【6】 達芙涅：河神帕涅斯的女兒；仙女。希臘神話傳說，她把獨身和田野生活看得比愛情還重，當她被阿波羅狂熱地追求時，她懇求父親拯救，於是變成了月桂。由她的枝葉編織的桂冠象徵光榮和勝利。

有太陽神阿波羅才有榮幸戴上你的桂冠；地上只有埃涅阿斯、羅慕路斯【7】、奧古斯都【8】以及維吉爾才有資格頂戴。

而他普洛佩爾修斯怎麼敢？這要遭到天譴雷擊的！他似乎感覺到美惠女神的憤怒，趕忙摘下桂冠：「不，不，只有維吉爾才當之無愧！」

「對對！維吉爾！」「維吉爾！」

人們被提醒似地便抬著普洛佩爾修斯，如癡似醉地繞廣場一周。每經過一處，在神殿、會堂、柱廊、拱門、哈斯提利宮、龐培宮、石造劇院、雜耍場、競技場的人們掀起了一陣歡

【7】羅慕路斯：傳說羅馬城的創建者，「王政時代」的第一王。據說他和孿生兄弟勒莫斯都是戰神馬爾斯之子，吃狼奶長大的。後來他殺死其弟，而在帕拉契奴斯山上建立了一座城市，用自己的名字命名——羅馬。

【8】奧古斯都（西元前六十三—西元十四年）：羅馬帝國皇帝。凱撒之甥孫及養子。原名蓋約・屋大維。凱撒死後，稱蓋約・尤里烏斯・凱撒・屋大維。他是雄才大略的政治家。西元前二十七年，元老院奉以「奧古斯都」（拉丁文意為「神聖、至尊」）稱號。後世即以此稱之。

呼的浪潮。他們好不容易擠出人叢，沿著「神聖大道」，經過元老院、神廟，穿過胡同，朝維吉爾居住的埃斯奎利埃山上走去。高坐在人轎上的普洛佩爾修斯回顧下面，只見「朝聖」的人們匯成一條雄壯的河流，成「之」字形地從山麓逶迤上來，沿途不斷有人加入隊伍。

此情此景，使美惠女神心花怒放，浮想聯翩。她和羅馬的公民，上至神聖的奧古斯都，下到微賤的工匠，都用一種近乎「虔誠」的心情來看待這位偉大如荷馬、至尊如天神的桂冠詩人維吉爾。但在這裡面又羼入一種非常複雜、十分微妙的感情，在人間被稱之為「愛情」的東西。

還在二十多年前，當年輕的維吉爾發表了他的第一首長詩《牧歌》時，她就不知不覺地愛上了他。她以為與其說是他獻給羅馬的頌歌，還毋寧說是歌唱她美惠女神的。因為她那嫵媚、優雅、美麗總是和豐饒的田野、幸福的和平、充滿仁愛之心的大自然融為一體的。誰能說歡樂、花朵和燦爛，不同時意味著凱旋和英雄事業呢？到他發表第二首長詩《農事詩》時，她不能不向他表達心中的愛情。但神人有別，她裝扮成一位天真爛漫的農家少女，雜在歡迎他的群眾中，捷足先登地給他戴上炫目的桂冠。她的那一雙羚羊般的眸子癡情地凝視著他；這奪人魂魄的目光燒灼得詩人面紅耳赤，垂下了頭。她惟恐被人們識破真面目，只得怏怏不快地消蹤遁跡。她變得越來越思念他，愛他，這倒不是看在他令名的份上——榮踞羅馬帝國詩壇寶座的第一詩人、元首屋大維最親密的朋友。在她看來，人間的功名利祿都是水花鏡月、過眼雲煙；惟有維吉爾的絕唱，才能與她美惠女神一起萬古長青，與日月同輝呀！維吉爾那處女般的羞澀、牧人般的樸實，使置身在大庭廣眾、眾目睽睽中的他倍感窘困。詩人啊，你難道不知，正是這種天生麗質，才使你創造出不朽的作品；詩人啊，這又正好說明你是仙女達芙涅在人間的孿生兄妹。你和她一樣守身如玉、童貞似璧，以狄安娜的清輝，普照帝國的山林與原野！當美惠女神意識到自己愛上了詩人時，就年年春早打扮得能與維納斯比美，披著最美麗、精緻的羽紗從天國飛降。可使她惆悵的是，她愈是叫小愛神丘比特對維吉爾投射金箭，他愈是逃避她的一往情深的追求。

她徒勞地相思了整整十年。

他不是深居簡出，杜門謝客，就是和少數幾位文藝上的知己麥克那斯、普洛佩爾修斯、瓦留斯、圖卡等人交往，研討伊比鳩魯【9】與斯多噶派哲學【10】對帝國的功過，《物性論》

【9】伊比鳩魯（西元前三四一—前二七〇年）：古希臘唯物主義哲學家。他認為人類的真正幸福在於感官享受的合理利用。

【10】斯多噶派哲學：西元前三—六世紀在古希臘盛行的一個哲學派別。創始人是賽普勒斯的芝諾（西元前三三六—前二六四年）因他曾在斯多亞地方講學而得名。該學派相信神、宿命論，認為人生主要目的不是快樂而是美德，因而主張克己寡欲，擯棄生活上的一切享樂。

【11】與《論職責》【12】的短長，羅馬的光榮歷史，功蓋千古的奧古斯都的頌詩……當然，不是說她沒有機會去接近他、愉悅他（她是多麼希望向他開誠佈公地傾訴自己的情愫，要他回她「愛，還是不愛？」，不，詩人對她是不可能不愛的，只是由於羞怯使他難於啟齒吧。）相反，維吉爾常常離群索居、形單影隻，或是在狹窄的書房，或是在寧靜的庭園。有時，他甚至走到她的身旁來啦；她的天鵝絨般的長髮拂著他的頭髮，她的溫馨的氣息對流他的氣息，她的纖纖十指觸著他的手臂……可是，她不能有進一步的舉動了。當她悄悄地踮著腳尖踅進他的書房，瞧見他正在伏案寫作；她怎能打擾他的工作呢？當她從檸檬樹的花叢中溜下來，窺見他坐在石凳上沉思默想，她又怎能去打掉他的靈感或思緒呢？她相信會有機會的。啊，那在晨光中散步的不正是他嗎：臉上露出了難得的微笑？……她按住起伏的胸脯朝他走去，忽然，

【11】《物性論》：是古羅馬傑出詩人盧克萊修的一部長詩，也是古希臘、羅馬留下的唯一一部完整而系統的哲學詩篇。主要闡述伊比鳩魯的原子論，旁及認識論和倫理學。

【12】《論職責》：是古羅馬政治家西塞羅為其兒子寫的書。書中提出了人的四大道德範疇：智慧、正義、堅韌、溫和。

又望而卻步了：瞧他那蒼白的容顏，還是讓他多呼吸一點山上的新鮮空氣吧。熬到傍晚，她覺得不能再延宕了，便鼓起勇氣飛近他的身旁。他眉峰緊蹙，俯瞰著夕陽餘暉中的羅馬城，臉上現出痛苦的神色，淚水漣漣。她陡然一震，知道他內心在想著什麼，不免又慚愧又失望地離去。她期待著新的一天，一夜沒有入眠。然而，希望總是在期待中沉落，在灼熱的心靈上再度燃燒。

現在，她無論如何要跟他晤談，她必須告訴他一件至關重大的事情；無論他在寫作、沉思，在做什麼要緊的事，她都不顧了。不管是什麼人，她都要把他們從他身邊趕走。你們知道嗎，他，維吉爾——這個世界上最好的人，就要被死神塔那托斯劫走了，他在人間只能再享半年壽命？這是她從冥王哈得斯與命運三女神的密談中探聽到的。這個消息在她聽到後的一瞬間，心頭是痛苦還是愉悅，是遺憾還是希望，也許是酸甜苦辣各種滋味一時俱來吧。也許愛情同樣使天神變得自私：從此，一年之中她將有大部分時間能在天國和他朝夕相見，歌吟舞蹈，在碧雲天、芳草地，聆聽他那仙樂般的禮贊。驀地，她那小鹿似的心律紊亂了。在命運女神的交談中，維吉爾似乎托夢給她們，他死後不願升入天堂，他眷戀他的祖國，彷彿穀物女神永遠也不想離開大地母親的懷抱……美惠女神想到這兒，花容憔悴，滿臉愁色，渾身冷戰。這時，空中掠過一塊碩大的烏雲，瀉下一陣寒冷的驟雨。她顧不上去揩頰上的淚水，急急地趕在人潮面前飛去。

維吉爾的住宅，相鄰麥克那斯在山上的帶花園的別墅；那位富可敵國的大商人、皇帝的親信，倒是個藝術保護者。昨夜，就在他的繁星照臨的花園裡，羅馬的文人們濟濟一堂：桂冠詩人維吉爾、諷刺詩人賀拉斯【13】、愛情詩人普洛佩爾修斯、初露頭角的抒情詩人奧維德、【14】悲劇詩人瓦留斯、作家圖卡等；還有文藝鑒賞者：羅馬統帥阿格利帕、曾任執政官的波利歐、南高盧總督瓦魯斯……維吉爾應主人的懇請，卻不過朋友們的情面，只得朗誦了他那十年不鳴，一鳴驚人的宏篇巨著《埃涅阿斯紀》中的某些章節。於是，便出現了今天在羅馬中心廣場上的那種如火如荼，激動人心的場面。

人們早就聽說桂冠詩人維吉爾在寫一部有關羅馬帝國的詩篇，人們也一直期待它早日問世。就像期待至高無上的皇帝奧古斯都再度從海外給他們帶來美不勝收、眼花撩亂的戰利品：

【13】賀拉斯（西元前六十五—前八年）：古羅馬傑出詩人。寫詩頌揚奧古斯都政權，宣揚伊比鳩魯的享樂哲學。

【14】奧維德（西元前四十三—十七年）：古羅馬傑出詩人。後因觸犯奧古斯都，被流放黑海托米斯地區，死於該地。

金幣、美女、土地、奴隸……可是，期待沉入了大海，海上波瀾不興；桂冠詩人彷彿從人間消失了。

羅馬啊，我們光榮而可誇的帝國，令天下威懾、萬邦朝拜的帝國！你橫跨歐、非，直抵亞細亞；強大的馬其頓、稱雄的迦太基都在你腳下戰慄；西班牙和高盧卑躬屈膝地獻上他們的版圖與寶藏。地中海是你的澡堂，伊利里亞是你的劇場；希臘人當初燒毀你的故園、殺害你的先輩【15】，如今反倒成了你的俘虜和奴隸……桂冠詩人啊，請賜給我們特洛伊人的光榮後裔以福份，請您惠示我們：

始祖埃涅阿斯怎樣在那場十年之久的戰火中，從淪陷的特洛伊城裡出逃？他怎樣在海上整整飄泊了七年，忍受代達羅斯般的痛苦？他怎樣割斷和迦太基女王狄多的纏綿繾綣的愛情，當他聽到神王朱比特的召喚，要他重建國家的神諭？他怎樣到達義大利岸畔，隨著女先知西比爾下到地府會見他的亡父，亡父的幽靈一一指給他瞧未來羅馬帝國的締造者們，繼他埃涅阿斯在拉丁姆立國三年後，有阿斯卡紐斯、羅慕路斯、奧古斯都・凱撒……？他怎樣在未來的

【15】指希臘人用木馬計攻下、並燒毀特洛伊的國都伊利昂。

國土上與當地的部族作戰，最後建立了新的「特洛伊」？……

回答羅馬人民的卻像地府的入口處那樣深沉莫測的沉默，人們變得心灰意冷，因長久的失望而喪失了信心，遺忘了這件事。唉，詩人就在你們身邊，他並沒有沉默。美惠女神清楚地知道，他維吉爾把自己的著作看得太珍貴太認真了，在它成熟之前，他是無論如何不會當眾炫耀、譁眾取寵的。那已是多年前的事了，屋大維在西班牙行省巡視，公事倥傯之中還念念不忘維吉爾的詩稿，曾慎重其事地先後兩次去信，要他把史詩的寫作計畫、或者已寫好的有代表性的段落寄去拜讀，並保證原璧奉還。但意想不到的是，這位文弱的詩人對世人求之不得的聖上的禮遇，竟執拗地予以回絕。啊，奧古斯都・凱撒，這位神人合一的皇帝，有誰敢觸犯他呢？他可以心安理得地像觀賞角鬥士被野獸活活撕碎，將三百名戰俘橫加殺戮，以祭祀他的義父尤利烏斯・凱撒【16】。他與另一個野心家安東尼上臺後幹的第一件事，就是用兩

【16】　尤利烏斯・凱撒（西元前一〇〇—前四十四年）：古羅馬傑出統帥、政治家、作家。西元前四十六年，建立獨裁政權，集執政官、保民官、獨裁者等大權於一身。西元前四十四年三月十五日，被布魯圖斯為首的共和派貴族陰謀殺害。

千多名羅馬貴族的生命將共和國的聖殿變為墓園，其中有德高望重、一代風流的元老院首席元老、雄辯家西塞羅【17】！而今天，這個靠他庇護、受他恩惠的詩人竟敢冒天下之大不韙……屋大維對他的行為僅僅一笑了之。

兩年以後，屋大維返還羅馬，再次向維吉爾提起他的詩作，詩人答應了。就在那邊山上、帕拉契努斯山岡屋大維的住宅裡，詩人給他和他的妹妹屋大維婭朗誦了《埃涅阿斯紀》的開頭與中間部分。這時，你瞧！這位像復仇女神一樣猙獰可怕的戰神，即刻被慈愛的光輝所沐浴，變成了和睦神；這個相貌醜陋、身材矮胖、皮膚黝黑得像迦太基屠夫似的暴君，頓時脫胎換骨、煥然一新，猶如朱比特一般高大而威嚴，維納斯一般美麗而動人。世界上再也找不到像他那樣既高貴又質樸，既剛強而溫和的人了：他的權力遠屆環宇之涯，他的令名高達雲霄，身為萬王之王，卻過著粗茶淡飯、克己寡欲的簡樸生活。除非是節慶、盛典、國務會議，他

【17】西塞羅（西元前一〇六—前四十三年）：古羅馬傑出政治家、雄辯家、哲學家。「內戰」時追隨龐培反對凱撒，凱撒死後熱衷恢復共和政體，後三頭政治（安東尼、屋大維、李必達）聯盟結成後，被殺。

從來不穿戴標誌權威與尊貴的服飾；對於他，鑲滿寶石的金冠、織有金棕櫚樹葉的暗紅色斗篷，還不及一襲平民的衣裳來得光鮮奪目；他寧可拿飾有金鷹的象牙權杖，去換一株可愛的月桂；他不住富麗堂皇的宮殿，而遠離富人的住區，踽踽於山野的舊居陋宅；他不喜歡拋頭露面、阿諛奉承，而愛沉思、遐想、讀書、寫作；他羨慕古代的黃金時代，每每想到暴君塔克文尼們、蘇拉們、龐培們、安東尼們為得逞其野心而幹出天怒人怨的罪行：道德敗壞、腐化人民、賄賂士兵、破壞紀律、搗毀神殿、縱欲酗酒，讓叛國犯、盜賊逍遙法外……便會悲不自禁，義憤填膺，舉起鐵拳。他甚至不能原諒義父尤利烏斯亂中篡權的行徑。他不喜歡酒神，放逐享樂神，囚禁貪婪女神。他從來不以「奧古斯都」自居，對元老院尊敬，也愛他的士兵和人民；他從不矜誇自己的武功，而常和文人賢哲討論文治；他討厭西塞羅的言行不一和盧克萊修【18】的推崇「原子」，《物性論》不是羅馬帝國的圭臬，追求物質只會使人墮落、國家覆滅。斯多噶派哲學永遠是羅馬人民信奉的教條；堅韌、忍耐、守貧、榮譽，羅馬人就是靠

【18】 盧克萊修（西元前九十八—前五十五年）：古羅馬傑出詩人、哲學家、思想家。他的唯一作品是長詩《物性論》。作者臨終前未來得及對全詩修改，後由西塞羅整理定稿。

這種精神強大起來、立於不敗之地的！他對於那些居心叵測的人，不共戴天、鐵面無私。埃格那提烏斯——與他在競選執政官中敗北的那個人，圖謀不軌，他斷然將其處決。而對忠於他的人，則披肝瀝膽地同樣報以真誠。他曾經跟維吉爾促膝談心、燃燭夜話，那是在西元前三〇年他與安東尼決戰取得勝利後不久，他聽說維吉爾要創作一部關於羅馬史詩的消息，便紆尊降貴地駕臨到維吉爾的家裡來。詩人面對這位給自己帶來安寧、給羅馬帶來幸福、給世界帶來和平的元首，激動不已。一向沉默寡言、笨嘴拙舌的詩人，這回卻談得如此生動流暢、滔滔不絕。奧古斯都在耐心聽完對方的陳述後，對詩人的意圖大加讚賞；又如老朋友似地對詩人談起自己的鮮為人知的家世、童年、海外求學、戎馬生涯、九死一生、理想、他執政後面臨的困境與重任。他希望詩人能予以合作；話說得既真誠又動人。當詩人瞧著那隻戰傷累累的手時，不禁熱淚盈眶……如今，七年後的今天，當詩人朗誦到關於他奧古斯都的詩歌片斷時，輪到他哭泣了：

奧古斯都・凱撒，神之子，
他將在拉丁姆，在朱比特之父克羅洛斯
統治過的國土上重建多少個黃金時代，

他的權威將越過北非的迦拉曼和印度，
直到聖河之外、直到太歲和太陽的軌道外、
直到背負蒼天的阿特拉斯神在他肩上
轉動著繁星的天宇之地……

奧古斯都握著維吉爾的手說：「我沒有你寫的那麼偉大；但我努力去作！」

我心愛的羅馬子民們，那部帝國的《奧德修紀》——《埃涅阿斯紀》，桂冠詩人維吉爾即將獻給你們了，在他臨終之前。

美惠女神收起了回憶與飛翔的雙重翅膀，降落到維吉爾的宅前。長春藤懸垂的石門關閉。她只得重又飛起，越過圍牆。她目擊心傷，搖搖欲墜：院子裡那棵蔥蘢繁茂的月桂樹光裸枝條，殘留去年尚未落盡的幾片葉子，在料峭的山風中絕望地戰慄；往昔，詩人常在月桂樹下憩息、讀書、思索的石凳，如今落滿了枯枝敗葉、蜘網、塵土；阿波羅遺忘了這個角落，沒有花草、沒有生命、沒有靈感。美惠女神深感內疚和痛苦。

忽然，一陣突如其來的恐懼揪住了她的心靈。她急忙從沒有玻璃的窗戶上飛了進去，一股寒氣襲來，冷得她幾乎不能動彈。

這間狹窄、陰森如囚籠的石屋，反而由於家徒四壁、一無長物而顯得空曠。維吉爾靠在臥榻上，身旁站著他的兩位好友：瓦留斯和圖卡，他們的表情嚴肅而悲哀。維吉爾艱難地、喃喃地在說什麼，圖卡抖抖索索地在紙草上筆錄。

天哪！才離開他一個季節，他已變得幾乎認不出來了。他的頭髮像家鄉阿爾卑斯山的雪峰全白了，高突的顴骨使面頰愈加陷了進去，他的話語不時被咳嗽嗆住，額上青筋暴突，如盤住拉奧孔【19】的毒蛇在作祟。瓦留斯不時為他揩去因劇痛而冒出的汗水，他的嘴角殘留著一絲血痕，看來剛才還咯過血，果然，地上有著猩紅的一灘……她掙脫惡魔的束縛而朝維吉爾疾去；但她忍住了。在這個時刻，她既不能給他安慰，又不宜告訴他不幸的消息。她的方寸全亂了。

【19】希臘神話故事：特洛伊祭師拉奧孔因警告國人勿中木馬計而觸犯天神，他和兩個兒子均被巨蟒絞死。

「……這些產業的分配就這樣。親愛的瓦留斯和圖卡，我要求你們……你們務必答應我：在我去到希臘和特洛伊後，我還想去那兒實地考察……如果我命運不測，請你們忠實執行我的一條最重要的遺囑：把我的手稿……《埃涅阿斯紀》付之一炬……」維吉爾吃力地口授著。

什麼？要把這部自荷馬史詩之後的最偉大的詩篇焚毀？囈語還是瘋話？美惠女神如墮雲山霧海，瓦留斯和圖卡更是不約而同地驚呼起來，圖卡手中的筆掉在地上，瓦留斯要不是急忙撐住，會跌在詩人身上。

維吉爾卻熟視無睹，依然用低沉而平靜的語氣說著：「……是的，不要留在世上；《埃涅阿斯紀》……我還想花三年時間修改……命運是否允許，我擔心……不要問，親愛的……戰爭……和平……命定……悲劇……」

這究竟是什麼意思呢？昨天，他還在麥克那斯家裡給大家朗誦呢。我們處在這樣一個和平盛世；人類歷史上的黃金時代又回來了；哪裡還有什麼悲劇呢？驕橫而不可一世的雅努斯神，兩百三十五年以來第一次被神聖的奧古斯都用鐵鍊鎖在神廟裡；「騷亂」之神也被囚禁起來；我們還有什麼不放心的呢？「神之子」又制訂法律、修建神廟、鋪設道路、興建公共場所，用雲紋、波狀、渦形、玫瑰紅、月桂黃、翡翠碧、璧玉白等的大理石建築這座世界上獨一無二的羅馬大城……如今，他又不顧年老體弱，手持橄欖枝，雲水迢迢到希臘去安撫他的臣民了。啊，我們的羅馬帝國，大神們一致許諾它將萬古長存，永世不沒；然而，我們的桂冠詩人總是如此多愁善感、悲天憫人。當大家在歡樂時，他把微笑留在心中；當世人遭遇不幸時，他便把別人的痛苦擔在自己心頭。誰跟他在一起，總會感到有一股無形的暖流輸來，倘使觸到他的肌膚，則如冰一般的寒冷。

不提瓦留斯和圖卡在猜測這讖語一般的不祥之言，使他們惶惑而心酸。美惠女神目不轉睛地凝視詩人；詩人迷迷糊糊地閉上了眼睛，打著冷戰，縮作一團。她過去將他懷抱，詩人痛苦的面龐漸漸舒展。

室內鴉雀無聲，瓦留斯和圖卡瞧見維吉爾安靜地睡去，便悄悄地退出屋子。這時，門外傳來嘈雜而喧鬧的人聲，兩人連忙開啟宅門，瞥見普洛佩爾修斯和滾滾人潮。他倆在明白了來意後只得表示歉意，人們帶著又失望又沉重的心情默默地退潮。

現在，美惠女神如願以償了。他躺在她的懷裡，是多麼安詳、溫馴、舒適呀！她一動也不敢動，生怕造成他的肉體或精神上的創痛，抑或他驚醒過來，明白真相，這個天真而可愛的老孩子會羞愧得無地自容的。在她，還有什麼急需告訴他的呢？還有什麼心跡需要向他表白呢？不，沒有了。

外面碧空萬里，沒有一絲雲翳。只要能傾聽他的心跳、凝視他的容顏、觸摸他的體熱就夠了，這就意味著一切、理解了一切。兩顆心水乳般地交融一起。

美惠女神不知道何時被睡神合上了眼皮。待她醒來，已是又冷又濕的暮色爬滿了石室。維吉爾不知去向！她又驚惶又懊惱，趕忙在周圍尋覓卻沒有蹤影。她焦急地飛往宅外，極目遠眺，在那峰巔的懸崖峭壁上，屹立著一棵金碧輝煌的月桂，在夕陽裡顯得高貴、莊嚴、神聖！她的心頭一陣狂喜，立即朝那兒飛去。正是她的維吉爾！她不敢去打擾他；她潛到他的背後。使她吃驚的是，這個變得超凡入聖的人，臉上襲上了憂愁的陰雲，兩行熱淚在晚暉裡像燃燒的聖火。她順著他鳥瞰的目光向下面瞧去：

啊，被奧古斯都・凱撒驅逐的酒神、享樂神，還有貪婪女神，在黑夜女神赫卡忒的庇護下，帶著重禮叩開了羅馬人的後門。詭計多端的不和女神厄里斯，又串門走戶地在元老和貴族中間搖唇鼓舌，惹是生非。已被解甲歸田，賦閑在家的戰神馬爾斯，勾結了女戰神貝蘿娜，運用了他們當年的聲譽、手腕，在城郊寬廣的原野上撒豆成兵，掀風播雨。被征服各邦的邪神和城內唾棄的奴隸，也暗中策劃，蠢蠢欲動……面對這些罪惡的行徑，天地的神祇則外強中乾、無能為力，就連神王朱比特也佯裝不知，聽憑命運三女神為所欲為，手舞足蹈。

美惠女神恍然大悟，對詩人獨富同情，滿懷敬意。在她那愛莫能助的胸臆中迸發出一個心聲：「親愛的維吉爾，我現在才明白了你做出這一沉痛的決定——把珍貴的手稿《埃涅阿斯紀》去交給火神的苦衷。它凝結了你一生的心血，寄託了你的比奧古斯都更偉大的理想，將自己那顆溥世同仁的心化為和平的甘霖灑向萬方。但最後你卻發現自己謳歌的每一頁都被戰神去擦拭血腥的屠刀【20】，這怎能不為之心碎呢？我的維吉爾，不要再徒自傷悲了；這是命運，帝國的命運！世上沒有什麼永垂不朽的東西。是啊，還是到希臘去，到特洛伊去，要末把它重寫，要末把它焚毀。親愛的，無論你去到哪兒，我都伴隨你；無論你的心靈結晶或者會遵照你的囑咐，或者被留存後世（這也是命運），我都會通過將來的一位詩人的靈感去告訴人們：他，古羅馬詩人維吉爾是帝國的桂冠、和平的桂冠、仁愛的桂冠呀！」

【20】維吉爾的《埃涅阿斯紀》原意是宣揚和平，否定戰爭；但綜觀全詩，卻是繪聲繪色，淋漓盡致地描繪戰爭。

10 唐璜——自由的火焰

喬治・戈登・諾艾爾・拜倫（西元一七八八—一八二四年）英國偉大詩人、歌德讚譽他為「十九世紀最偉大的天才」。生於倫敦的破落貴族家庭。一生為鼓吹自由、爭取被壓迫民族的解放戰爭而戰鬥。一八一六年四月二十五日永遠離開祖國。僑居義大利，並參加義大利燒炭黨人的革命活動。一八二三年夏天趕赴希臘參加民族解放鬥爭。一八二四年初，被希臘獨立政府任命為希臘獨立軍總司令。同年四月十八日，因勞累過度、淋雨受寒，一病不起，逝世於梅索朗吉昂。他的創作和行動，對歐洲的文學和革命影響很大。主要作品：長詩：《恰爾德・哈洛爾德遊記》、《審判的晚景》、《唐璜》；詩劇：《曼弗雷德》、《該隱》等。

一八二三年七月十四日，是拜倫一生中具有轉捩點意義的日子。他放下了《唐璜》的寫作，雇了英國造的「赫拉克利斯」號雙桅快船，並帶了兩門大炮、戰馬五匹、西班牙幣五萬元及軍械、藥品、制服，從義大利的熱那亞港口出發，八月三日抵達希臘的凱法利尼亞群島。投入希臘的獨立戰爭。

一八二四年四月，「英國支援希臘獨立委員會」成員霍布豪斯，從倫敦寫信給拜倫：「你的名聲和人格，將超過現在和活著的任何人而流傳後世。這不是我個人的意見，而是全世界的聲音。今天，你的努力，是自古以來所做的事業中最高貴的事業。詩人坎貝爾對我說：『拜倫勳爵的詩是偉大的，但是他這次壯舉比他的詩更偉大』。」可是，信到梅索朗吉昂，拜倫已昏迷不醒，幾小時後溘然長逝。

拜倫的死，震動了歐洲，贏得了希臘獨立的偉業。

紀實散文《自由的火焰》，背景是大海，以拜倫在去希臘的海上旅途生活的幾個畫面為引子，側重描寫他的「行動」和思想。

一、

夜幕低垂，星星高照，「赫拉克利斯」號掀起冰藍色的浪花，駛離熱那亞的白色岩岸。拜倫佇立在甲板上，扶舷眺望壯麗而神秘的大海。波濤起伏，水天搖盪，莽蒼蒼、藍瑩瑩的海面磷火熠熠，光輝燦爛。狂放不羈的風撲面而來，吹拂他那捲曲的頭髮、敞開的衣領；吹滿他那熾熱而舒張的肺部，猶如桅杆上那面滿鼓的風帆。他的心胸變得大海般寬廣、自由、浩蕩。

「行動！行動！行動！」濤聲以整齊的鼓點奏出進行曲的雄壯旋律。

大海啊，多少年來你不是這樣召喚我、激勵我、提醒我，要我放下鵝毛筆而拿起劍來？如今你經過這樣長久的盼望，終於見到我躍上了你的馬背。在你的胸脯只有衝鋒陷陣的路！讓那些投給我的蔑視、傲慢、嘲笑、懷疑，都在我行動的火焰中化為灰燼。今天的拜倫已把昨天的拜倫打倒了。對於我，渴求的是：在那為正義和自由的戰鬥中，反抗暴政和奴役的戰場上，不是老態龍鍾地死於病床，而是將熱血尚存的軀體交給熱烘烘的鉛彈，或是冷冰冰的刀鋒。哪怕讓我面對全世界的反動勢力作戰而粉身碎骨，我也心甘情願！

大海啊，我是你的浪沫，我充滿了你的火星；我同你一樣孤獨、陰鬱、任性、狂怒，什麼都無法使我平靜，什麼都不能叫我滿足，什麼都休想把我征服。我總是渴望戰鬥、進攻、摧毀。我怎會忘記那動人的一幕：年輕時我漫遊希臘，在雅典的阿克羅波利山上沉思冥想；身旁是高聳雲霄的巴特農神廟的廢墟，腳下是滿目瘡痍的古都的遺址，你甩動滿頭銀髮，從藍色的長袍裡伸出一雙有力的手臂，以雷鳴般的嗓音對我呼喚：「不滅的只是事業！行動！行動！行動！政治！政治！政治！」

我被你激得全身著火，一腔風雷、巨神般地頂天立地。我向你發誓，並請希臘的蒼穹、高山與原野為我作證：「我活著就要做佩里克利【1】式的政治家，或者地米斯托克利【2】式的將軍。」你完全可以用雷電的威嚴來叱責我、用風暴的盛怒來懲罰我，說我的大半生過得那麼窩囊、無聊、墮落；但你決不能指責我背離了立下的誓言！

十五年來，我的心中充滿了你召喚的喧響，而且日復一日、年復一年地攪擾我、折磨我。

縱使在那些「幸運」和「幸福」的時日裡，我也渴望行動：

在我以《恰爾德・哈洛爾德遊記》的詩篇，打開上流社會的大門，成了倫敦社交界的驕子；

在我以一篇篇《東方故事詩》的殺伐，繼續贏得一連串輝煌戰役的勝利、榮耀、名利、美女、顯貴，全都拜倒在我的腳下，成了詩壇上的拿破崙[3]；

【1】佩里克利（西元前四九五—前四二九年）：古雅典偉大政治家。在其執政時期，希臘的文明達到高峰。

【2】地米斯托克利（約西元前五二八—前四六二年）：古雅典傑出政治家，統帥。西元前四八〇年，在薩拉米海戰中，大敗波斯艦隊。

【3】拿破崙・波拿巴（西元一七六九—一八二一年）：法國傑出的資產階級政治家、軍事家。法蘭西第一帝國和「百日王朝」皇帝。

在我向「平行四邊形公主」【4】求婚，並徵得同意的一瞬間的夢幻中；
在我欣賞瑞士的湖光山色，登上阿爾卑斯雪峰，尋覓曼弗雷德的精靈；
在義大利的旖旎風光、宏偉的古跡、魅人的情婦、狂歡節的享受與極樂中；
……
我始終沒有拋棄狄摩西尼【5】的「實行！實行！實行！」的座右銘。
嘿！這個耽溺於感官享受的花花公子竟會厭倦那種罪惡生活？這個玩世不恭、放浪形骸的浪子竟會深惡痛絕那種無恥行徑？這個冷嘲熱諷，仇恨宗教、政府、道德、理性的惡魔竟會流出純潔、真摯的淚水？
大海啊，人們不相信我；但你應該是例外。
只要能行動，我可以放棄一切：榮譽、愛情、創作、財產、生命！

【4】「平行四邊形公主」：拜倫妻子安娜貝拉·米爾班克的外號，以諷刺其肥胖、愛好數學。她和拜倫結婚僅一年分居。
【5】狄摩西尼（西元前三八四－前三二二年）：古雅典傑出雄辯家、政治家。早年教授修辭學，繼而從事政治活動。極力反對馬其頓入侵希臘。

可是，我怎樣行動呢？那天，我向你發誓；回到旅館裡，我便從希望的頂峰墮入絕望的谷底——瞪著我的腿部痛哭了——我是個瘸子！陰險的傢伙——惡毒的上帝，跟我開了一個可怕的玩笑：他給我一個天使般的容貌，卻接上一條魔鬼的瘸腿！我怎能參與政治呢：演講、辯論、視察、接見、訪問、打仗……別提了！只要我一露面，在街道、學校、甚至在自己家裡，就會看到狼的目光、蛇的唇舌、猴子的模仿，連女僕、親友、母親也罵我「瘸子」、「魔鬼」。不許這樣咒我，你們這些惡徒！不許諷刺我，你這個女人！不許罵我，你這冷酷的母親；你還讓庸醫治壞了我的腳！不，我不是瘸腿魔鬼，我要向命運挑戰！我鍛鍊拚搏：騎馬、游泳、駕車、射擊、拳擊、打球……以彌補自身的缺陷。我在各項體育運動中樣樣都成為好手：我鍛鍊得成了體魄強健、驍勇慓悍的斯巴達戰士；我能騎馬在崇山峻嶺上飛馳；我如金槍魚一樣神速，穿過達達尼爾海峽；我像神槍手威廉・退爾【6】那樣彈無虛發，百步中的……可我的行動又在哪兒呢？在英國國會的上議院裡，我發表過伸張正義、抨擊暴

【6】威廉・退爾：瑞士民間傳說中的英雄，自由、獨立的象徵。

政的演說。這有什麼用？破壞機器的工人不是依舊被送上絞架？愛爾蘭人民不是仍然在英國的鐵蹄下哭泣自由？

我能回去從事宗教改革嗎？嘿！在我的榮譽達到頂點時所作的努力尚且失敗，何況現在——英國所有的教堂不准我進去；英國所有的門戶都對我關閉；英國所有的出版商都拒絕發表我的作品；而這些無恥之徒曾經把出版我的詩集視為無上榮耀，並發了大財！我所有的親人都將我唾棄。

當我第二次跨出國門時，我就發誓：「假如人們嘰嘰咕咕的議論和唧唧噥噥的嘮叨，這一切全是真實的話，那我不配住在英國；假如這些全是造謠中傷的話，英國就不配我居住！」

我絕不回去，我決心徹底地跟這個偽善、野蠻、罪惡的國家一刀兩斷！我已經把那兒的惟一的聯結——我的歸宿、紐斯泰德修道院也賣掉了。英國，你聽著！我發誓：我的骸骨決不會在你的任何一座墳墓裡安息，我的屍體也決不會化為你的泥土！

義大利的太陽沉落了！否則，這是件最富有詩意的政治。只要想想解放了的義大利，這有多大的歡樂。啊，燒炭黨人【7】的心臟在我的胸膛裡跳動、燒炭黨人的熱血在我的血管裡奔流。義大利的自由戰士們：對於敵人，我是英國男爵、上議院議員；但對於你們，我蔑視它如同糞土；我是你們的同志、戰士、將軍，獨立、自由、解放的「義大利燒炭黨人全國委員會阿美利加分會」主席喬治・拜倫！我所有的都是屬於自由事業的。把這一千金路易獻給那不勒斯政府去購買槍支彈藥，炮轟「神聖同盟」【8】的頑固堡壘。把我的住宅去充作秘密武器庫；革命宣言、傳單、軍火源源不斷地從這兒射出去！讓他們去拆我的書信，讓那個奧地利暴君弗蘭茨一世【9】去嘗我的鞭子。誰要是敢搜查我拜倫勳爵的住宅，我就用手裡的這把好槍，打得他靈魂出竅，滾到地獄裡去！這幫膽小鬼只好學狗一般到處嗅我，像剪徑的強盜伺機殺我……哈哈，那就來吧！不過，可要當心別讓獅子的利爪把你們撕爛。哈哈，那就來吧，該讓你們這些無名小卒知道，我就是大名鼎鼎、天不怕、地不怕的海盜首領、你們的祖

【7】燒炭黨人：義大利資產階級的秘密革命組織，十九世紀在法國統治下的拿不勒斯王國成立，因最初成員逃避到燒炭山區而得名。旨在使義大利從法國（後為奧地利）奴役下獲得解放，並消滅封建專制統治。

【8】神聖同盟：一八一五年拿破崙帝國崩潰後，俄、普、奧三國君主在巴黎結成的，有歐洲絕大多數國家（君主國）加入的反革命同盟。

【9】弗蘭茨一世（西元一七六八－一八三五年）：奧地利皇帝。

師爺康拉德【10】！唉，我的熱情、希望、心血都白費了，我所擔心的燒炭黨人的起義被鎮壓了。我從一個城市驅逐到另一個城市。

西班牙的晨星暗淡了！我歌唱過你的英勇兒女；我想像在你的戰壕裡再譜寫自由的戰歌。霸佔你的果園、踐踏你的田野達三百年之久的摩爾人，遭到了你的回擊與驅逐。如今，你的戰士又在哪兒呢？你心愛的女兒奧古斯丁娜【11】，昨天還用短劍擊敗過驕橫的拿破崙，今天卻在她那牛奶般的胸脯上捅著幾支法國復辟軍人的刺刀！純潔的鮮血染紅了你那蒼白的月亮。為什麼擺脫奴隸枷鎖的民族，可悲地重鑄鐵鍊，將它套在印第安人身上達三百年之久？印加帝國【12】輝煌的頭顱被砍掉了，這片黃金與翡翠的大地成了屠場與焦土。啊，你光榮的後裔覺醒了，他們反抗把他們充當炮灰的貴族，和美洲人民並肩戰鬥。我將去那兒，或者在玻利

【10】康拉德：拜倫長詩《海盜》中的主人公。

【11】奧古斯丁娜：西班牙反抗拿破崙侵略的女英雄。她因戰功榮獲最高獎賞，被稱為「薩拉哥撒的女郎」。

【12】印加帝國：南美西部古國。其君主和國民均稱印加。自十二世紀起，秘魯庫斯科各地的印第安部落逐漸兼併周圍地區，至十五世紀中葉形成強大的奴隸制國家。一五三三年被西班牙殖民者所滅亡。

瓦爾【13】麾下作戰，趕走殘留在南美的豺狼，或者從委內瑞拉轉道去美國，投到華盛頓【14】，我為什麼佇留在義大利，甚至使我在朋友心目中也成了笑柄，以為我是墮入特麗莎・居齊奧利伯爵夫人的情網而不能自拔，或是寫那一輩子也寫不完的《唐璜》？啊，我難道只是在誓言中尋求行動，在行動中空談自由？

不！「信任拜倫！」這句鐫刻在拜倫家族紋章上的銘文，就是我人格的最有力、最真切的寫照。「信任拜倫！」這就是你們將會看到的希望、光明、最好的行動。

我厭倦「侍從騎士」的角色，我是拜倫，而不是什麼蘇丹後宮裡王妃藉以發洩性欲的工具，也不是俄國葉卡傑琳娜女王的男妾和寵臣！世界上沒有任何女人能支配我；我像拿破崙一樣

【13】玻利瓦爾（西元一七八三—一八三〇年）：偉大的政治家，南美西班牙殖民地獨立戰爭領袖。他曾領導南美人民解放了委內瑞拉、哥倫比亞、厄瓜多爾、秘魯等國。一八二五年在上秘魯建立了玻利維亞共和國（以他的姓氏命名），結束了西班牙在南美的統治。並倡議拉美各國建立聯盟。

【14】華盛頓（西元一七三二—一七九九年）：美國偉大政治家，美利堅合眾國奠基人，第一任總統。被稱為「自由獨立的旗手」。

敵視女人、征服女人。我也沒有旺盛的胃口去傾聽唐璜——一個隨波逐流的幸運兒、隨遇而安的庸人，嘮嘮叨叨、詳盡無遺地講述那浪漫、離奇的冒險故事。我不得不時常打斷他的話頭、嘲笑他的虛榮，並要我的聽眾別被他的花言巧語所迷惑。我們還有更重要的事去做：謊言要拆穿、假面要撕去、鐐銬要砸碎、自由要捍衛。再說唐璜遲早要參加革命，死在法國的戰場上。

那麼，我還猶豫什麼，徘徊什麼？

大海，我是在等待你掀起「時機」的好風，以便抓住它飛騰——為希臘的自由和獨立而戰——我的最大的行動！

希臘！希臘！大海，希臘是你的阿弗洛狄忒【15】從你的碧濤裡升起、希臘是你的阿波羅【16】從你的懷抱裡誕生。希臘是你的豎琴，把你的樂思傳遍世界；希臘是你的三尖叉，將你的

【15】阿弗洛狄忒：希臘神話中愛與美的女神。羅馬神話中稱維納斯。傳說她是在米洛斯島的愛琴海中誕生。

【16】阿波羅：希臘神話中的太陽神，主神宙斯之子。傳說他是在希臘的米洛斯島上誕生。

威嚴威鎮人類。什麼時候那位愛和美的女神卻猝然離去，太陽神只是空照著荒涼的原野？你的琴弦斷了，三尖叉被鑄成鎖鍊，我面對你殘破的山河，憂傷地唱道：「這兒，除了太陽，一切都已消沉。」我厭惡地告別你的不爭氣的子孫：「亡國奴的鄉土，不是我的邦家，把薩摩斯酒盞摔碎在腳下！」

歲月在大海裡流逝，我的目光始終像太陽的光芒在希臘的頭上照耀，我的心火如地下的岩漿在希臘的腳下燃燒。世界上失去了希臘，就如人失去了靈魂；大海中消失了希臘，就像英雄渙散了精神。行動的時刻到了，希臘自由的子民在長久的沉默後崛起了！莫弗羅柯達托親王已在那兒等我，英國反對黨人成立的支援希臘獨立委員會已接受我為委員。

到希臘去作戰！實現我童年的夢想：召集一支軍隊，士兵穿黑衣、騎紅馬，被稱為「拜倫的黑騎兵」。到希臘去作戰！文學對我說來無足輕重；誰願意學莎士比亞默默無聞地寫作，而不去做叱吒風雲的拿破崙？到希臘去作戰！做阿里斯羅德【17】、做才能和真理的領袖，方能接近神明！

【17】阿里斯羅德（約前五三〇—前四六八）：古雅典政治家。

二、

晨光熹微中，一片藍天般的海水掩映朝霞、彩雲，浩浩蕩蕩地奔流。「赫拉克利斯」號沿著義大利西海岸航行。大海的空曠無垠使人望不到陸地；伴著這艘雙桅快船前進的只有翱翔的海鷗。拜倫身穿繡花的長袍，走上甲板：「晨安，大海！」他的白皙的面龐顯得英氣勃勃；神采奕奕的眸子為遠方的一抹紅霞所吸引，目光裡流溢出企求、激動、喜悅的神采。啊，一個小小的火球從大海裡躍出！一剎那，整個海面儼然被繆斯女神傾倒的色彩瓶、染得鮮豔明亮。拜倫的眼睛裡燃燒著兩個太陽。

大海啊，太陽總是把每一個平凡而單調的日子塗成金，彷彿在世界剛被創造時那樣新鮮、可愛；太陽總是把我的陰鬱的霧靄一掃而光，把我從室內引向戶外，從英國引向義大利；如今又從寒冷的熱那亞引向溫暖的希臘。是呀，你常常見到我丟開書本，而去讀陽光寫在水面上的大自然的詩篇。對於我，你是唯一留戀的家鄉，崇山峻嶺是我的至友；只要那兒有蔚藍的天空和明媚的風光，我就去那兒浪遊。沙漠、洞窟和海上的白浪，都是我的至交，我們心心相印，有共同的語言、深邃的情誼。它們沒有絲毫人類的弱點：嫉妒、偽善、欺詐、邪惡；它們不會像暴君去奴役人，像小人對人勢利。它們雖然在時間的巨掌下也會變老，但不會像人類那樣老是愚蠢地重蹈錯誤的覆轍：先是自由，接著是光榮，光榮消滅，就出現財富、邪惡、腐敗！多少強大的帝國就此崩潰了，多少富有朝氣的民族覆滅了。唯有你們萬古長青、自由自在；唯有你大海容顏不改。那些帝國成了沙漠，而你則不然：

你永遠不變，除了你不羈的波濤變幻，
時間無法在你蒼翠的容顏上劃下皺紋，
和開天闢地時一樣，你依然洶湧澎湃。

只有在你們中間，我才脫下那在人間套上的假面具，我冷酷的心靈柔和了，我如同孩子似地奔跑、跳躍、玩耍、夢想；渴望愛、理想和美德。我不再用傲岸和作偽去諷刺人家的弱點、缺陷，以掩飾自己的傷感和軟弱。我不再去充當人間惡魔的角色；包裹在那件令人寒戰的鉛製的大氅下面的，卻是一顆渴求同情、愛和理解的心。人們為什麼要說我厭惡人類？是他們厭惡我；致使我雖廁身於他們中間，卻不屬於他們一夥。我從來沒有讚美過它的腐敗的臭氣，也未向它的偶像崇拜教條下跪，我既不拍馬奉承，也不隨波逐流——這就是我的過錯！

我愛女性；女性美在我心靈的尚未被玷污的一角，就像祭臺上燃燒的聖火！理想而純潔的美女，是我的清泉、星星。奧古斯塔——我的異母姐姐，她和我有著同樣高貴的血統、俊美的面龐、甚至孩子氣的噘嘴、微蹙的眉頭、說話時不發R的音調。她的沉思、羞怯、真誠、坦率以及在知己面前的無拘無束，全跟我相像，只不過性別不同。但她沒有我身上堆積的弱點：虛榮、作惡、暴怒、偏執、遊戲人生；她明鏡般地映出我內心殘留的一點純潔。她對於我就是幸福的避難所、情誼的最後聯結點。就是你安娜貝拉——我的妻子，我也要原諒你了。我何嘗不想在嚐夠上流社會的那種虛偽、庸俗、發黴的「愛情」滋味後，過一個普通而幸福的家庭生活。人的真正幸福，並不在婚姻之外，理想的婚姻是唯一能保證幸福的紐帶。遺憾的是，我們的悲劇是既不互相瞭解，你又以分居在我心上捅了一刀。你不是我的理想伴侶，又偏偏扮作上帝，還夥同「社會天使」來拯救我這不可救藥的墮落靈魂！

特麗莎，我的真正的愛人！當我一想起你，恍若金色的水波中升起了阿弗洛狄忒：比大理石還要瑩潔細膩的面龐、肌膚、綰成渦捲的栗色金髮、含珠貝的牙齒、輕盈的體態、豐滿的乳房……這一切多麼令人消魂。再加上你那南國春風般的嗓音，簡直是一闋樂曲飄浮在水上；而我就枕在你的音波上死去。比這更動人的是，你把我從墮落的生涯中拯救，讓我品味到真正的愛情。

愛情，不是獸性的瘋狂的肉欲、毀滅靈魂和肉體的火焰、狂熱的假象、心造的神祇、麻醉的毒藥、恭維、浪漫與欺騙的大雜燴，像名譽、野心、貪婪一樣虛妄、邪惡、可憎到極點。我第一次認識到愛情，是一切語言中最美的辭彙、是一切感情中最崇高的東西。無私的獻身、赤誠的相照，同一道陽光照亮了兩顆心靈，兩朵火焰在一起光明地燃燒；理想、意志、力量飛升了。連天國也在晚禱鐘聲中為我打開了大門。

特麗莎，我的太陽！你純真、無私、溫柔、高貴。你源源不斷地給我抒寫義大利解放的泉水，你不允許我再給唐璜蒙上憂傷的陰影；而是賦予人生、人性的希望的朝霞。你把我從醉生夢死的夏宮帶到燒炭黨人的地下室，帶往男子漢大丈夫的偉業——血與火的希臘。但我不能讓你同去，因為在那兒隨時隨地都可能犧牲；而你必須活著，特麗莎！永別了，親愛的特麗莎，我的太陽！

義大利！你那麼多情地將你的碧峰、叢林、圓穹和古跡移植到我的心上。如果，我有幸活著歸來，或者能有來世，我一定選擇你作為我的家鄉。你是花園、藝術與大自然所能給我產生的樂園。我多麼想再次在你的土地上徜徉。啊，你那米蘭的胸懷把我擁抱，拿不勒斯愉悅我的眼睛，羅馬喚醒我的理智，威尼斯給了我新生。如果不是你的利伏諾的風浪奪走了我的雪萊【18】，你在我心中的形象簡直是完美無缺。

雪萊，我的天使，我的知音！那浪花可是你的心靈、陽光可是你的精神、長風可是你的氣息、大海可是你的仙居？你總是以善的春暉融化我惡的冰心，你總是以美的溪流洗刷我醜的皮囊。記得我們在瑞士的山湖中漫遊，巡訪過文學聖地，朝拜過自由戰士的囚牢，我們向巨人的英靈獻上詩人的心，盧梭【19】和伏爾泰【20】兩位的思想崇高得可比山嶽。比這更崇高的是，他們反抗暴政、爭取自由的行動，他們是現代的普羅米修士【21】。我們在威尼斯進行

【18】雪萊：參見《革命的精靈》篇。

【19】盧梭（西元一七一二—一七七八年）：法國偉大啟蒙思想家、哲學家、教育家、文學家。他的思想積極地影響了法國資產階級革命，他的文學作品對後來的感傷主義和浪漫主義文學影響極大。

【20】伏爾泰（西元一六九四—一七七八年）：法國偉大作家、哲學家、啟蒙思想家。他的著作對十八世紀法國資產階級革命有積極影響。他又積極參加社會活動，終生與宗教偏見、專制制度作鬥爭。

【21】普羅米修士：希臘神話中造福人類的神。曾從天上盜火給人類，並傳授多種手藝。遭到宙斯懲罰而不屈，後被赫拉克利斯所解放。在歐洲文藝作品中，他一直是個敢於反抗強暴，不惜為人類幸福而犧牲一切的英雄形象。

的那場沒完沒了、關於人性善惡的爭論，你的水滴石穿的毅力、不屈不撓的攻打、用行動而不是用語言的鬥爭，使我那堅固的防線出現了裂縫。我外表冷酷而驕矜，內心卻柔弱而孤苦。當我們重又見面，你那病態的面龐容光煥發，這是因為你瞧見我掙扎出罪惡的氛圍；並向特麗莎這位天使致意。不，這兒也有你的一份功勞！你的洞燭幽微的目光，一定看見我的詩篇、我的行動。哈洛爾德、唐璜以及拜倫的覺悟都受到了你的啟示，以至我的特麗莎如此對你信賴。你還將你的夫人瑪麗的希臘文家庭教師、革命家莫弗羅柯達托親王介紹給我，做我行動的榜樣。唉，是什麼緣故這一個在我所認識的人中，最善良而沒有絲毫私欲的人，竟會被他的同胞詆毀成惡魔而橫加迫害？又是為什麼這一個沒有絲毫瑕疵的人，竟會被世人所不容？

萬惡的世人呀，當你把他的軀體毀滅，他那巨大的心臟還在為明天跳動！【22】

【22】雪萊在西元一八二二年七月八日溺死在利伏諾的海上，八月十六日，他的遺體火化後，心臟卻完好無損。

三、

狂風暴雨，電閃雷鳴，陣陣山嶽般的浪濤風馳電掣地從黑壓壓的天邊襲來。「赫拉克利斯」號在波峰浪谷中顛簸，在雷火雨林中艱難地前進。拜倫身穿黑色的大衣，渾身濕透地如同噴水的鯨魚。他指揮船員與風浪搏鬥，內心也充滿了暴風雨。

大海啊，是誰把「花的精靈」——雪萊殺害的？若是你，我要跟你搏鬥！為什麼你不淹死我，我才是惡魔？啊，原來是你，你這邪惡、下賤的上帝！你殺害了多少自由、正義的戰士，窒息了多少善良、純潔的靈魂？來，跟我較量！你可以把你的造謠法庭所想得出的各種罪名全都加到我的頭上：惡魔！瘋子！色鬼！流氓！野蠻人！亂倫者！賣國賊！褻瀆上帝者！……把你武庫裡的武器全都拿出來吧；我必須和你較量！

唉，我被打敗了。你把我綁在絕望的懸崖削壁上差遣猛禽、雷神、鬼魅懲罰我，還有「時間」也屈從你的淫威對我鞭打；但你決不能使我俯首聽命。我要以牙還牙，用永遠的敵意使你戰慄，預感你自己的末日！【23】你能輕而易舉地奪去我的生命，但我拒絕懺悔：比起你的罪惡，我的罪惡不值一提；難道罪惡必須用別處的罪惡、由更大的犯罪來懲罰嗎？【24】惡魔盧西弗爾要比你高尚得多，他讓我認識了善、世界和真理；他寧入地獄，也拒不為惡唱讚美詩。而你呢：你創造人類，只是為役使他們，炫耀權威和虛榮！因而，一旦當人類的始祖亞當和夏娃偷吃了知識禁果，識別了善惡，擺脫了愚昧，你就把他們驅逐出樂園；當他們使用了火，你又覺得侵犯了你的特權而降下災禍：瘟疫、洪水、饑饉、戰爭、暴政……是你使人變得偽善、嫉妒、貪婪、腐化、殘殺、顛倒是非……難道像你這樣一個罪惡累累，自稱為上帝的惡魔，我還該用無辜羔羊的鮮血來餵飽你嗎？難道對像你這樣一個殺人如麻，反誣我為殺害兄弟亞伯的劊子手，我還該對你乞求哀告嗎？【25】不，我樂於墮入地獄而永遠以詛咒的烈火，燒灼你的腦門！如有可能，我將喚起每一塊石頭反抗你這暴君！哈哈，你發抖了！敗退了！而我在你傾瀉的槍林彈雨中屹立！

大海啊，讓我們匯合在一起作戰。把那面大旗迎風飄揚，向那專制制度的堡壘發起猛攻！往昔，你曾把那些可笑地自稱為戰爭的主宰和海洋之王，像雪製的玩具拋入你的浪濤裡；把千

【23】這裡指拜倫借其詩作《普羅米修士》反映他的反叛精神。

【24】這裡指拜倫借其詩劇《曼弗雷德》反映自己的反抗精神。

【25】這裡指拜倫借其詩劇《該隱》反映自己的反抗精神。該隱題材取自《聖經・創世紀》。

萬條不義、貪婪、掠奪的艦船掃入你的腳下；把一個個妄想永圖霸業的帝國，從你身邊拋去；把摧殘大地的邪惡勢力拋上天空，轉手扔回岸上——成了一堆臭狗屎。今天，向那地球上一切暴君進攻，首先是英國！他曾經高貴過，而現在為一切人痛恨、為一切民族視作最兇惡的敵人和更兇狠的豺狼。他一度把自由奉獻給人類，而現在卻要給他們戴上鐐銬，甚至禁錮心靈。這個暴君聯合俄、奧、普魯士等其他暴君對拿破崙進行「解放戰爭」。他們以暴易暴，遠比拿破崙兇狠、醜惡。拿破崙失敗了，仍是頭獅子——林中之王；他們一夥勝利了，依舊是幾條狼狗！

禿頭沙皇【26】在「神聖同盟」中唱主角。跳舞、打仗是他的嗜好，他把自由鐫刻在各國人民的鐐銬上。希臘要解放，首先要在他那北極熊的爪下做奴隸。新加入同盟的法國最賣力，鎮壓西班牙起義，他是急先鋒。可憐這復辟的路易十八【27】是個酒囊飯袋，哼哼唧唧，侈談

【26】禿頭沙皇（西元一七七七—一八二五年）：俄國沙皇。（西元一八〇一—一八二五年）神聖同盟的組織者之一。
【27】路易十八（西元一七五五—一八二四年）：法國國王。一七九五年為掛名國王。滑鐵盧戰役後，重返巴黎復辟。

什麼民主，還是管好自己的痛風症吧：過度的營養在他那蠢豬的腸胃裡造反！奧地利的首相梅特涅[28]——列強的頭號寄生蟲，出謀劃策、殺人放火、姦淫擄掠、坐地分贓總有他的份。義大利這塊肥肉先搶到手，至於其他利益也必須均分。還有那些爪牙、走狗、小爬蟲：為英國戰魔塗脂抹粉的威靈頓、編寫烈士新傳的夏多勃里昂、新《憲法》的死敵蒙摩朗西……自然不該忘記騷塞[29]！這位靠撒謊與告密而賺到「桂冠詩人」的惡徒、奴顏婢膝的「天使」，前不久居然為聖喬治的鬼魂大唱讚歌；可惜，他的頌歌過於笨拙，被聖彼得擊下塵埃。

大海啊，將他們統統埋葬！

【28】梅特涅（西元一七七三—一八五九年）：奧地利外交大臣和首相。一貫敵視自由主義與革命運動。

【29】騷塞（西元一七七四—一八四三年）：英國消極浪漫主義詩人，湖畔派代表。早年同情法國革命，不久轉變立場。一八一三年被封為桂冠詩人。他曾攻訐拜倫。

四、

碧空如洗，彩虹貫天，絢麗的晚霞在紫水晶般的海上盛開億兆朵玫瑰。「赫拉克利斯」號揚著破舊有力的白帆快速地前進。拜倫面龐黧黑、目光炯炯，一身古希臘的戎裝，威風凜凜。身佩寶劍、腰挎手槍，精神抖擻地凝視遠方。人們都湧到甲板上來了，焦灼而激動地凝視那前方的目標。啊，心兒雀躍，同聲歡呼，火紅的夕陽照著一波一波躍動的海水，水天裡呈現出一塊珠貝似的陸地。

希臘群島！希臘群島！我重返你的故土，經過了二十晝夜的航行和十五年的期待。我不再說：

光榮的殘跡使人心傷！
逝去了，但是不朽；
偉大，雖已消亡！

你用劍與火的行動回擊了土耳其人的皮鞭。長島如金，神廟矗立，世世代代做奴隸的人，世世代代在心中醞釀抵抗的雷火。我瞧見了三百名斯巴達戰士死守德摩比利隘道【30】；塞拉息布洛在雅典一舉推翻了三十個僭主的寶座【31】；侵略者大流士一世跪在密爾蒂阿斯的劍下。【32】我瞧見了熱曼若、科洛科特曼尼斯、奧德修斯、莫弗羅柯達托親王高舉起自由的旗幟，【33】在你的每一塊土地上作戰，抗暴的呼聲響徹你的山谷、海島、衛城、原野……古希臘的精神復活了！你們一手拿劍、一手彈琴，用荷馬【34】的歌聲，用李奧尼達斯【35】的英靈召喚

【30】西元前四八〇年，在國王李奧尼達斯的率領下，三百名斯巴達戰士在德摩比利隘口（北、中希臘交界處）抵抗波斯侵略軍，因眾寡懸殊，全部戰死。

【31】西元前四〇三年，雅典逃亡者在塞拉息布洛的領導下進軍雅典，推翻了以克里提阿斯為首的三十寡頭暴政。

【32】西元四九〇年，波斯王大流士一世率兵侵略希臘，雅典統帥米泰亞德在馬拉松以劣勝優大敗侵略軍。

【33】這些都是當時對土耳其殖民統治抵抗的希臘各地義軍首領。

【34】荷馬：參見《盲歌手的回鄉》篇。

【35】李奧尼達斯（？—西元前四八〇年）：古斯巴達國王。參見注30。

一切熱愛自由的戰士投到你的旗下。我也將奉獻給你，化成那山山嶼嶼，熊熊燃燒的烈火。

大海啊，讓我：
奔赴戰場——光榮的死所，
在那兒獻身！

11 西風頌——革命的精靈

珀西・比希・雪萊（西元一七九二—一八二二年）英國偉大詩人，他和拜倫被公認為十九世紀英國詩壇的兩顆巨星。出生於蘇塞克斯郡的貴族家庭。他鼓吹革命、宣揚自由、反抗暴政，一生備受迫害與污蔑。一八一八年被迫離開祖國僑居義大利，一八二二年七月八日在利伏諾附近的海上遇難。主要作品：詩：《西風頌》、《雲雀頌》、《雲》、《自由》、《一八一九年的英國》等；詩劇：《解放了的普羅米修士》、《欽契》；長詩：《麥布女王》、《伊斯蘭的反叛》；文論：《詩辯》。

一八一九年是雪萊創作力最驚人的一年。被稱為其創作生活的「不可思議之年」，他最好的戲劇和抒情詩大部分是在這年裡寫出。同年深秋，他僑居在佛羅倫斯，在附近的阿諾河柏樹林中創作了英國詩歌史上不朽的傑作《西風頌》。世界上還沒有任何詩人在憑藉自然力反映革命的本質，達到《西風頌》那樣的高度與造詣。

紀實小說《革命的精靈》是描寫雪萊《西風頌》的創作生活和心靈。

一八一九年深秋，英國詩人雪萊在佛羅倫斯的大部分時光是在阿諾河畔的森林裡度過的。那是座巨大的柏樹林，宛如天國的拱門高聳地飛架在碧濤般的河谷上。他就在那兒漫步與休息、思考與遐想、讀書與寫作。

在他看來，這座城市最吸引他的就是這片樹林子。這倒並不意味著他有絲毫輕視以無數個金剛鑽稜面，閃耀出義大利文藝復興光芒的佛羅倫斯的意思；相反，他那年輕的、但已留下累累創傷的心，比其他心靈更能把握住名城的本質，為她的美而雀躍、佔有、消融。九月底，他從利伏諾遷居到這兒的最初日子裡，整天都在滿街遊騁：畫廊、古宮、藝術館、教堂、噴泉……

人們只要稍稍留神，到處可見到這個異國人的如癡似醉、全神貫注、留戀忘返的身形：修長的身材、背脊有些佝僂，錦緞似的捲髮把那美女般的面龐襯托得愈加白皙、動人，神經質的十指顫抖著，憂傷的藍眼睛閃閃發光；不修邊幅的穿戴，掩不住他那高貴純正的氣派。

他亢奮而急切地欣賞、瞻仰、讚歎，激動得大氣也不敢出。他似乎在流蕩清新、甜蜜的空氣中，呼吸到一股三百年前文藝復興時期的雄渾、粗獷、火熱、自由的氣息。他那顆老是在幻想地飛馳的頭腦，通過由色彩、線條、音響、文字所建成的神秘之門，乘著時間之舟，回到了那個產生巨人和天才的時代、光明與黑暗拚搏而迸發出奇光異彩的時代、氾濫靈感與創造奇跡、體現理想的藝術之林的時代，他和它水乳交融，他和他們親密無間：

在佛羅倫斯共和國的大廳裡，和但丁【1】共同呼籲建設一個自由、公正、幸福的社會；又一起被奸詐而兇惡的政敵判處終身流放而寧死不屈。在異鄉以筆為武器，並懷念那殘踏自己心靈的祖國。

在聖十字教堂，和喬托【2】探討莎樂美舞蹈的韻律為何如此動人、不朽？

在檸檬樹的清香覆蓋下，年輕的彼特拉克用熾熱的情詩向蘿拉傾吐真摯而無望的愛情。【3】他呢？卻在冥想，一位美麗而可愛的女郎應該是美的象徵、人類精神與力量的源泉。

在柏拉圖學院，和米蘭朵拉、波利齊亞諾這些智慧賢哲之士討論哲學與美學，豎起人文主義的旗幟。

【1】但丁：參見《貝雅德麗采的微笑》篇。

【2】喬托（西元一二六七—一三三七年）：義大利文藝復興初期的傑出畫家、雕塑家、建築師。他在佛羅倫斯聖十字教堂的禮拜堂裡所作的壁畫《莎樂美之舞蹈》是其晚年最出色的作品。

【3】彼特拉克（西元一三〇四—一三七四年）：義大利傑出詩人、歐洲文藝復興時期人文主義先驅之一。他的最優秀的抒情詩集《歌集》，抒發了他對年輕時為之傾心的少女蘿拉的愛情。

在凡奇歐宮，和馬基雅維利【4】爭辯有關君主與國家的學說，難道「對於君主，作惡比行善有利」嗎？

在市政廳廣場，面對那個以上帝的名義，抨擊教會腐敗和梅第奇專制的黑衣僧薩伏納洛拉【5】、面對被迷信與盲目的逆風所煽動的狂熱民眾、面對熊熊燃燒、吞噬一切的宗教裁判的烈火，他公然宣稱：「上帝並不存在！」猶如老伽利略在監禁十年之久後依然回答：「地球仍在轉動！」

【4】馬基雅維利（西元一四六九—一五二七年）：義大利著名政治學家、歷史家、文學家。出身佛羅倫斯貴族。他在其著名的《君主論》中，最早而完整地提出了資產階級國家學說。他認為一個到處存在分裂與對立的半島（義大利），只有建立一個強大的君主政權，才能實現統治。但他又認為，只要有利於實現目標，無論君主採用強暴、狡詐、背信棄義等種種卑劣手段都是可取的。為此，他把當時義大利各地的暴君、僭主，特別是羅馬尼阿的波幾亞公爵當作楷模。

【5】薩伏納洛拉（西元一四五二—一四九八年）：聖多明我會會士，宗教改革家。一四九四至一四九八年領導市民推翻梅第奇家族的統治，但主張建立一個神權國。他極端仇視科學、藝術及異教文化；一四九八年五月被以「異端罪」處以火刑。

在圓頂教堂的拱門前，向達・芬奇【6】請教蒙娜麗莎微笑的秘密。在菲奧萊教堂的院子裡，他的心靈隨著米開朗基羅雕刻大衛像的鑿子的每一錘擊而怦怦跳動。

大海起伏，波浪滔滔……

啊，佛羅倫斯的美，是完美、是古希臘藝術的繼續與發展：樸素、莊嚴、雄偉、真實！它使人間其他的一切東西都相形失色，即令全世界的黃金寶石堆在一起，也無法掩蓋她的光彩。能夠生活在那樣的年代裡，即使做一個最普通的人，也是種福氣；能夠寫作，那怕是一篇微不足道的作品，也是人生的意義。

當喧嘩與庸俗的人潮把他拋到現實的此岸時，他那飛翔的心靈沉重地墜落下來，發出痛苦的呻吟：為什麼今天的人只能欣賞而不能創造這些傑作呢？甚至連欣賞的資格也沒有！他們是如此作踐、褻瀆這些大師們的偉大而純潔的心靈！他們怎麼可以在這充滿奇跡的聖地、

註

【6】達・芬奇（西元一四五二—一五一九年）：義大利文藝復興時期最傑出的藝術家、科學家、文學理論家、工程師。他的繪畫《最後的晚餐》、《蒙娜・麗莎》是屬於文藝復興時期最優秀的藝術作品。

在這美與善的殿堂裡，對大師們所創造的、使人類心靈得到享受與昇華的傑作，用那種粗野的口吻、可怕的無知、市儈的心理來掂估斤兩呢？另一方面，卻對一個並不存在的「上帝」、一個炮製出來的騙子、一個千百年來把人民倒浸在黑暗、愚昧、暴行、野蠻的血泊裡的暴君，高高地請上寶座，懷著誠惶誠恐的心情、充滿愛與虔誠、亦步亦趨地頂禮膜拜、靜悄肅穆地默禱、心甘情願地去忍受他的鎖鍊、皮鞭、烈火，從肉體到心靈、從今世到來世……為什麼創造藝術珍品的古希臘羅馬人的後裔，現在只能在其光榮的先輩蔭庇下面，炫耀流逝的光輝，掩飾自己的平庸、笨拙與僵化？這是頂峰，我們都是凡夫俗子。不！從人類文明史和藝術史的永久流動的長河來看，古希臘羅馬的藝術儘管是那麼光輝燦爛，但並非是頂峰。請看：莎士比亞的戲劇，它的生動、豐富、美妙，不是高過那個拘謹而狹窄的埃斯庫羅斯【7】嗎？米開朗基羅的強勁、雄偉的充滿海洋、天空、大風般威力的雕刻，完全能與菲狄亞斯【8】的傑

【7】埃斯庫羅斯（西元前五二五－前四五六年）：古希臘三大悲劇作家之一。希臘悲劇到他那兒才趨完善。

【8】菲狄亞斯（西元前四四八－前三三〇年）：古希臘雕塑家。

作孄美……

毛病出在哪兒呢？是我們這個時代墮入了空前的黑暗！世界上充滿了不義與不平、壓迫與奴役、赤貧與豪富、暴行與流血；自由與民主被暴君們絞殺、義大利被奧地利匪幫的鐵蹄所踐踏、希臘在奧斯曼帝國【9】的彎刀下戰戰兢兢、而我的祖國成了神聖同盟【10】最無恥最可憎的支柱。古代藝術之幫的子孫在貧困、愚昧、麻木的生活中苟延殘喘，人變得自私、冷酷、偽善、鼠目寸光、利慾薰心，惡侵佔了善。金錢成了世界與心靈的主宰，金錢能買到一切，一切為金錢所奴役。別說創造藝術了，只要有一點新穎、獨特、進步的思想、觀念、見解，就被當作異端邪說。凡是不與陳腐的習俗、貪婪的人世、偽善的道德、空洞的教條、罪惡的制度同流合污、大唱讚歌，誰就被視為瘋子、惡魔、罪犯而加以鞭撻、放逐、監禁，即使逃

【9】奧斯曼帝國：即土耳其。是奧斯曼土耳其人建立的軍事封建帝國（西元一二九〇—一九二二年）因創始者奧斯曼一世得名。信奉伊斯蘭教。

【10】神聖同盟：一八一五年拿破崙帝國崩潰後，俄、普、奧三國君主在巴黎結成的，有歐洲絕大多數國家（君主國）加入的反革命同盟。

到國外也躲不掉它的利爪和魔影。他自己不是活生生的例子嗎？

他在祖國容不下身，可在異邦同樣沒有安寧。政府的御用文人和保守黨的毒舌對他的誹謗與攻擊，竟能如掃過汪洋大海的寒流，把冰雹打到他的身上：雪萊「淺薄而傲慢、冷酷而自私、殘忍而怯懦」，他寫的詩「完全不知所云之處比比皆是」，他本人是「瘋子」、「邪惡」、「亂倫」等等。他在異邦的同胞見了他不是如同瘟疫、就是類乎浪子，或者乾脆把他當成從動物園裡逃出來的猴子！在這種時時需要提防的惴惴不安的情況下，他還有什麼心思在被玷污的美的創造物面前靜觀默察、凝神觀照、留戀忘返呢？他還有什麼熱情，在這個他雖愛而人家蔑視他的冷漠而喧囂的世界裡去構思與創作呢？幸而，佛羅倫斯的風光和義大利其他地方一樣是得天獨厚的美麗、慷慨、博愛；她那偉大的胸懷尤其庇護一個孤獨、善良而深受創傷的靈魂。所以，他雪萊能夠在西風殘照、荒冷的郊原上自由地呼吸，在重重綠色的穹門層層地倒映的阿諾河上放舟漂流，在聖・米尼阿多山上猶如那棵歷劫風雷而依然屹立的古松，默默地俯視城市……當然，最使他心滿意足的是，在森林裡度過一個個絢麗而飛馳的白晝。一回到大自然的懷抱，他就盡情洗泄委屈與痛苦。宇宙精神通過日、月、雲、花、樹、鳥等等給予他在人間被剝奪的同情和溫暖。他一進林中，彷彿這才真地回到了自己用想像的彩虹所建築的自由、幸福的家園。愛、熱情、希望都死灰復燃了；創作的激情、想像、靈感，怒放盛開了。他重又從平淡無奇的生活中、從百無聊賴的慵倦中、從心灰意冷、一連串不幸的困境中解脫出來，渴望轟轟烈烈、改天換地的偉業，投入到他一生為美的信仰而獻身的戰鬥中去。

有一天清早，他像往常一樣進入森林，晨霧瀰漫，灌木叢影影綽綽，好像有仙女在草地上舞蹈，在天空中飛翔。他感到自己也飛了起來，被仙后麥布女王【11】載入她那銀色的車輛，往天外飛去。他看見了人世的過去、現在、與將來。他的心震驚了，難以想像人間會達到這麼悲慘的地步，在最華麗的帷幕後面竟遮掩著最醜惡的事實：君主、教士、貴族幾千年來的「功勳」，就是萬千次地摧殘人類的花朵，而且用權勢的毒汁腐蝕社會的肌體。他那善良的心靈又被高叫著打倒「三位一體」【12】暴政的革命者刺傷了：暴發戶的資產者、沾滿銅臭的商人把什麼都拿來拍賣：從王冠到靈魂，用黃金製造貧窮、饑饉與災難。他望見了未來則微笑了：

【11】麥布女王：雪萊長詩《麥布女王》中的仙后。她載著少女安蒂的靈魂飛到九天之外，指點其看到人類的過去、現在、將來。反映了詩人早期的社會理想：仁愛和自由終將代替暴政。

【12】三位一體：基督教的主要教義之一。該教稱上帝（天主）只有一個，但包含聖父、聖子、聖靈三個「位格」，三者又結合於同一「本體」，故名。

在碧血殷殷的斷頭臺上盛開愛的玫瑰；自由的枝條搖曳生輝，常青不謝。

驀地，他墜落地上，仙后、美景全都消失。一團團霧靄變成一個個幽靈在他身旁飄來蕩去，朝他做鬼臉，拉扯他、啐唾他、毆打他、睥睨他、引誘他、威脅他；其中還有他的同學、校長、父母、表妹、前妻、朋友、導師……最後，一個鬼魅走來對他喝道：

「雪萊！你犯下了褻瀆神明、否定上帝、蔑視婚姻和道德的神聖法則等等，罪大惡極；你撰寫的《麥布女王》、《無神論的必然性》等旁門左道的小冊子，就是確鑿罪證。故而，我，大法官艾爾登爵士認為，你雪萊無權扶養你和哈麗塔【13】所生的兩個孩子！」

大法官的判決被報以一片掌聲。雪萊遭到當頭棒喝，倒了下去。

許多鬼魂歡呼著、叫喊著，從他身上踏過去、踩過去……

太陽驅散了霧靄、幽靈和鬼魂。陽光從濃密的樹冠上把金箔似的光斑灑到他昏眩的頭上和軟癱的身上，陽光將光輝從林外灑進林中草地。他撐起身來，踏著紅、黃、褐的落葉，瞧

【13】哈麗塔：雪萊前妻。感情不合，墜落自殺。

著鮮豔的蘑菇、清涼的溪流、鳴囀的雲雀……他那顆被寒氣所襲的顫慄的心，已為感激造物主而啜泣了。即使那塊看來像無生命的冰冷石頭，也比世人來得溫暖呀：它對於人的榮辱、安危、幸與不幸，至少表現一種一視同仁的冷眼旁觀，而完全沒有人間那種勢利與偏狹、出爾反爾、忘恩負義的行為。

他為了給自己的同胞爭取自由與民主的權利，喚醒受毒害的被壓迫大眾，把他們從宗教與暴政的雙重桎梏下解放出來，從小就誓言：「我發誓，必須盡我的一切可能，做到理智公正、自由；我發誓，決不與自私自利、有權有勢之輩同流合污，甚至決不以沉默和他們變相地同流合污；我發誓，要把我的一生獻給美……」

他拒不媚俗，深惡痛絕伊頓公學的學僕制【14】的陋習，嘲笑牛津大學開除他的懲罰、不屈服家庭斷絕其經濟供給的威脅。他囊袋空空，卻為愛爾蘭的民族革命呼號奔走、撰寫小冊子、磨利政治詩的槍刺，描繪人類前景的圖畫，與反動勢力交戰；背叛貴族階級，放棄男爵

【14】學僕制：在伊頓這類著名的英國學校中，流行一種陋習：即一名新入學的低年級生必須充當高班生的僕役，為其服各種雜役，並忍受其打罵與侮辱。

爵位與巨大遺產的繼承權、救濟貧民、解救落魄，把改造世界作為己任……他的好心好意反而得到了惡報，在人們眼裡成了罪惡的淵藪！他逃往海外，仍未能倖免；一想起這種難堪的困境，猶如掉入冰窖：

唉，但我沒有希望、沒有健康，
既沒有內在和外在的安謐，
也不似哲人，能從冥想
獲得遠貴於財富的「滿意」，
讓自己活在心靈底光榮裡；
我沒有聲譽、愛情、悠閒、煊赫，
卻見別人為這些所圍起，
他們微笑著，管生活叫歡樂，
然而對於我，啊，這一杯足夠苦澀。
但現在，絕望卻歸於平靜，
……

他選擇義大利作他的居留地，不僅義大利人民熱情好客、感情奔放、熱愛自由，而且它又是古羅馬的文藝之鄉，有那麼多令人神往的名勝古跡，供他賞心悅目、追懷遐想。天賜其惠的又有那麼多的陽光、海水、藍天和樹林。他是多麼需要陽光呀，熾烈的、燃燒的、把他類似唐達羅斯【15】的蠟翼所融化的陽光。太陽——宇宙中最神奇、最美麗、最有力的精靈，是一切美的泉源、善的根基、真的本體。只有在她的精神——陽光的沐浴下，他才發覺自己的傷口在癒合、病體在康復、希望在復活、靈感在湧現；所以他在義大利的日子總是在戶外度過的。或者跟拜倫並駕齊驅馳騁在威尼斯、拉文納的曠野，或者划著小船在阿諾河、塞丘河上漫遊，或者在那不勒斯的海灘洗日光浴，或者在羅馬的古跡，沿著崔嵬的斷垣殘壁徘徊。他的《解放了的普羅米修士》就是在萬山叢中卡拉卡拉浴場的遺址上寫的。

雪萊在佛羅倫斯的柏樹林裡一邊散步一邊浮想聯翩。從亞平寧山脈吹來的帶有寒意的西風，彈起了巨大的風琴。頓時，林中洋溢暖洋洋的閃光的音波，音波奇妙地變成一朵低低地

【15】唐達羅斯：希臘神話中的建築師、雕刻家。曾為克里特國王米諾斯建造迷宮，後失寵被囚。他用蠟黏合羽毛裝在自己和兒子身上逃走。但兒子因飛近太陽，蠟羽融化，墮海淹死。

掛在灌木叢上的輕雲。輕雲由於剛載人的緣故，微微地抖動了一下，並像被按動的琴鍵那樣，發出一片柔和而輝煌的樂音，把他升舉到金色的林海之上。他歡暢地見到蒼穹無比青碧、陽光無比明媚、山峰無比壯麗；它載著他越過城市、鄉村、原野、山巒、河流，向大海、太陽、星星飛去……他看見萊昂和茜絲娜【16】這對為人民的解放事業而戰鬥的伴侶，被綁在火刑柱上；而烈火卻把暴君、教士及其奴僕送上了天。在人民的喜慶歡歌中，他乘著飛船往遠方的港灣、神聖的廟宇飛去，他看到普羅米修士【17】被宙斯綁在高加索的懸崖峭壁上，被禿鷲啄食他那消長的腑臟；無限痛苦伴著刻骨的相思，但他拒絕說出唯有他才知道的關於宙斯厄運的秘密。他熬過了三千年的苦難，終於為赫拉克利斯所解放，回到了鼓舞他、等待他的妻子阿西亞的身邊。他目睹貝特麗采【18】這位溫柔、多情、膽怯的少女，猝然成了一個復仇天使，殺死了姦污她的父親欽契伯爵——暴君、惡魔、淫棍。她面對姑息養奸、貪贓枉法的教皇的

【16】萊昂和茜絲娜：雪萊長詩《伊斯蘭的反叛》的主人公。
【17】普羅米修士、阿西亞：雪萊詩劇《解放了的普羅米修士》的主人公及其妻子。
【18】貝特麗采：雪萊詩劇《欽契》的主人公。

一紙判決，鎮定自若、視死如歸、激勵後人。

啊，他的瑪麗就是茜絲娜、阿西亞、貝特麗采。這位葛德文先生【19】引以為驕傲的公主，兼有父母雙方的優美天賦而淘汰他們的缺點：才思敏捷、性情活潑、求知欲強、堅忍不拔……她具有理想伴侶的所有特點：鑒賞詩歌、理解哲學、富有熱情、充滿理想、女性魅力、英雄氣概、獻身精神、愛情專一……人間只有她才是他的女神。還有什麼比她寫在他贈予的《麥布女王》扉頁裡的一段話，更說明這顆至善的心靈對他的愛呢：「我愛這本書的作者，如此深篤，是沒有任何語言所能表達的。當我們分開時，將有最親密的專一愛情……根據這愛情，我們彼此誓約，即使不能彼此相屬，也永遠不再屬於他人。但是，我已屬於你，唯一地屬於你呀！」

她以巨大的代價實現了自己的誓約：家庭、社會的偏見與迫害，她都一概蔑視；她的三

【19】葛德文（西元一七五六—一八三六年）：英國政治家、小說家。牧師出身，後因信仰無神論而放棄教職，在倫敦從事寫作。他的政治思想對英十九世紀思想家和作家影響很大。雪萊的妻子是他與前妻、進步思想家、作家伍爾斯托奈克拉夫特所生的女兒。

個孩子都一一被死神所奪去。似乎絕望將擺佈她的命運？可是，這個剛強的女性不久便振作起來，反而給了他安慰與勇氣。她的面頰還留著淚痕、紅唇還在哆嗦，卻勸他去旅遊、療養、散心、休息；一邊讀書、寫作，並為他審稿、謄稿……現在，他們又將有一個可愛的孩子——她的身孕足月快要生養了。每逢他外出或者去柏樹林時，從她那金栗色的眸子所投出的目光，是那樣惆悵；若是他的步履有所遲疑，她的目光卻催促他前行，而且，她還在他的口袋裡放上一本書、一包麵包片與一袋炸無花果。

他嚼著香脆可口的無花果，吃著麵包片，翻閱《恰爾德・哈洛爾德遊記》。這個出色的女性怎麼如此善於瞭解人、鑒別人呢？三年前，他和拜倫【20】第一次會晤是在日內瓦湖畔，他完全為對方的巨大才華所傾倒——拜倫給他朗誦的正是這部長詩中的第一章。隨即竄起的一股自卑感，使他懷疑自己的詩才而變得黯然神傷，情緒落到冰點。這時，瑪麗過來了，她對他——不要，別來空洞的安慰；否則，他將命令她滾開！誰知她是來讚美拜倫的才華；當他放鬆了戒備，她話鋒一轉，做得那麼巧妙。她指出他倆的詩風畢竟是不同的，比如一個如火，

【20】拜倫：參見《自由的火焰》篇。

一個便是水，而雪萊作品裡的思想比拜倫的要宏偉而深刻得多，因此不易被人們理解，更難以被人們接受。這來自他倆對生活與人生的態度、見解的不同。最後，她猛烈抨擊拜倫勳爵的人性惡的觀念、放蕩的私生活及對女性的傲慢態度。

雪萊緊蹙的眉頭舒展了，瑪麗的話雖然有些偏激，但她的見解一針見血。是呀，他和拜倫都是反抗暴政、爭取自由的戰士；都遭到本國的迫害與放逐；都是熱愛自然與真理的人，寫詩是他們的樂趣、行動是他們的理想。可是，他和拜倫又存在明顯的不同：這個無比俊美、高貴、優雅的天才，難以想像竟會存在嚴重的陰鬱、絕望的心理；他那玩世不恭、漁獵女色、愛慕虛榮、追求排場與感官享樂的行徑，是多麼幼稚、無聊、愚蠢！他對於愛情和女性的看法真叫人惱火，他怎能把女性當作一件玩物，把愛情看作一劑毒藥，而這種荒謬的觀念又多麼根深蒂固？他不能原諒拜倫拋棄獻身給他的克雷爾——瑪麗的妹妹珍妮；他對其私生女阿萊格爾的死，是該受到良心的譴責的。拜倫以家庭遺傳、社會壓迫、人生短促而作為他過放蕩墮落生活的哲學依據，無論如何是不能叫人同意的。在他憤慨地和拜倫辯論人性善惡的問題，當對方說出下面一段話時，他那本來像音樂般悅耳的嗓音變得多麼刺耳、天使般俊秀的面龐變得多麼難看：「人心充滿了彼此的仇恨；此外，如另有所預期或希望，那只是夢想家的特徵而已……」

拜倫，你說得不對！人類初生時身上並沒有惡，惡是在偶然中產生的，因此它可以去除。人類的歷史是善與惡、進步與反動的鬥爭的過程；在其中，我們的意志可以創造美德。雖然沾染惡是人之常情，但這並不能證明惡是完全不能制止的。他知道要說服對方需要時間、耐性與知識。他倆揚長避短、求同存異，對彼此才思的尊重，增進了友誼。

新近發生的一連串變故：個人、家庭和社會事件，織成了一張巨大的網裹住了他，彷彿應驗了拜倫的理論：六月，先是愛子威廉的死，瑪麗的心破碎了，開闊的胸襟變得狹窄、多疑，甚至嫉妒起她的寄人籬下、不幸的胞妹克雷爾：以為她會奪走她的丈夫雪萊。接著，他以嚴謹的態度所寫的最好的詩劇《欽契》在本國遭到拒演，作者受到詆毀。八月底又傳來「彼得盧」大屠殺的消息【21】。

他在極度沮喪、病魔染身的處境下，用詩歌討伐英國政府：《一八一九年的英國》、《暴

【21】彼得盧大屠殺：西元一八一九年八月十六日，英國六萬工人群眾在曼徹斯特的聖彼得廣場集會，遭到軍隊鎮壓，死十一人，傷四百人。人們譏諷這次屠殺猶如滑鐵盧之役。

政的假面遊行》、《致英國人民》、《新國歌》……英格蘭，這個號稱世界上最文明的國家，其實是最罪惡的劊子手，竟對手無寸鐵的人民揮舞屠刀。他們要求人的起碼的生存平等、自由與麵包的權利，難道這是犯了滔天大罪嗎？他恍若置身在慘案的發生地曼徹斯特：在八月的盛暑驕陽下，和成千上萬的工人群眾在聖彼得廣場上集會遊行，熱血沸騰、鬥志昂揚。遊行剛剛開始，馬蹄噠噠、刀槍閃光，軍警們在英國首相卡瑟爾累、大法官艾爾登、內政大臣西德茅斯的指揮下，拉開了大屠殺的序幕！警棍飛揚、馬刀揮舞、血流成河、淚雨滔滔。他也倒在血泊裡，血染紅了他的眼睛，哭聲撕裂了他的心靈，他的胸膛上留著斷劍，暖熱的鮮血汩汩流出，他的肢體捲曲、痙攣，一部分已經死去。可他的理智比任何時候都清醒：謀殺、欺騙、偽善和暴政結成了神聖同盟，對付任何敢於反抗它的人，把民眾殘踏成一片血泥……他反躬自省，在自己的一生中曾犯了一個致命的錯誤：想用仁愛去說服民眾戰勝暴力。如今，暴力十倍地摧毀了他的「真理」。他在臨終之前要向人民呼籲：「以暴抗暴！」可是晚了……他那變得模糊、麻木的意識似乎最後告慰他：人民是不會滅亡的，睡醒的獅子將憤怒地躍起，掙斷身上的鎖鏈。

雪萊躺在草地上，神經疾的間歇性病痛又發作了。這邪惡的頑症早就伴隨肺結核長久地折磨他，使他痛得滿地打滾，幾度瀕臨死亡。平時遇到這種情況，便用鴉片來麻痹自己的知覺，故而他總是隨身帶著鴉片酊瓶。最近，他的病情好轉，恢復健康，沒有把它帶在身邊。他忍著劇痛，汗水涔涔，嘴唇咬出血來，兩手絕望地抓著草地，面色死人般蒼白，艱難地呼吸。他用超人的意志竭力丟開病痛，把精神的凝聚力投往遙遠的空間，去想大海、星空、月亮、太陽，渴望風、雲、雷、電來解除他的痛苦，從此把他解脫。從前不是這樣嗎？他的目光一向為遼遠、宏偉的景物所吸引、燃燒；不是他不愛那些花草蟲鳥或者樹木、小河、山岡，在他，自然界的萬物遠比人世來得可愛，它們都是一個個美麗而善良的精靈。不過，他擔心前者精緻脆弱，容量太小，會被他壓碎的；後者距離太近了，反而影響他的視野。也許精靈們以為他的想像太瑰麗、計畫太宏偉、思想太博大，是人類中的泰坦巨神【22】。不，親愛的，不是這樣！是他從太陽、月亮、星星、大海那兒汲取靈感與創造力；對於他，風、雲、雷、電是他的翅膀與豎琴。他要告訴人們，在他飛到過的天外，那兒有一個新的天地：沒有壓迫與暴君、沒有仇恨與飢餓，而是自由、平等、富足、充滿愛與幸福；他要彈出最雄偉壯麗的樂曲，

【22】泰坦巨神：希臘神話中天神烏拉紐斯和地神格伊阿所生的子女，六男六女。巨神受母唆使，推翻父王統治，擁戴克隆紐斯為王。

充滿天地和人間；那時他會毫不惋惜自己的生命即刻消逝。

一股涼爽的風吹拂他的腦門，一滴清涼的水珠落在他的臉上，又是一股，又是一滴。是誰在搖撼他？他使勁睜開眼睛，他發現自己居然從死神的利爪下逃了出來，可轉瞬他又落入死神的魔掌。一道眩目的光芒刺破了死神的屍衣，黑魆魆的森林裡立即亮起千百支蠟燭，野花野草成了閃閃發光的寶石。一剎那，黑暗又反撲過來。光明與黑暗的搏鬥，使他狂喜的心靈隨之升降。現在，他能望到林外的一角蒼穹了：天色灰暗，烏雲疾走，豪雨從雲的裂縫處傾瀉下來，一位面孔靛青的天神身披赤金的戰袍在雲間大笑地走過……他那癱瘓的意識還沒有復原。林中，風在激蕩，水花變成一小股一小股水柱從樹上流到他的臉上和身上，大地在他身底下顫動，越來越頻繁的閃電把光芒射進森林，把它熔成一個光海。發出笑聲的精靈吐出的氣息，立即變成了大風呼呼。他的理智完全恢復了，他預感到將要出現激動人心的壯舉。彷佛有股神力把他從地上拉起，他搖搖晃晃、一步步從一棵樹攀到另一棵樹地往林外走去。

強勁的大風，抽打烏雲、傾瀉大雨、擲落冰雹、掀動林濤、掃蕩山谷、席捲落木；閃電是它在劈刺、雷鳴是它在擂鼓。黑沉沉的天空漸漸明亮，豁露出一塊小小的藍天，透明、澄淨、瑰麗，輝映霞光、夕暉與星光……他忘了自己還那樣衰弱，伸出又長又細的雙臂向它歡呼。他恍若自己就是西風——自由的精靈，從海洋、高空、山峰颳來，摧枯拉朽，蕩滌人間的污泥濁水，掃除一切腐朽、醜惡、黑暗的東西，為短命的冬魔王唱起葬歌，為迎接春女神的到來而掃清道路。他感到自己在大風的吹拂下，像星星解體，碎成億兆顆元素，變成一片樹葉被它舉起、變成一朵輕雲與它飛跑、變成一股水波同它一起逞威。他成了它的生命、它的精神、它的預言的喇叭，高奏著：

要是冬天已經來了，
西風啊，春日怎能遙遠？

12 流亡澤西島——海上搏鬥

維克多・雨果（西元一八〇二—一八八五年）法國偉大作家、詩人，十九世紀浪漫主義文學運動領袖。出身於貝尚松的軍官家庭。一生幾乎橫跨整個十九世紀，隨著法國歷史的進程，他在文學藝術的各個領域進行了大量創作，並產生了巨大的影響。他的思想也隨著法國尖銳複雜的階級鬥爭，從保皇主義轉到資產階級自由主義立場，成為共和黨人、人道主義者。在文學上從早期的浪漫主義轉到批判現實主義。主要作品：詩集：《懲罰集》、《靜觀集》、《歷代傳說》；戲劇：《歐那妮》、《呂克萊斯・波爾吉》、《瑪麗容・德洛麥》；長篇小說：《巴黎聖母院》、《悲慘世界》、《海上勞工》、《九三年》；文論：《克倫威爾・序言》；政論：《小拿破崙》等。

西元一八五一年十二月一日，路易・波拿巴發動軍事政變，實行獨裁。以雨果為首的左翼共和派企圖發動人民起義而未果，雨果逃亡海外，開始了長達十九年的流亡生活。西元一八五二年七月，他因發表抨擊波拿巴的《小拿破崙》而為比利時當局不容，便從布魯塞爾遷居英屬澤西島。

西元一八五二年十二月二日，波拿巴宣佈改法國為帝國，即皇帝位，稱拿破崙三世。帝國政府宣佈對部分流亡者大赦，並同意七百多名流亡者回國，但必須悔過，保證今後「不再採取任何行動反對國家當選人。」不少人悔過回國。對此，雨果寫了《我最後的話》這首著名詩篇作為回答。（後收入西元一八五三年十一月出版的《懲罰集》）並繼續發表演說、寫詩，抨擊波拿巴及其暴政。

紀實小說《海上搏鬥》即描繪雨果流亡澤西島的這段壯懷動人的故事。

無垠碧藍、澄澈、浩茫的海上，不見一面帆、一口網；只有他獨自一人在水天裡游泳。他時而像青蛙手腳並用地奮進、時而像海豚騰躍起伏地翔泳、時而像採珠女工潛入深水地潛泳。他從無數條海帶般的彩虹中躍出，萬斛珍珠從他的鬚髮、面額、肩膀掉下，發出圓潤、清朗的樂音。他躺在水面上仰泳，浩蕩的洋流推助他前進。

當他的身體露出水面，便感到大氣凜冽的寒凝，猶如暴風雪的天氣，從北方颳來的寒風用冰針刺人，使他恍然大悟，現在正是嚴寒的季節。此刻，島上的居民大約在日光下取暖或者圍爐閒話吧；而他的家人則以遐想、彈琴、寫作來打發這枯燥無味、寂寞懶散的漫漫白晝。倒是他樂趣無窮，不分寒暑晦明，每天都投入大海的懷抱，鍛鍊身體、磨練意志、汲取力量。

天朗氣清，風平浪靜，湛藍的天宇如教堂的大圓頂罩在海上。要是沒有這種討厭的使心靈打戰、皮膚起疙瘩、腿肌抽筋的寒冷，該多美呀！

他將與親愛的茱麗葉・德洛埃【1】沿著崎嶇而多姿的海岸，作長久而不倦的散步。她那仰望上蒼的虔誠、她那俯瞰大海的深情、她那凝眸他的無瑕、她那發現石縫裡野花的天真……都會喚起他心中最美好的詩情。

她將與他按轡徐行，馬蹄得得地叩響島上的每一塊神秘的石頭。當他縱馬馳騁，這個嬌小、纖弱的女郎，竟然能在危崖深澗上勇敢地越過，與他並駕齊驅。

他將與她一起在大海裡遨遊。這個可愛的情人，泳技一點也不比他遜色，她游得如一條魚兒那麼矯健、敏捷、自由，她本身就是一條柔軟無骨、滑如凝脂、由水波所生的美人魚呀！

【1】茱麗葉・德洛埃（西元一八〇六—一八八三年）：法國交際花，巴黎最著名的美人之一。出身於富熱爾的裁縫家庭，童年艱辛，後被送入教養院寄養。做過模特兒、劇團配角，生活極不安定。後成為交際花。西元一八三三年五月和雨果相識，從此為他無私而勇敢地奉獻了自己的一生，成為他的不是妻子的忠實伴侶、助手、戰友。西元一八八三年一月，雨果在給他的「金婚題照」上寫道：「五十年的愛情，最完美的結合。」

在她入水的地方，陽光與魚兒也跟著進去；在她游過的地方，生出簇簇淡紫色的浪花。他追隨在她的後面，或穿到她前面，或與她齊頭並進，他欣賞她的體態、享受她的溫馨、陶醉她的魅力。

他將與她躲到沒有任何眼睛窺視、沒有任何足跡尋覓的岩洞、礁石。在玫瑰紅的夕照中、在海鷗禮讚大海摧枯拉朽的合唱中、在風暴過去，月光與磷光把大海裝扮成銀色世界的光輝中偎依、摟抱、接吻、交歡，融為一體。

他思忖著：在他眾多的情婦中，還有誰比茱麗葉的愛情更真摯、忠誠、甜蜜呢？連他的夫人阿黛爾也會面有愧色，心生嫉妒。

在他的從上流社會的貴族夫人到下等階層女子的一長串情婦中，她們看中他雨果的是什麼呢？難道真的是他的才華、事業、理想？不！無非是榮名、地位、財產：他是威靈顯赫、身價不凡的法蘭西貴族院議員、榮獲金羊毛勳章的騎士、法蘭西學士院院士，大名鼎鼎的作家、詩人，每年享有國家賜予的年俸、豐厚的稿酬、可觀的存款……於是，她們出賣自己的色相與貞操。他與她們相愛，說得動聽點是精神的、美的，其實雙方都心照不宣是肉欲、是商品交換。性交之後，就如一曲終了，人去樓空，徒增了一層難言的落寞感。等到下一次情欲起來，或者借此發洩失意和苦悶的心情，再去找她們，更多的是她們找上門來……

只有茱麗葉，從他倆初次相識到十九年後的今天，愛心始終那麼忠誠、赤熱。她把他當成上帝那樣膜拜、導師那樣追隨、主人那樣侍奉，然而，他倆在精神世界裡是平等的：她能在詩的天堂裡與他一起蕩漾、在愛的王國裡同登最高的階梯，在為自由而戰的疆場上，她就是德拉克洛瓦筆下的自由女神【2】！

他的朋友和文學界的不少同行沉默了、消隱了、甚至逃跑、變節了。貝朗瑞【3】的嬉笑怒罵，令人捧腹、令人發狂的豎琴瘖啞了，他已步入垂暮之年。曾經寫出那麼富有才氣、那麼輝煌作品《查理第九時代軼事》和《雅克團》的梅里美【4】，

【2】德拉克洛瓦（西元一七九八－一八六三年）：法國偉大畫家。他對浪漫主義畫派的形成與發展做出了重大貢獻，被稱為「浪漫派之獅」。西元一八三〇年，他創作了反映法國七月革命的名畫《自由領導人民》。雨果之友。

【3】貝朗瑞（西元一七八〇－一八五七年）：法國十九世紀最重要的政治詩人之一。他以獨特的歌謠體詩歌抨擊暴政，歡呼革命，站在人民一邊。但西元一八四八年後消沉了。

【4】梅里美（西元一八〇三－一八七〇年）：法國著名作家。其作品既有批判現實主義的一面也有浪漫主義的一面。他在第二帝國時代日益接近保守派。

他的繆斯之泉乾涸了。與他雨果從保守走向進步、從維護專制走向自由、從迷誤走向覺醒相反，梅里美走向波拿巴這個惡棍和屠夫的宮殿！為了擠進如今是老朽與御用工具的學士院，爭取一個空洞而褪色的頭銜，竟跟自己的良心過不去。他倆即使相遇也無話可說了。

巴爾札克【5】，這位無疑是當代最有成績的作家、優秀人物。如果不是兩年前過早去世，他能保證再會像在西元一八五〇年五月十九日在他墓前，發表那樣一篇演說詞嗎？在悼詞中，他給予他高度的評價，最深切的同情、最熱情的讚揚、以及催得人淚水滾滾、心碎片片的詩意哀思。他那君主主義的自我標榜難道就沒有害處？誰說要是他一意孤行，不會影響他倆的友誼？正是他的守舊觀念，給他的天才洞察力的目光，蒙上了一層陰翳；在他的創作上留下了傷痕，使他的結構陷入了混亂。他硬要讓垂死的保皇派和年輕的自由女神婚配，結果，手指不聽大腦的使喚；作品中的男女人物對創造他們的「上帝」陽奉陰違。恰如他那「忠誠」的韓斯卡夫人背叛他一樣。

【5】巴爾札克（西元一七九九－一八五〇年）：法國偉大的批判現實主義作家。政治思想屬於保皇黨，同情貴族階級。著有一套規模宏偉的社會長篇小說《人間喜劇》。

拉馬丁【6】，愛情、死亡、大自然和上帝的卓越歌手、短命共和國的朝氣蓬勃的領袖，曾幾何時像一顆隕星般地墜落。他神情頹喪，彎腰曲背、白髮蒼蒼，一下子老了十年！

還有聖伯夫【7】，他的「最親密的朋友」、為他的「天才光輝所折服」的信徒，也從記憶的角落裡鑽了出來。

一看到這個醜陋、粗矮的人就感慨，一想到他的《情欲》就憤怒，但與他決裂就痛苦。他有一支銳不可當的批評之筆，像高明的外科醫生的解剖刀一般鋒利。但他為什麼蓄意要在他妻子阿黛爾身上試鋒，利用女性固有的弱點向她進攻、將她俘虜，也給他當胸一刀？走吧，走吧！這個不幸的才子，聽說因為收受路易·菲力普的區區一百法郎的賄賂，而遭到革命法

【6】拉馬丁（西元一七九〇—一八六九年）：法國著名詩人、歷史學家。早期和正統保皇黨有聯繫，四〇年代轉到資產階級共和立場。西元一八四八年二月革命參加臨時政府任外長，參與鎮壓六月起義。

【7】聖伯夫（西元一八〇四—一八六九年）：法國傑出的文學批評家、作家。雨果友人。後和雨果夫人阿黛爾通姦而被發現，絕交。他的長篇小說《情欲》即是描繪他和雨果夫婦交往的一段過程。

庭的嚴懲，現今在國外的一個小城裡講他的夏多勃里昂【8】。自由、愛情、理想的女兒，才華橫溢、目光銳利的喬治•桑【9】，與他一樣站在共和黨人一邊。發生了什麼怪事：帝國的鐵掌別有用心地放過了她，她就此相信波拿巴的仁慈，把拯救囚犯的希望寄託在暴君和偽善者的身上？當波拿巴了結了與她的一段舊情，就此把她拋到一旁。她只好離開使她心酸的愛麗舍宮和親愛的巴黎，回到諾昂的老家，玩她的木偶戲、寫她的小說。

……

與他風雨同舟、患難共濟、形影不離的是茱麗葉。

他沒有想到這個出身卑賤、教養不高的女子，會有這樣一顆純淨如水晶、閃光如金子、

【8】夏多勃里昂（西元一七六八—一八四八年）：法國作家，消極浪漫主義代表。雨果早期的創作思想受其影響。

【9】喬治・桑（西元一八〇四—一八七六年）：法國傑出的浪漫主義女作家。原名阿芒丁娜・露西・奧洛爾・杜班。早期受盧梭影響，傾向浪漫主義。一八四八年革命，站在共和派一邊，革命失敗後隱居鄉村。

貴重如金剛石般的心。

一八四八年，小仲馬【10】一夜醒來，名滿天下的《茶花女》風靡了巴黎，贏得了多少癡男怨女、名媛淑女、蠢夫下女的涕淚；在這血與火、恐怖與暴力的年代，竟沒有影響人們沉醉於亞芒和瑪格麗特的愛情悲劇。即便是那些過來人也不敢對瑪格麗特的死表示非議。但有的人認為這是小仲馬的向壁虛構，發誓說在巴黎的妓院酒吧、沙龍客廳，沒有瑪格麗特這個人；因為縱使在上流社會裡，也很難找到這樣一位心靈高尚、感官純潔、忠於愛情的女子。

當然，雨果是不相信這種無稽之談的：他不僅從大仲馬【11】嘴裡聽到這個芳名，而且親眼看到小仲馬的那位玉樹臨風、楚楚動人的情人。但他並不以為瑪格麗特能比過茱麗葉。

【10】小仲馬（西元一八二四—一八九五年）：法國著名小說家、劇作家。大仲馬之私生子。一八四八年，他把和妓女瑪格麗特的愛情悲劇寫成小說，即《茶花女》。發表後一舉成名。接著改編成同名戲劇，於一八五二年首演，獲得更大成功。

【11】大仲馬（西元一八〇二—一八七〇年）：法國著名作家。生於軍官家庭，傾向資產階級革命。一生著作豐富。代表作《三個火槍手》。

當她初次委身給他的那個難忘的夜晚，她獻給他的豈止是美妙絕倫的肉體、如蜜似飴的嘴唇、強烈如火的情焰；而是整個心靈，在塵世的生命直到人類的末日審判之日的熱情、愛、思想。以至一八三三年二月十七日——這個兩情歡洽的日子，會成為她永銘心頭、禮讚膜拜的神聖節日。當他對她疏忽、遺忘或者不忠時，她便不勝悲痛地提起筆來，追述他倆愛情的象徵之日……真是字字珠淚、聲聲哀鳴！當一頭奇醜無比、灰色羽毛的禿鷲飛到他曾引以為自豪的、與阿黛爾的幸福婚床上，他墮入痛苦的深淵之中。

這時，茱麗葉猶如一道清麗的曙光照亮了他，降落到他的身旁說：「我愛你！」

啊，愛他，對她來說，就意味著她將放棄人間的一切榮華富貴、舒適享受，與過去的雖說不是她的過錯，也至少說是無知的墮落生活一刀兩斷。她得從一個出入上流社會，劇院包廂、沙龍、珠寶店、服裝店……的雍容華貴、千嬌百媚、光彩奪目的高級交際花、親王情婦、全巴黎最令人傾倒的美女，突然心甘情願地熄滅自己的光焰，銷聲匿跡於大庭廣眾，變為在窮街陋巷裡離群索居，默默無聞地像一個粗使的女傭。沒有職業、也不能演戲，只能穿粗陋的衣服、吃寒磣的食物，除了他給的一點微薄的錙銖必較的生活費外，她沒有任何別的收入。

愛他，就意味著她給自己套上一副枷鎖。她得遠離從前的姐妹和朋友；一切娛樂、交際、舞會……這種令女人憧憬的幸福、賣弄風情的權利、以及在青春年華展示自己風采的大好機會都被剝奪。而且，她不能像一個主婦那樣光明正大地盡她的責任，不能以一個妻子的身分同他在稠人廣眾中出現；她將像一朵盛開的玫瑰迅速凋謝！

愛他，會使她產生多少疑慮、多少擔驚受怕、多少風雨和驚濤駭浪。她最怕的是他用情不一，一朝變心便把她拋棄。她不願重新回去過那種有罪的生活；在生計無著、債主盈門、身心交瘁之下只好自盡。又怕他功成名就，捲到不測的政治漩渦中慘遭滅頂之災。

這一切，這顆多情善感的心一開始就意識到了。在他還只是把她當作是詩意的浪漫奇遇、安慰和享受時，這個弱女子已經在自己纖弱的肩背放上了十字架。

與他相愛，她覺得這是自己的新生，彷彿是受巴弗奴斯點化的苔依絲【12】通過苦修，洗淨自己的污點，向天界飛升。

與他相愛，她以為這是被他提高到一個真正是人的地位。她天性純潔而善良，充滿平靜和諧的幸福終於姍姍來遲。

【12】苔依絲：猶太教傳說，女伶苔依絲放蕩、墮落。後被高僧巴弗奴斯拯救，死後成聖女。

與他相愛，她深信能進入他的心靈世界跟他交融，能第一個讀到他的著作，做他的助手；能伴他旅行，給他帶來愛人與大自然的兩方面的靈感。她將成為世界上最幸福的人，而不是一般情人所說的幸福的意義。

與他相愛，就能夠分擔他的憂患、分享他的歡樂。在他需要愛情時就給他愛情，在他遇到險阻時就承受險阻。

這個女人！這個女人！愛他就勝過愛自己的一切的生命、勝過愛人間的幸福、勝過愛天堂裡聖潔的極樂！

在十二月的嚴寒街壘裡、在白色恐怖的鎮壓中，她置個人的安危於不顧，時刻守護他，為他找到可靠的避難所，使他免於一死；又為他弄到了護照，在茫茫夜色中送他逃出了魔窟。如今，又追隨他來到澤西島【13】，恪守流亡者不能和情婦同居的「戒律」，一個人過著孤獨淒

【13】澤西島：英國海峽群島中最大、南端的島嶼。在法國科唐坦半島西十九公里，面積一一五平方公里，首府埃里爾。雨果自一八五一年八月流亡該島，直到一八五五年被英國政府驅逐，轉往格恩濟島。

涼、魂斷相思的日子。

茱麗葉，我的心上人！快來吧，不要有絲毫顧慮地來吧！親愛的，我的天使，我要打開囚你的牢籠，來到我的懷抱！

啊，她的愛撫、她的親吻、她的做愛，宛如水波一樣，是如此多情、溫柔、甜美，就像他倆初戀之時。他忘了他倆都老了，在他的想像中，她仍然年輕、漂亮、嫵媚、優雅。

他快要消溶了。

一個浪頭把他的白日夢打得粉碎，只有茱麗葉的餘音還在他耳際迴蕩：「我願意像一個男子漢地拿出全部勇氣、一個母親的深切關懷、和一個死者似地毫無私心，來做你的可愛、忠實的朋友……」

他的幸福之舟覆沒了。他凍得戰戰兢兢，太陽也無法溫暖他的軀體，大氣和海水彷彿吸盡了太陽的光熱，連它自己也在打寒戰，縮成一個蒼白的斑點。大海褪去了剛才的熱情。他望望偏離穹頂的日頭，大概游了兩個多鐘頭吧？突然，一股暖流朝他湧來，啊，出現了陸地，若是沒有弄錯的話，那正是他日夜思念、夢寐以求的祖國——法蘭西！

早晨，每當他在那所面臨大海，人們叫它「望海閣」的白色小樓裡醒來，在晨光和濤聲中站在桌旁寫作之前，他總要先打開窗戶，向近在咫尺，但可望而不可即的祖國問候。太陽正是從那個方向升起的——波拿巴【14】妄圖把她囚禁在黑暗的洞窟裡。在祖國暗無天日，白晝也變成黑夜時，太陽卻將溫暖和光芒傾入他那流亡者的窗戶！他榮幸、驕傲，但又惆悵、痛苦。澤西島——這艘玫瑰花裝飾的小船、這條大海裡金鱗閃閃的鱈魚，雖然美麗，但畢竟不是他的故土；雖然給了他詩琴，但他的心不在上面跳動。當地的居民大都是虔誠的天主教或其他教友，他卻是個無神論者。尤其是他僑居的埃里爾鎮，鎮上的幾十戶出身於名門望族的人家，都對他投以白眼。啊，從他們華貴的懶散客廳裡，有什麼樣的流言蜚語不會製造、散佈出來，沖淡小島對他殷勤好客的熱情呢？說他雨果是瘋子、醉鬼、用長襟禮服掩飾自己的醜陋而可怕的駝背；說他一個有妻室的男人總帶著別人的老婆兜風；說他不去教堂、不做禮拜，常和一些形跡可疑的流亡者鬼混，而從不去拜訪當地的名流……

可敬的先生們、太太們，你們說對了：我是個無神論者！

【14】波拿巴（西元一八〇八—一八七三年）：即路易・拿破崙。法蘭西第二帝國皇帝，拿破崙三世。拿破崙一世之侄。第一帝國崩潰時，他流亡國外，一八四八年六月革命回國，同年十二月當選共和國總統。一八五一年十二月發動軍事政變，獨裁。一八五二年十二月稱帝。

於是，在那些高貴的英國人眼裡，他維克多・雨果就此成了一個令人憤懣、離奇古怪、下流無恥的傢伙。於是，法國人可惡、共和黨人可厭、流亡者可鄙、失敗者可恥。最後，由於他還是個塗鴉的詩人，這就更加罪大惡極了。

他向祖國的門戶游去。十二個月的流亡生活，在他長得簡直像整整煎熬了十二個年頭。人們責備他總是誇大了生活中所見到和經歷的一切，就像他宣揚的創作原則是什麼「崇高優美與滑稽醜怪」的對照，他把其作品中的荒誕、誇飾，不真實地引伸到生活中來……不，不是這樣！只要人們用不帶偏見的目光來審視他，就會相信他說的是真的。不久前，他還顯得那麼年輕、英俊、瀟灑、高雅；如今卻再也不能從這張飽經風霜、皺紋密佈、鬢髮斑白的臉上，從這個步履蹣跚、不修邊幅、身著勞工服裝的人身上，找出當年的那個騎士與紳士的影子了。只有那雙洞若觀火的眼睛，還是如此好鬥、睿智、深邃。對於法蘭西的愛，埋藏在心中的、比任何人更強烈的思念，把衰老的烙印一下子就烙在他的額頭。從祖國來的每一條平常不過的消息，也會值得他去長久地關注；從祖國來的每一個同胞，都被他當作從火線上凱旋的英雄予以歡迎。他為巴黎這位世界上最美麗、最高貴、最熱愛自由的女人——母親、姐妹、情人所陷入的不幸而心痛如絞，發誓為她復仇。暴君加在人民頭上的每一根鐵鍊，同時也是禁錮在他頸項裡的鐵鍊；他要砸爛。從前，他憤慨歐洲的反動派到處將整個民族屠殺、流放、投入牢獄，使愛爾蘭成了墳墓、義大利成了牢房、西伯利亞成了波蘭人的死亡之地。現在，波拿巴這個撒旦，一下子就將法國變成罪惡的三位一體！他渴望戰鬥的日子，他必須回到祖國去，他應該從一八四八年的山峰飛越到更高的山峰。不滿足做一個守護人民的牧人、為他們祝福的教士，而要做一個高舉義旗的旗手、吹起號角的號手、投以懲罰雷霆的天使。

啊，什麼時候祖國變得像此刻這樣令人愛憐、惹人心酸、格外動人呢？峭崖巍巍、海灣清清，黑松林閃耀綠光，高岸上蕩漾一片白色的陽光！

是歸心似箭促使他加快游程，還是祖國像一塊磁石將他吸去？他的手觸到科唐坦半島扎根在海底的玉趾。

海波歡呼，浪濤歌唱，排排細浪宛如教堂唱詩班的孩子朝他奔來，歡笑、擁抱他。大股水波也在後面把他推搡、簇擁、呼喊。嘈雜的喧嘩使他分不清他們興高采烈的說話聲。只有一個美妙的樂句是如此清晰、嘹亮：「回來了！」

驀地，岸邊的洞窟裡，嗡聲嗡氣地傳出一陣巨聲：「維克多・雨果，法蘭西歡迎您！您迷途知返、棄暗投明，既往不咎。只要在帝國政府頒發給您的赦免書上簽名，並保證不再採取任何行動反對朕——法蘭西帝國皇帝拿破崙三世，那麼，您就能在法國的任何一個港口上岸。」

啊，小拿破崙——暴君！魔鬼！暗礁！死亡陷阱！毀滅人的漩渦！他看清了那些對他友好、歡迎的隊伍中，有他的舊日的朋友，一起的流亡者。當他們從剛登上寶座的皇帝的金口裡得到恩赦的鈞旨時，復仇的誓言立即變為「皇帝萬歲」的感恩戴德，爭先恐後地在悔過書上簽字。他們避開他雨果的目光，臉上掛著無可奈何的表情訕訕離去。因為他們有家庭的拖累，有自己的職責呀。

難道他雨果就沒有家庭？沒有職責？沒有更重要的事業？難道他的心就好過？瞧瞧那些把他推搡、拉扯的波浪吧，它們不就像他的妻子、兒子、女兒嗎？他們耐不住寂寞與艱苦，向他嘀咕、嘮叨、埋怨、發洩不滿：澤西島沒有劇院、沒有舞會、沒有社交、沒有朋友、沒有去愛人和被人愛的愛情、沒有羨妒人和被人羨妒的幸福。甚至沒有轟轟烈烈戰鬥的樂趣、沒有痛痛快快死去的權利。只有流不盡憂傷的眼淚、喋喋不休地訴說離愁別恨、咆哮喧囂帶來噩夢般的海水，像面色和心靈一樣蒼白的水天，與海鳥般吵吵嚷嚷的流亡者的不和，像猙獰的礁石一樣不友好的土著的面龐，禁錮在石棺的小屋裡的修士生活……

為了他一個人，全家人就得跟著去吃苦！

今天，在他們能重獲失去的自由時，他，作為一個親愛的丈夫、慈祥的父親、理智的老人，有什麼權利剝奪這本來屬於他們的東西呢？但是，他不回去！他的親人也不許回去！如果他們配得上是維克多・雨果戰鬥堡壘裡的光榮而驕傲的一員，那就絕不應該回去，連想一下也是可鄙的。

自由高於一切！當邪惡勢力達到它的頂點時，善良的意志和願望會被擊得粉碎。當祖國倒在血泊裡，我們——她的兒女個人遭受的憂患與痛苦算得了什麼？請記住：不是他個人被摒棄在國門外，是自由！不是他流亡在海外，是法蘭西！

讓他們去哀求、哭泣、埋怨吧，淚水過後是珍珠！讓人們去咒罵、背離、絕交吧，失足之後是苦海！讓小拿破崙去發狂、號叫、絕望吧，他的「聖旨」對雨果一錢不值！他要用比《小拿破崙》這根皮鞭更厲害的烙鐵烙他。他將像個黑色的精靈，屹立在高聳的海崖上，揮劍向法國人民宣告：篡權者不受法律保護！枕戈達旦，報仇雪恥的時刻將會到來！

他的滔滔思緒僅僅在一瞬間就完成了。

他隨即離岸往回游，在他感到海上起風時，如鏡的海面一剎那變了。滾滾浪濤起自遙遠的天邊，倏忽，在西風的怒吼中如一群餓狼奔騰疾至，向他撲來，嗥叫、撕扯、扭作一團，把他打倒，層層疊疊地壓在他身上……在他被撕碎、啃噬掉之前就完了；連太陽也無法抵擋它們。現在，天地成了烏雲橫行霸道的世界，與大海一樣，也被風浪的虐政所統治：陣風、狂風、颶風、暴風雨、旋風、水龍捲；排浪、駭浪、十級浪、萬里浪……它們都變成了狼，無比貪婪、兇惡、殘暴的狼！它們撕裂一切、吞噬一切；雹是眼睛、雷是嗓音、火是爪子、漩渦是血盆大口。

不能就這樣死去，死得無聲無息、死得太窩囊，剛出師就覆沒，彷彿可恥的滑鐵盧戰役【15】。只要鼻中還有一絲氣息、心臟還有一下跳動、大腦還有一縷意識，他就不能屈服。他要是屈服了，就不僅是他一個人，而是他的親人們、堅持下去的流亡者全體、法蘭西的屈服；是榮譽、信仰的投降；是他對人民犯下的不可饒恕的罪行！

是的，他欠了人民的一筆沉重債務至今沒有還清。法蘭西蒙受了今天這樣的奇恥大辱、人民遭到今天這樣的災難，而且繼續受到毒害，他雨果是難辭其咎的。不就是他這位自命為人民的代言人、保護者、歌手的人，在國家面臨生死存亡的關頭，呼籲人民選舉路易・波拿巴為共和國的總統嗎？他雄辯滔滔：「這位偉大的拿破崙的光榮子孫，被流放過、坐過牢、

【15】滑鐵盧戰役：一八一五年三月二十日，從厄爾巴島返回巴黎、重新掌權的拿破崙，和英普聯軍在比利時南部的滑鐵盧交戰。拿破崙大敗，宣佈退位。

為人民的貧困寫過書、伸張正義，他還給法蘭西帶來民主與自由、給人民帶來麵包與和平；而卡芬雅克【16】將軍則代表暴政與死亡……」他不遺餘力地為波拿巴大唱讚歌、搖旗吶喊、衝鋒陷陣。

波拿巴勝利了！總統先生滿面春風、風度翩翩地走下紅地毯鋪的愛麗舍宮的臺階，伸臂擁抱雨果……雨果驚恐地後退，他轟地意識到自己受騙了，做了一件在他的一生中最愚蠢、最荒唐的壞事。比他過去曾為波旁王朝唱讚美詩、接受路易十八的文藝年金、為路易．菲力普所恩寵，對共和國新政權的動搖等錯誤還要嚴重得多。不幸，他的恐懼成了事實！

他怎能想到這一個叫任何人感到放心的人，這位儀態高雅、舉止莊重、溫文爾雅，口口聲聲鼓吹自由、民主的紳士，會是一個陰謀家、野心家、劊子手呢？他瞧著這個多愁寡歡、神情恍惚、目光呆滯、行動遲緩的人，還不無擔心他能否擔起拯救共和國的重大責任呢？豈知一上臺，這個人再也不是從前的那個路易．波拿巴了，簡直是大拿破崙！他要求修改法律、

【16】卡芬雅克（西元一八〇二－一八五七年）：法國將軍。一八四八年鎮壓巴黎無產階級的「六月起義」。他的名字成了屠殺工人階級劊子手的通稱。

要求取消總統不得連任的規定、派兵入侵義大利，消滅馬志尼所開創的共和國，迎回教皇庇護七世、對不服從鉗制的議會揚起刺刀……驚醒的雨果警告、抗議、演說，到頭來只落得人們的嘲笑、鄙視、誹謗的下場。等到他和他的戰友們走上街頭，號召人民打出三色旗，拿起武器，但為時已晚：巴黎屍橫遍地、監獄人滿為患。一年後的今天，小拿破崙在人民的一致「贊成」下當上了皇帝。

他必須用這隻扶助波拿巴上臺的手，將波拿巴從寶座上掀翻；他必須和這個竊取神器、踐踏祖國、把正直的人推進深淵、強姦民意、屠宰人民的竊國大盜、劊子手、倒行逆施者鬥爭到底。只要他一息尚存，他將永遠高唱那支流亡之歌：

我愛你，流亡！我愛你，痛苦！
成為我的王冠吧，愁緒！
我愛你，傲骨的清貧！
我愛我那任風摔打的家門。
……

一股巨大的力量從心底升起，他恰如古羅馬大競技場上被野獸擊倒、再也無法從地上起來的角鬥士，渾身血跡、傷痕累累。驀地，生命與意志使他一躍而起，重返戰場和風浪搏鬥。風暴越來越猛烈、瘋狂：洪濤從天上、海裡、四面八方向他發動進攻；西風、西北風、北風挾著炸雷、冰雹、暴雨、巨浪朝他打來。浪拍天宇、雷滾海上，大海倒翻了過來！一道道水牆，一座座雪峰，風馳電掣地奔來、壓下，要把他碎成齏粉。電光直刺海底、天火燒紅海水，一列列冰山，一排排水軍，擋住去路，要將他滅絕……他在浪峰上越、在波谷裡摔、在風暴裡沉浮、在黑暗中掙扎。一次又一次地生，死，死，生。他把每一回擊水當成打在小拿破崙心窩上的鐵拳，把每一回閃避當成是重新凝聚力量給暴君的最後一擊。他越戰越勇，他要使他的反攻成為輝煌的奥斯特里茨戰役【17】！

在雲、水、風、浪、雷、電肆虐逞威的天上現出一角青蒼。被風暴掀起的海浪將風暴打敗，

【17】奥斯特里茨戰役：一八〇五年十二月，拿破崙率領法軍在奥地利的奥斯特里茨村，大敗俄奥聯軍。這是世界史上具有重大意義的戰役。

巨大的雷聲是它敗陣的信號。

從他心底升起的凱歌，與大海奏起的樂章匯在一起，在風暴中嘹亮，蓋過了風暴：

法蘭西呀，我常為你流淚的親愛的法蘭西，
只要她還在那裡，不管別人堅持或屈膝，
我就不願重睹溫暖而悲哀的國土，
雖然那裡有兒女的家園、祖先的墳地！

我不願重睹誘惑我們的海岸，
法蘭西！我要拋棄一切，除了責任以外。
我要支起我的帳篷在受難人中間，
為了挺直腰桿，我願做流亡者。

哪怕沒有盡頭，我將忍受艱苦的流亡，
我不想知道、也不屑考慮
那些原以為堅定的人，是否已經屈服；

許多不該走的人，是否也要離去。
如果只剩下一千人，那千人中有我！
如果只剩下一百人，我要繼續鬥爭下去！
如果只剩下十個人，我就是第十個！
如果只剩下一個人，我就是那最後的一個！

13 浮士德的靈魂

約翰・沃爾夫岡・歌德（西元一七四九—一八三二年）德國偉大詩人、劇作家、思想家，狂飆突進運動主要代表和德國古典文學的文柱。出生於法蘭克福的富裕市民家庭。在魏瑪公國任過樞密顧問、文化大臣、戲劇總監等職。他除了文學創作外，在自然科學研究也頗有貢獻，如發現人類顎間骨，並有《植物的蛻變》、《顏色學》等著作。他的文學作品在德語和世界文學中佔有重要地位。主要文學作品：詩劇：《浮士德》；戲劇：《葛茲・馮・伯利欣根》、《埃格蒙特》、《伊菲格尼》；小說：《少年維特之煩惱》、《威廉・邁斯特的學習時代和漫遊時代》；自傳《詩與真》；敘事詩《列那狐》、《赫爾曼與竇綠苔》等。

《浮士德》是歌德重要的代表作。歌德寫作《浮士德》，從狂飆突進時期起到逝世前一年才完成，前後長達六十年。但從《浮士德》第一部在一八〇六年脫稿到晚年畢力寫作第二部時，中間停頓了二十年。《浮士德》取材於德國十六世紀關於浮士德博士的傳說。歌德把民間傳說加以改造。

《浮士德》既是歌德「巨大的自白」裡的最重要的一章，也是歐洲資產階級上升時期從文藝復興到十九世紀初期三百年文化發展的生動縮影，可說是一部有頭有尾的「詩集」。它和荷馬的史詩、但丁的《神曲》、莎士比亞的《哈姆萊特》並列為歐洲文學的四大名著。

紀實小說《浮士德的靈魂》以第一人稱描繪了歌德創作詩劇《浮士德》的甘苦和他在精神世界裡的不懈追求。《海倫》篇是《浮士德》第二部的主要框架，靈魂，在劇中起到承上啟下的作用。早在創作《浮士德》第一部時，歌德於一八〇〇年九月便寫了《海倫》詩三百行，副標題注明「諷刺劇」和「《浮士德》片斷」。一八一六年，他在失去信心寫第二部的情況下，則寫了第二部創作計畫大綱；而關於《海倫》的情節在大綱中基本上都是新的。一八二四年四月十九日拜倫在希臘的逝世和愛克曼對他的「榨取」，促使其於一八二五年重寫《海倫》。一八二七年出版單印本，副標題是《古典浪漫主義幻想劇》第二部第三幕。《海倫》體現了歌德的理想主義、希臘古典主義和中世紀浪漫主義理想相結合的精神。

秋天是大自然豐收的季節，我的《海倫》也成熟了。

每天清晨，我冒著嚴霜、沾著寒露，往花園深處走去，與上帝會晤後，便進入林中的小木屋，在燭光連著外面的曙光的映照中，開始了新的一天的工作。日子在鵝毛筆的歌聲中飛速地流逝，寫滿白紙的詩行呈現出色彩絢麗、清香四溢的晚熟景象，誘人的碩果在我頭上搖盪，彷彿只需我抬手去摘就會紛紛掉下。

《海倫》的寫作終於完工了，可惜，許多朋友不能再欣賞它的美，分享我們共同希冀的幸福了。從它當初播種到如今行將收穫，我沒有想到用了二十五個年頭，比浮士德博士和魔鬼靡非斯特【1】，漫遊世界，到後來向對方要求賜給他海倫【2】的那段時間還長。歲月匆匆，人世的滄桑起了多大的變遷呀！有歡樂的團聚，新的家庭成員的增添，但更多的是悲傷的離

【1】浮士德：原為十五、十六世紀德國煉金術士。傳說中有兩人，一為約翰・浮士德，生於斯瓦利亞的克紐特林根，住在威丁堡，潛心魔術，過流浪生活，借助惡魔，在威尼斯想作空中飛行，墜落受傷。另一為蓋奧爾克・浮士德，星象家，時負盛名。最後被認同為一人。民間傳說他和魔鬼結盟，演出許多罪惡的奇跡，死後靈魂被魔鬼抓去。歌德則把浮士德提高到一個在人間不斷追求最豐富知識、最美好事物、最崇高理想的人物。靡非斯特：魔鬼。代表虛無主義。

【2】海倫：希臘神話中最著名的美女。她被帕里斯劫走後，引起了長達十年的特洛伊戰爭。帕里斯死後，她又嫁給其弟德伊福波斯。特洛伊淪陷後，才回到丈夫身邊。

別，至愛親朋一個個離我而去：妻子、赫爾德爾【3】、維蘭【4】、席勒【5】……而我卻活著，吃力地償還這沉重的文債。

從前，朋友們似乎比我更急切地期待《海倫》的誕生，尤其是席勒——這個和我共度十年歲月的知己、我的相成相反的另一半自我。早在我剛寫《海倫》時，他就懷著一個崇高的願望，或是寫信、或是談話，盛讚我的創作計畫，對我朗誦的片斷大加讚賞，並向我提出使之完善的建議。他這個對真、善、美，酷愛到一度鑽入死胡同的詩人【6】，關注《海倫》的熱情，簡直超過我自己對它的程度。只要一提起《海倫》，他那蒼白的面龐頓時容光煥發，似乎是他在幹一件驚天動地的大事。我們倆只要見面，我有意回避這個題目，他那彷彿寫在臉上的心

【3】赫爾德爾（西元一七四四—一八〇三年）：德國傑出的文藝理論家，狂飆突進運動的理論指導者。與歌德、萊辛都有交往。

【4】維蘭（西元一七三三—一八一三年）：德國啟蒙時期作家。與歌德、赫爾德爾都有交往。

【5】席勒：參見《最後的旅程》篇。

【6】席勒曾鑽入康德的唯心主義哲學，在其創作中打下烙印，使歌德不滿。

事，立即會由於人家的冷漠而垂頭喪氣。這種使我感動的舉止、認真到極端的態度，使我不得不經常向他彙報《海倫》的進展。然而，最後我還是讓他失望了。就連他所期待的《浮士德》第一部的終稿，我也來不及讓他閱讀呀！後來，我從讀到他給朋友們的信中，才知道他的失望遠比我想像的巨大與沉重。他在一封給我們共同的朋友科特的信中這樣寫道：「你詢問我關於歌德及其創作的情況，真是太遺憾了……他太不善於控制自己的情緒，他的深居簡出使他優柔寡斷，他的各種科學愛好分散了他的注意力。如今我真懷疑，他是否能把《浮士德》寫完……」

席勒的言論是多麼一針見血與富有預見性呀！

世界上吸引我的東西實在是太多了，我縱然不可能像達・芬奇時代的許多大藝術家那樣成為通才，但我仍然希望能探索世界的無窮奧秘。難道還有比在大自然的司空見慣的紛雜萬象中發現新的奇跡更誘人嗎？難道還有比推翻權威們的鐵的妄斷，而把人們領出迷途更動人的事嗎？從一片棕櫚葉發現植物變態的規律，從人的顎骨找到動物進化的形式，從光影的奇妙配合而探索到色彩產生的根源，從敲擊一塊礦石能聽到地下王國的秘密，從觀測一顆星象能打開天宇的大門……我的這種得天獨厚的發現，往往得之偶然，憑藉肉眼的觀察與直覺的感受。可是，要進一步研究，就得耗費大量時間和精力。有時候，我甚至產生了棄藝術而專事科學研究的念頭——因為神在萬事萬物中決不偏頗地同樣存在呀。

現在，我跨出了告慰席勒和故友的一步了。

我靠在松木製作的粗糙椅子上，凝視桌上的文稿，我並不急於把腦海裡構思好的詩行寫到紙上去。或許這是我多年來養成的習慣，動筆前，先要重溫一下舊稿，讓感情的泉水汩汩地在上面流過。這樣做自然有不少益處，比如使舊作純粹一些啦，有助於諸神光臨啦……這些在我並不是主要原因。像我這樣一個孤獨、行動不便、又不討人喜歡的老人，再也不能如同過去那樣盡情地享受生活、擁抱自然，去戶外實地從事科學研究了。我在魏瑪公國的職務早已辭去，只保留一個什麼也推卻不了的「戲劇總監」的空頭銜。

我哪兒也不去，哪兒也不想去；只想靜下心來好好想點東西。席勒說得對，我已經在許多不屬於我本行的事情上浪費了太多的時間。我不該把一生的精力分出一半去獻給繪畫。義大利之行，我才明白了過去我對繪畫藝術的實踐志向是大謬不然的；我在那上面缺乏有發展前途的自然才能。我從痛苦的摸索中得到了真知灼見：一個從事藝術的人在實踐方面應該專心致志於一種專業；好高騖遠、旁馳博騖，以為自己什麼都行，什麼都能幹一手——沒有比這個更蠢更慘的了！

我一想到維迦【7】寫了那麼多、那麼出色的劇本——如果我把浪擲在冷漠石頭上的功夫，只要稍微節儉些，那麼，即便最珍貴的金剛鑽，我也可能拿到手了。我活過了他一生的年齡，卻寫得那麼少，那麼不盡人意，我不由得自慚形穢。我如果把我的一生中最好的年華——在魏瑪公國服務的十年要還而放到寫作上，我定能寫出許多佳作來。遺憾的是，大公【8】的信任、我的盲目的樂觀，便自以為我在政治上大有作為。這種缺乏自知之明的行為，好比那些妄自尊大的年輕人，眼紅《浮士德》第一部問世後給作者帶來的名利，便大言不慚，自告奮勇，越俎代庖地來為我寫續編！他們以為我的成功輕而易舉，而全然不知它的構思與寫作，我前後花費了三十五年！它包涵了我一生的痛苦和歡樂、不滿和追求、絕望和希望、失戀和愛情、失敗和經驗……

試問：他們為什麼不去欣賞已經出版的作品呢？為什麼不去研究一部詩作，以求得自己的進步呢？他們天真地以為只要動手，同樣能夠像歌德那樣寫出傑作來！到處都是想出風頭

【7】維迦（西元一五六二—一六三五年）：西班牙大劇作家。據說他一生寫過一千多部劇本，現存四十多部。代表作：《羊泉村》、《最好的法官是國王》、《看守菜園的狗》。

【8】大公：指魏瑪公國大公奧古斯特。

的人；看不見為全局和事業服務而寧願把自己擺在後面的那種忠誠的努力，結果人們不知不覺中養成了馬馬虎虎的創作習性。如果儘早使每個人都學會認識世上已經有大量的優美作品，而且認識到如果自己也想寫出能與其媲美的作品來，該有多少工作要做呀！那麼，現在那些做詩的人，即使一百個人中也難以找到一個人有足夠的勇氣、恒心和才能，來安安靜靜地工作下去，爭取達到以往作品那樣高度的優美……

等到我覺悟到自己走錯了這一步時，我已經作繭自縛，後悔莫及了。我不過是魏瑪小公國棋盤上的一只卒子，而不是鷹擊長空的英雄。我只能在力所能及的範圍內作點小小的改革；人們還要惡毒地攻擊我，罵我不是人民之友，只是君王的奴僕。是非究竟，歷史自會做出公正的判決。義大利救了我！當我站在羅馬的埃斯奎利埃山巔回顧我的祖國、當我在佛羅倫斯藝術館裡神醉在古代大師的創造中、當我在斐拉拉的陰森塔樓裡，尋思塔索【9】的坎坷一生，我才認清了自己的方向。十年的政治生涯，只是把心身束縛在一個陳腐而庸俗的戴假髮、套

【9】塔索（西元一五四四—一五九五）：義大利抒情詩人。他曾因精神失常，被囚禁在精神病院七年之久。

假面、塗香粉，爾虞我詐、勾心鬥角的窄小舞臺上。席勒是對的，他在那些年裡，除了創作之外什麼都不管；勸我也犯不著為這個無可救藥的爛攤子枉費氣力。它既不能給人民帶來一塊麵包，也不能給祖國帶來一線生機，反而有損於天性的自然和創作的心靈。是呀，只要瞧瞧一旦我擺脫惱人的糾纏，呼吸到自由的新鮮空氣而幹出真正的成績來，人們就會理解我的心靈。在私出旅遊義大利的一年多時間裡，我完成了一生中最重要的兩部悲劇《塔索》與《埃格蒙特》。

在我擺脫了羈絆的高年，我仍然沒有得到一個寧靜的寫作環境。亡妻克利斯蒂安在世之日，她常常把娘家的親戚接來同住；他們反客為主的結果，我只好到耶拿去讀書和寫作。後來，我給兒子奧古斯特娶了媳婦，把管家的大權交給她後，我總算鬆了口氣。誰知事與願違，奧蒂莉這個囡囡、這個小迷人精騙了我！她沒有我妻子身上那種平民的勤勞儉樸，操持家務的絲毫美德，卻攬過了克利斯蒂安晚年的陋習而有過之而無不及。她將其姨表、女友招攬常住。有一次，我的老友、可憐的策里哲爾遠來看我，我竟然在三十多間房間的大宅門裡找不到一個地方讓他安頓；我只得萬分抱歉地讓他到附近客棧裡借宿。更令人氣惱的是，她乾脆剝奪了我的寫作權利——把我的兩間房間，改成社交中心！一間是我的寫作室，另一間是我的收藏室；我一生搜集的心血全在裡面：繪畫、圖書、礦石、標本……整個歌德的住宅成了閩名遐邇的社交場所，裝飾得就像富麗堂皇的宮殿一般。跳舞、唱歌、宴飲，車水馬龍，賓客盈門，擾得我沒有一刻安寧。往昔那個病懨懨地什麼事都不幹，連走路也慵懶無力的小婦人，立即變成了另一個人：舞會上最迷人、最出風頭、最有精神的王后！

我的那個寶貝兒子呢？不是跟著她亂轉，就是為一點雞毛蒜皮的小事和她進行沸反騰天的吵架。女的熱衷於她的小團體的事務，男的成天酗酒，百無聊賴，面上籠罩烏雲，口中擲出雷霆。這樣，我只得再充當這個大家庭的管家婆，還得擔任兩個小孫子的老保姆。這怪誰呢？兒子所不愛的妻子，是我做的月老！

我除了把過去的文稿整理、校訂，就別想有心思創作了。要知道我的任何一部作品，那怕是微不足道的小詩，都是在絕對的孤獨中醞釀的。別說跟陌生人談話，就連逗留在我所熱愛與尊敬的人中間，都會使我的詩思完全朝另一條河床流去。由此不難看出，我是多麼佩服貝朗瑞【10】的獨特的才能：在充滿喧囂、混濁、污穢的下等咖啡館裡，他能旁若無人，興頭

【10】貝朗瑞（西元一七八〇—一八五七年）：法國十九世紀最重要的政治詩人之一。他以獨特的歌諸體詩歌抨擊暴政。歌德極為讚賞。

十足地創作動人的歌謠——我唯一喜歡的政治詩篇。我又多麼羨慕隱逸在蘇格蘭深山老林裡的卡萊爾【11】，他怡然自得地寫他的膾炙人口的散文與歷史著作。聽說他在寫席勒的傳記、翻譯拙作《威廉・邁斯特的學習時代》。他和他的忠實伴侶所過的那種和善、完美的生活，一定能使他兩全其美的。

我的孤獨和寂寞，用什麼來排解呢？用對孩子們的愛與教育，和少數幾位知己的談話，對學問的鑽研？這些都無法填補我心靈的空虛、減輕我精神上的重負。相反，當我悠然獨處、躺臥床上，它們便以雙倍的份量來折磨我的靈魂。

浮士德滿腹心思走來教誨我：「投身到時間的洪流之中！投身到世事的無常之中！不管安逸和痛苦，不管厭煩和成功，怎樣互相迴圈交替，大丈夫唯有活動不息。凡是賦與全人類的一切，我都要在內心裡體驗，用這種精神掌握高深的至理，把幸福與不幸堆積在我心裡，將小我擴充為人類的大我。」

【11】卡萊爾（西元一七九五－一八八一年）：蘇格蘭散文家、歷史學家。曾撰寫《席勒傳》、翻譯歌德的《威廉・邁斯特》。

蹦跳而來的靡非斯特朝我做鬼臉：「生我的一切總歸要毀滅，所以不如不生！」

愛克曼【12】心靈虔誠，一股勁地央求我：「大師，您不應該中斷您一生中最偉大的事業——《浮士德》的創作。我以為您的大作體現了浮士德博士對真善美的追求，也是大師您自己的寫照。」

我對自己說：「一個精明幹練的人，他在心裡已經想做一些正當的事。因此，他必須天天努力、戰鬥、工作。他對於未來的世界置若罔聞，可是，他將要在未來的世界工作，發生作用。」

《浮士德》第一部之所以能完成，應歸功於席勒的壓力。現在，我得感謝愛克曼這個起步雖晚、知之不多，但好學不倦，有一雙敏銳眼睛的年輕人。他善於用他對業已創作的作品的敏感來「榨取」我的靈感。在他那凌厲的攻勢下，我拿起了擱置已久的《浮士德》。

【12】愛克曼（西元一七九二—一八五四年）：德國作家。從一八二三年至一八三二年充任歌德助手，為其整理、編輯文稿。他把與歌德的談話記錄下來，後根據筆記編輯成書。他的創作平平。主要成績卻是編輯《歌德談話錄》，並促使歌德續寫《浮士德》第二部。

只要工作，我便消失了孤獨感；只有孤獨，才能進行創作。

大宅裡沒有安身立命之處，我就躲到堆放雜物、無人打擾的小木屋裡。我翻閱那些紙色發黃的舊稿，彷彿重睹故友們的親愛的面龐，和他們談話、討論、聽他們誇獎或者批評、埋怨甚至責備……使我內疚、令我反省、給我鞭策。我對於寫就的詩行，皺起眉頭，想推倒重來。每一行詩，每一個字都應當力求無懈可擊，純樸、完美；才能構築好每一場、每一幕戲，使整幢戲劇大廈呈現出精神的美，和諧，高貴的單純與偉大的靜穆。

完全是偶然的機會，在一次從魏瑪去耶拿的旅途中，我在車輪轆轆，顛簸不堪的馬車車廂裡昏昏欲睡。馬車夫在給我的僕人菲力浦講故事，以排遣旅途的單調與寂寞。馬車夫從前是個流浪藝人，他有一肚子的戲劇故事。忽然，「海倫」的名字震盪了我的耳鼓，睡意頓消。

關於這位舉世無雙的美人、空前絕後的海倫及其事蹟，我從小就耳熟能詳、了然於心。在希臘神話中是這樣描繪她的：

海倫，是天父宙斯和仙女勒達所生的女兒。她在後父、斯巴達王廷達瑞俄斯的王宮裡長大，出落成天下最美麗的少女，雅典王忒修斯和英雄庇里托俄斯皆饞涎她的美色，在遠征途中到達斯巴達時乘機把她劫走。後來，她的兩個哥哥卡斯托斯和波呂丟克斯把她救還。

海倫剛到婚嫁的年齡，求婚者從世界各國紛至遝來：國王、王子、貴族、英雄、勇士……

廷達瑞俄斯憂心如焚，惟恐一旦選中某人，會因此得罪其他落選者，從而使他們生出仇恨而群起攻之。智慧的伊塔刻國王俄底修斯給他獻了條高明的計策：所有的求婚者必須宣誓，用他的武器保護那被選中為駙馬的幸運兒；這樣便杜絕了任何因落選而心懷不滿者的報復。斯巴達王按計而行，最後選中了阿耳戈斯國王、阿特柔斯之子、阿加門農之弟墨涅拉俄斯為海倫的丈夫，並讓他統治斯巴達王國。海倫和他生了個女兒赫耳彌俄涅。

有一年，墨涅拉俄斯去國外，訪問老友、賢明的涅斯托耳。禍患乘虛而入。

特洛伊國王普里阿摩斯為報宿仇，任命王子帕里斯為統帥，率領海軍遠征斯巴達。途中，帕里斯在庫忒拉島拋錨，去阿耳忒彌斯神廟獻祭。孤身獨處、抑鬱寡歡的王后海倫聽說帕里斯獻祭的消息，出於婦人的好奇心想一睹為快，也來到神廟。淘氣的小愛神厄洛斯對海倫和帕里斯亂射金箭；這愛情之箭射中了他倆的心靈，海倫瞧著這位從小亞細亞來的異常俊美的年輕王子，臉上升起了紅霞，芳心像小鹿似地突突亂跳。她的丈夫的形象完全被這位光彩奪目的外國美男子所代替。帕里斯呢，早就神往於海倫的姿容絕世、媚態傾國的傳聞。如今，一見之下，只覺得目眩神迷、勾魂奪魄，連他一向崇拜的愛神阿佛洛狄忒也被海倫比了下去。他忘記了她是別國的高貴王后、神聖不可侵犯的天父宙斯的女兒。他把父親託付他的使命，遠征的全盤計畫、善戰的軍隊、龐大的艦隊，還有他那預言家的兄長赫勒諾斯的可怕預言統統拋到腦後。他的心中，只有海倫！海倫！海倫！

他倆一見鍾情，心心相印。一個是被他的琴藝的美妙、談吐的高雅、如熾的愛情迷了本性；一個是被她的花容弄得憔悴、言辭變得笨拙，任何力量也抵擋不住的魅力而忘乎所以。帕里斯變更了原來的計畫，召集部下襲擊斯巴達國王的宮殿，洗劫了財產與珍寶，把海倫擄走。一個是全心全意，一個是半推半就，於是英雄美人凱旋回到了特洛伊。

為了爭奪這位美人，希臘和特洛伊打了十年曠日持久的戰爭。結果，一切都像赫勒諾斯所預言的那樣：

「如果帕里斯帶著一個女人歸來，阿耳戈斯人必定會追到特洛伊，殺死國王和他的所有兒子，並將特洛伊夷為平地……」

特洛伊王國被毀滅了，斯巴達以及和它結盟的城邦也死了許多英雄。海倫全身戰慄，押在俘虜隊裡羞愧難當、步履蹣跚。可是，沒有任何一個人想傷害她，只是將這個不貞的女人交還她的丈夫。而墨涅拉俄斯在戰神和愛情女神的重負下，已無力懲罰這個無恥的女人。

對於海倫的故事，我從來不信神話對她的糟蹋；彷彿她的美是潘朵拉的那只打開的魔匣

[13]——一切災難的根源。

你瞧！是她的國色天香，扇起了人家的欲火，惹動了人家來搶劫，造成了種種禍患與不幸。先是忒修斯和庇里托俄斯兩位英雄遭到懲罰；繼而是她的義父為她的婚姻弄得焦頭爛額、憂心忡忡；待到她成了王后，並有了可愛的女兒後，事態又證明她水性楊花，不守本份。所以一待丈夫外出，耐不住寂寞。不是因為虔誠的心願而是出於獵豔的欲望，才去阿耳忒彌斯神廟獻祭，以便和帕里斯勾搭。因而，表面看來是帕里斯把她劫走，其實卻是她不便言明的心甘情願，最後導致了這場屠殺與毀滅的戰爭。從而海倫成了千秋萬代被辱罵的對象：蕩婦、禍水、人盡可夫、罪惡的淵藪、墮落的根源等等。

這種令人痛心的描繪到了說唱藝人的嘴裡與戲劇中，更是添油加醋、離腔走調，弄到難以忍受的地步：魔鬼靡非斯特在浮士德的再三請求下，賞賜了他美麗的海倫。她則使他神魂顛倒，萎靡不振。他倆纏綿床榻，恣意苟歡；他愛她若盤中美食，而她簡直成了只知交歡的妓女，

【13】潘朵拉的魔匣：是貌美奸詐的潘朵拉帶到人間的一只匣子。她私自打開它，裡面所裝的疾病、瘋狂、嫉妒、罪惡等禍患一齊飛出，只有「希望」留在匣底。人間因此充滿各種災難。

沉溺肉欲的淫婦……從馬車夫那張臭嘴裡吐出來的、引得菲力浦哈哈大笑的下流話，就是這樣踐踏她的！

假如我們不撥亂反正，而放任自流，容忍這種醜惡行徑，那麼美豈不是成了醜的同義詞了嗎？那麼世界上還存在什麼真善美與假惡醜的區別？對於人、自然、宇宙的探索與追求，還有什麼價值？事實上，海倫的美不僅是外表的，而且是內在美與兩者的和諧而完美的統一。加在她身上的誹謗，只是人們有意或者無意地由於無知與偏見、惡習與嫉妒。正如古希臘悲劇的衰落，不能歸之於歐里庇德斯的罪責【14】；同樣，我們也沒有理由要海倫擔當那不可逆轉

【14】古希臘喜劇家阿里斯托芬在其劇作《蛙》中，把古希臘悲劇的沒落原因歸咎於歐里庇德斯（古希臘三大悲劇家之一）。歌德反駁說：「說任何個人能造成一種藝術的衰亡，我決不贊成這種看法。有許多不易說清的因素加在一道起作用，才造成這種結局。很難說希臘悲劇藝術是在歐里庇德斯一人手中衰亡的，猶如很難說希臘雕刻藝術是在生於菲狄亞斯時代而成就不如他的某個大雕刻家手中衰亡一樣。因為一個時代如果真是偉大，它就必然走前進上升的道路，第一流之下的作品就不會起什麼作用。但歐氏所處的時代是多麼偉大呀。他那個時代的藝術趣味是前進而不是倒退。當時，雕刻還沒有達到頂峰，繪畫僅僅處於萌芽狀態。」

的特洛伊戰爭的罪過。她是遵照神諭，才去庫忒拉島的神廟；在回到斯巴達王宮時，被帕里斯用武力劫走的……還是用她自己對丈夫的自白來判斷她是否有罪吧；好在這一條，希臘神話是這樣記載的。

海倫跪在墨涅拉俄斯的面前，抱著他的雙膝說：「我知道你有權懲罰我，將你不貞的妻子處死。但你想想並不是我自己願意離開宮殿的，騙子帕里斯又用武力脅迫我；當時你不在家，沒有丈夫保護我。到了特洛伊後，他逼我交歡，當我每次要伏劍、懸樑，我的侍女總是阻止我，勸我要想到你和我們幼小的女兒……」

她上述的這段話，無疑是合情合理的。我們固然不能認為合理的都是美的；但凡是美的確實是合理、至少說應該是合理的。

對於千百年來陳陳相因的對海倫的詆毀曲解，促使我懷著一股憤激之情，一口氣寫下了三百行關於海倫的詩。我憑直覺發現了海倫正是浮士德所要追求的至臻目標；對美與創造的享受，是一種更高級的享受；海倫是理想的楷模。但我很快就感到沮喪，我無力把那個描繪海倫的片斷跟「野蠻」的浮士德結合起來。海倫完全是古典世界的，浮士德卻生活在醜的中世紀時代；靡非斯特則是中世紀的魔鬼，他沒有法力把浮士德帶回到古希臘去。兩者的世界格格不入，橫有不可逾越的鴻溝。我只得把它擱下，將當時正在進行的《浮士德》第一部完工。

十六年過去了，我總算差強人意地找到了他們結合的方法。可是，新的更大的難題出現了。根據民間傳說：他倆結合以後所生的兒子歐福利翁【15】，聰慧異常、活潑好動，父母視若掌上明珠；不幸早夭。那麼這個夭折的孩子體現了什麼呢？又有誰能作為這象徵的合適人選呢？我將多年來在腦中構思的第二部創作大綱記述下來，而構成《海倫》內容的片斷，僅占了一行：

她覺得彷彿剛從特洛伊回到斯巴達。

我想用這種方法了結我跟《浮士德》的孽緣，因為我對能否完工越來越缺乏信心，而且逝水流年隨時會奪去我垂垂老人的生命。唉，我這著有多麼徒勞！我越是與它斷絕，遺棄、忘掉它；它越是與我糾纏，追求我、愛我。有什麼辦法呢？它畢竟是我的血肉、結晶、情人！我漫無目標，心勞日拙地往前闖。有幾十次似乎找到了出路；然而每一回都發現在原地

【15】 歐福利翁：希臘神話中阿喀琉斯和海倫所生的兒子。生有一對翅膀，後被宙斯用雷電擊死。歌德在《浮士德》中借用他，並在相當程度上用他來體現拜倫的形象。

踏步，心頭的沮喪不言而喻。突然，一顆彗星拖著長長的尾巴掠過頭頂。一瞬間，照亮了通往目標的路徑，就像尋找金羊毛的伊阿宋【16】，靠了天后赫拉的幫助，歷盡艱險，到達了目的地。又如特洛伊的埃涅阿斯，逃出了淪陷的國都，在天神的指引下，飄洋過海，發現了一片閃耀彩虹、寶石的土地，重建了「特洛伊」。我也找到了海倫和浮士德——古典美和浪漫理想結合的鑰匙，找到了他倆完美結晶歐福利翁的象徵——現代詩！

歐福利翁，就是那位英國詩人、不久前在梅索朗吉昂為希臘的獨立戰爭而捐軀的拜倫。只有這個事件才是我的《海倫》的最佳結局，只有拜倫才是代表現代詩。因為他無疑是本世紀最偉大最有才能的詩人，他既不是古典時代的、也不是浪漫時代的，他體現的是現代。

他是大自然神奇的造物：美得驚人，又瘋狂得叫人害怕；絕對地自由，又絕對地憂鬱；他毫不費力地展現出詩的巨大才華，卻又用渴望戰鬥對自己的創造力加以蔑視；他被其祖國、上流社會、歐洲的君主們所排斥，他以惡魔般的狂暴加劇了他們對他的仇恨。他一面用三整一律【17】約束自己，一面他那狂放不羈的性格不受道德秩序的束縛。這樣，這個具有反抗、不妥協精神的天才人物必然造成自身的毀滅。拜倫那種比他的詩歌更燦爛的生活，將註定他在希臘的戰場上犧牲。他一升上天空，光芒四射，無比輝煌，旋即，隕落疾下。他死了，但在海倫的子宮裡復活了，和歐福利翁融為一體。他在水、空氣、大自然中顯出他的精神。

經過這樣長的時間，等待，素材的積累，時斷時續的思考，似乎是無望的勞動，放下，拿起，塗抹重寫，困擾、相思、苦悶、失眠、休息、運動……忽然，有一天早晨，一個火花照亮了它的全部歷程。猶如鷹隼逮住狡兔，我抓住了千載難逢的機會。從前那些在我面前暗淡的銅幣、銀幣，竟然變成了閃閃發光的金子——《海倫》的創作迎刃而解了；剩下的只是具體細節的推敲與鍛鍊了。

當我聽到合唱隊唱起輓歌【18】，我也追隨海倫飛往清明高遠的碧空。

【16】伊阿宋：原是忒薩利亞王子。叔父珀利阿斯篡奪王位後，為阻止其爭位，命他到科爾喀斯覓取金羊毛。他在天后赫拉的幫助下，與英雄們駕駛阿戈耳船到達目的地。他在該國公主美狄亞的相助下，取得了金羊毛。

【17】三整一律：原是亞里斯多德在《詩學》中所提出的戲劇創作的一個重要原則，但是他強調的則是情節的統一。而後世所提出的「三一律」中的「時間的統一」和「地點的統一」，則是對《詩學》的誤解。十八世紀後，「三一律」受到浪漫主義的反對，才被打破。

【18】《海倫》結尾是合唱隊唱輓歌，實係借歐福利翁之死而悼念拜倫。

14 威廉・退爾——最後的旅程

約翰・克里斯朵夫・弗里德里希・席勒（西元一七五九－一八〇五年）德國偉大劇作家、詩人，狂飆突進運動代表和德國古典文學支柱，與歌德齊名。生於內卡爾河畔的馬爾巴赫的醫生家庭，學過法律、醫學、當過軍醫。一生在貧病交加、備受打擊之中進行創作。他的著作範圍甚廣：詩歌、戲劇、美學、哲學、歷史、小說等。其美學思想對德國古典美學和西方美學影響很大。主要文學作品：詩：《希臘的神》、《歡樂頌》、《鐘之歌》；戲劇：《強盜》、《陰謀與愛情》、《華倫斯坦》三部曲、《威廉・退爾》等。

《威廉・退爾》是席勒最後一部完整的重要劇作。他在致友人的信中寫道：「我想用它來把人們的頭腦再激蕩一下，他們對於這類群眾題材非常渴望，現在尤其是常常談到的自由，完全從世上消失了。」因此，他選用了瑞士聯邦農民反抗哈布斯堡政權而取得獨立的故事寫成此劇，以激發德國人民奮起反抗外來侵略者。今天，瑞士人仍把《威廉・退爾》當作自己的民族史詩。

一八〇四年初，席勒對魏瑪小公國的失望，對和他締結了九年友誼的歌德的不滿，再加上五口之家的物質生活的貧困，促使他應友人、柏林劇院經理伊夫朗德邀請去柏林。但他在那兒沒有打開天地，只得返回魏瑪。在病中重又創作劇本《威廉・退爾》，於二月中旬完稿；三月中旬首演。一年後，他即去世。

紀實小說《最後的旅程》描寫席勒在病中創作劇本《威廉・退爾》的情形。

柏林之行失敗了，席勒的最後一線逃出樊籬、展翅高飛的光亮熄滅了，他被奧古斯特大公用增加四百泰勒【1】年薪的鏈條拉回魏瑪，囚在樅樹上。

他扶妻攜兒在風雪塞途中歸來的第二天就病倒了。到處都是陳腐、欺詐、冷漠，連最有生命力的希望也窒息了、最為美麗的青春也凋謝了。柏林猶如當初的魏瑪，是個蠱惑人心的陷阱，魏瑪從對他的瑰麗的幻想以打擊開始，柏林則給他的最後的希望以絕滅結束。世人就

【1】泰勒：德國錢幣。

是這樣來玷污一個人的善良而純潔的感情，對他那高於生命的心血與靈感的結晶——飛翔在德意志天空的自由精靈，報以毒眼！難道不是你們像天空召喚雄鷹、戰場召喚戰士那樣，狂熱而迫切地企盼他的光臨，並讓他在到達人生旅程的終點之前再展宏圖嗎？啊，原來這只是一個天真的夢、一個假面舞會、一個荒誕劇、一個冰窟！最後，一個黑衣騎士把他帶到死亡的門檻上。

他躺在病床上，瘦削的面龐蒼白而寧靜，畢肖釘在十字架上的耶穌。他似乎被巨大的病痛弄得神志昏迷，處於彌留之際……

他的嘴唇在嚅動，手臂在挪動！一陣突發的咳嗽，阻止了它們的動作，旋風般地把他掀起、擲落……紅潮忽泛的臉上刻下道道皺紋，全身痙攣，陣陣顫慄。他那緊閉的眼睛、翕動的鷹鼻、沒有血色的凝唇，顯示一個不屈的靈魂在苦苦掙扎。然而，一切都是徒勞的，如同黑夜用屍布把大地包裹得嚴嚴實實。

風暴剛過去，這個被病魔征服的死人又動了起來，嘴唇喃喃的發出含糊不清的聲音，右手從被子下伸了出來。但他沒有得到回音，也沒有抓到什麼，臉上的表情痛苦而憂傷。他一點點地抬起身來，失敗又一次次地把他打倒，一頭焦黃的長髮彷彿夕照中撞在岩石上的波浪，四濺粉碎。死又籠罩一切。桌上的火苗突地跳了一下，病床上的他慢慢抬頭，睜開了眼睛！

這大大的、可怕的目光銳利得猶如刀鋒，叫人很難相信這是一個重危病人的無力、失神、快要油枯燈盡的目光；也絕不會聯想到同一個人的目光曾經是多麼柔和、迷人。

他的目光直勾勾地射去，落到寫字桌上變得柔和了：在昏暗的燭光下，橫七豎八地攤放著書籍、文稿，一支鵝毛筆擱在稿紙上。目光像從前一樣柔和——他那男子漢身上惟一女性氣質的東西。筆！筆！筆是他的生命、他的象徵、他的上帝。一個個人影披著白色的長袍朝他走來，全都是那麼聖潔、典雅、可愛：愛美麗雅、斐哀斯科、斐廸南和露依斯、唐・卡洛斯和伊莉莎白、華倫斯坦、麥克斯和特克娜、瑪麗・斯圖亞特、貞德、阿特麗絲【2】……他想去歡迎他們，他們卻像幽靈般地從他身旁飄走，留給他的只有一片炫目的光暈。

他硬撐身子，用狂熱的目光盯視鵝毛筆，挪過身去，把手伸出去，再伸過去，寫字桌離床頭只一步之隔，他的手指碰到筆桿啦。猝然，一隻無形的鐵拳對他當胸一擊，他天旋地轉地倒了下去……

【2】他們分別是席勒劇作《強盜》、《斐哀斯科》、《陰謀與愛情》、《唐・卡洛斯》、《華倫斯坦》、《瑪麗・斯圖亞特》、《奧爾良的姑娘》、《墨西拿的新娘》的主人公。

符騰堡大公用軍棍教訓這個犯規的軍校學生；他竟敢喊：「打倒暴君！」

他赤著雙足在雪地裡逃跑，嘴唇青紫、四肢麻木、步履蹣跚，暴風雪追上了他。

他按著腹部——兩天兩夜沒有吃一口麵包；麵包商、食品商、出版商對他舉起了一隻巨掌、比路障還大的巨掌。

他誠惶誠恐地把自己的作品呈給頭戴假髮、身穿禮服的宮廷顯貴；他們那毫無表情的面龐隨同僵直的軀體一起轉了過去。

他在白茫茫的海面上沉浮，冥府的合唱隊在為他唱葬禮進行曲；他緊握的手無力地鬆開，一支鵝毛筆往深海沉去……

「不能，不能呀！」他喊出聲來。隨即，他如釋重負，瞧見鵝毛筆還在桌上，等著他去拿。是的，不能讓死神奪走他的筆！多少劇本等著他去寫，多少激動人心的題材等著他去開掘。疾病、生計、哲學、編輯、雜事，還有絕望奪去了他的甚於生命的寶貴時間；最可恨的是敗壞創作的病魔，阻撓靈感、堵塞激情。只有加倍工作，才能彌補損失的光陰。可悲呀，愈是拚命工作，愈是感到時間流失之快。它們，首先是病魔應該負責！要命的二律背反，使他痛苦地意識到這種惡性循環，已把他帶到人生的懸崖絕壁上來了。

難道宮廷裡的那個人【3】袖手旁觀、見死不救？他們不是站在同一個天空下，住在同一座城市裡，朝向同一個目標嗎？他用被子緊緊地裹住胸部，揉搓額頭、按摩鼻翼，頭痛似乎有所改輕，呼吸道也暢通些了。一會兒，病痛又來了，除非用大劑量的嗎啡，但這沒有什麼好處。他對於這種折磨他的病，實在是無可奈何呀！

從前，他絕不是這樣的。年輕時，他這個卡爾軍校——人們稱為「奴隸培訓所」——的高材生，嚴酷的軍事生涯固然有害他自由的頭腦，但它把他這弱不禁風的病孩鍛鍊成斯巴達式的戰士。當他站在美麗的女性面前，誰不為這個有著一頭金髮、一雙蔚藍眸子、一副強健體魄的青年美男子所動容呢？優雅的儀表、瀟灑的風度、高傲的舉止、莊重的步伐，這一切彷彿渾然天成；當他穿上宮廷武官的制服時更顯得神采奕奕、威風凜凜，吸引了名媛淑女、夫人小姐的視線，還以為他是一位王家出身的貴族呢。只要他和歌德站在一起，人們決不會懷疑他比歌德更顯得健康、富有朝氣蓬勃的青春魅力。他過的完全是一種有益於身心健康的高尚生活：清心寡欲、安貧樂道、對尋歡作樂的生活沒有追求的欲望、滿足於妻子的性感與溫柔、

【3】指歌德。參見《浮士德的靈魂》篇。

無私的愛、天倫之樂、陶醉在讀書和寫作之中。相反，歌德追求一切、享受一切：女人、愛情、美酒、跳舞、功名、榮譽、科研、大自然，連寫作也當成遊戲。卻什麼都不能使他滿足，什麼都叫他厭倦，結果，他因縱欲過度而變得虛胖，鬆垮懶散而顯得疲軟。但令人驚訝的是，倒頭來，健康的不是席勒而是他歌德！瞧吧：他因沐日光浴而曬得發黑的皮膚，閃耀著古銅色的光澤；他炫耀自己的壯實，一如炫耀自己的天才。

上帝是多麼不公平，多麼偏愛歌德呀！幸運對他來得太輕而易舉了，別人努力一輩子也得不到的榮譽、權力、財富，他年紀輕輕就摘到了。他的天才使他脫出命運女神的桎梏。而他席勒則備受折磨，不得不奮鬥到最後一息。世界上再也沒有第二個人能像歌德那樣激起他愛得深沉、恨得入骨的錯綜複雜的感情。只有這個人，這個魏瑪的樞密顧問，叫他同時嚐到了欣羨和嫉妒、敬仰和蔑視、狂喜和懷疑、希望和失望的刺激的樂趣；只有這個人才值得他為此拚搏一生、誓死較量。想想吧，這個歌德對他冷淡、回避、不屑一顧、干涉他的婚姻、甚至硬要他到耶拿大學去當歷史教授等等，不是出於對他的不幸的憐憫、對他的才華的重視，卻是想把他從自己的心版上撤去！他處處擋他的道、處處賣弄其才能，這能容忍嗎？他是天才，因此必須對他敬愛；他是天才，因此必須把他打倒！

天才的光芒誰也無法遮掩，他所有的著作承認也罷、否認也罷，讚揚也罷、批判也罷，要末強烈地掀起一股狂飆的自由精神，要末寧靜地滲透一種古希臘羅馬的崇高理想……他的反抗最終成了崇拜，他的傲氣為理智的權威所折服，雖然自尊心躲到一邊去不肯俯就，情感卻向那個人伸出手來。對方以擁抱表示友誼。

現在，他不能指望別人，他靠了自己的力量再次戰勝了死神。死神躲在暗處朝他吹出毒焰，他的腦門被劈開似的。他不能讓步，不能像從前那樣逃遁，自以為逃到了一個沒有暴力、沒有頹廢、沒有墮落的美的王國。一位天神【4】過來導遊，他固執地推開他說，自己能欣賞美，並發現了連這位天神也不知道的美。他進而要把獸性的人和墮落的人也領來，讓他們沐浴美的溫泉，脫胎換骨，享受到真正的幸福……又是一個陷阱，一個盛開罌粟花的陷阱、一個星星般繁花似錦的沼澤！他成了水中撈月的猴子：幼稚、愚蠢、荒唐。多少年後，這創傷還隱隱作痛，以及伴隨而來的那種麻醉人的香味、色彩……又是那個人救了他，那個歌德！九年來，幾乎他的每一回成功、每一篇作品，都有他投下的光芒，即便說是陰影也行，反正擺脫不了歌德的影響。儘管他席勒一次次地從內心感到屈辱、羞愧，卻不能不把自己的每一

【4】指德國大哲學家康德（西元一七二四—一八〇四年）席勒深受他的影響。

個創作計畫、每一頁寫好的文稿、甚至每一縷還在飄蕩的思緒遞給他看，請教他的真知灼見；而對方幾乎冷淡地對他訴之這一切。啊，多麼高傲！多麼偉大！

難道他就不需要別人的幫助，像上帝那樣獨來獨往？聽聽這位無冕之王的回答吧：「我的席勒，您使我有了第二個青春；我可以說已經不是一個詩人了，但您使我重新成為一個詩人……」

夠了！夠了！他決定離開他，永遠離開他，在他倆魚水般情誼的第九年。他倆沒有一點共同之處，除了像魚兒一起暢遊大海之外，從外表、心理、氣質、行動方式全然不同，他們是雅努斯神【5】的同一個頭顱上的兩張絕然相反的面孔。歌德忘掉自己的使命，上帝賦予天才的使命，他常常擱下筆而去擺弄石頭、分析顏色，浪費他那寶貴的藝術生命；席勒卻一天到晚寫呀寫呀，永遠感到時間的吝嗇。歌德創造了浮士德，他就沒有權利將其丟開不管。他

【5】雅努斯神：羅馬最古老的神之一，門神。他的雕像常有向著相反方向的兩副面孔（意為一副向過去，一副向未來。）在這兒指席勒和歌德在性格、氣質、觀點上都相反，而目標卻是一致的。其實他倆都把對方當作是自己「生命的一半」，起著相輔相成的作用。

究竟在等待什麼？要幹什麼？他生活浪漫，精力過剩，與大公混在一起，對耶拿大學生擺出一副小暴君的嘴臉。他仍是從前那個自由戰士的歌德嗎？從前那個鄙視庸俗、腐朽世界的偉大天才嗎？魏瑪這個小朝廷無可救藥了，小改小革不過是濁泉的沉澱物再次沉浮罷了；那幫侏儒般的佞臣可笑到妄想去撲滅法蘭西的自由火焰，但又對拿破崙的魔影聞風喪膽。

病人掀開了沉重的被子，披上大衣，晃晃悠悠地從床上下到地板上，窄小的閣樓簡直容不下他的身軀，巨大的形影投到頂棚、折在牆上、彎到地板上。他打了個寒噤，下肢劇烈地顫抖，他趕忙扶住那張椅子坐下，耳朵裡轟隆隆地響著雷鳴和金屬的撞擊聲。這是肆虐的暴風雪的呼嘯？還是異族鐵蹄的踐踏？他抱頭掩面，慘不忍睹：青山綠水的故鄉在戰火中化為一片焦土，拿破崙・波拿巴的士兵蜂擁而上，把他那意欲反抗的父親、前德意志上尉卡斯帕・席勒的頭顱往牆上撞擊，頭破血流，奄奄一息；他的母親倒在地上呻吟，他的姐妹披頭散髮地跪在塵土裡向上帝禱告；他的鄉親低頭走路，市政府的屋頂上飄揚那一度是自由的象徵，如今成了侵略者標誌的三色旗……他憤怒地扯下了法國國民議會頒發給他的「法蘭西共和國榮譽公民」的授帶【6】。誰來拯救德意志？啊，就是這三百多個小暴君把德意志母親肢解，並在敵寇面前解除武裝的。

找個赫拉克利斯式的英雄【7】？比如法國有貞德【8】、美國有華盛頓【9】、英國有特雷克【10】，德國卻沒有！腓特烈大帝【11】？這個蘭登堡選帝侯，被人恩賜的「國王」，只為他

【6】一七九二年八月二十六日，法國國民議會頒發給席勒等人「法蘭西共和國榮譽公民」證書，以表彰他的《強盜》、《唐．卡洛斯》等劇作對專制君主堡壘的衝擊。

【7】赫拉克利斯：希臘神話中最偉大的英雄。神勇無敵，完成了十二項英雄事業。

【8】貞德（西元一四一二—一四三一年）又譯「冉．達克」。法國女民族英雄。出身農家。百年戰爭末期，英國佔領法國北部，並圍攻重鎮奧爾良，形勢危急。一四二九年，貞德率領輕騎馳援，重創英軍，解除城圍，扭轉敗局，被稱為「奧爾良姑娘」，成為法國人民愛國鬥爭的旗幟。後被封建主出賣給英國，被教會法庭誣為「女巫」，處以火刑。

【9】華盛頓（西元一七三二—一七九九年）：美利堅合眾國奠基人之一，美國第一任總統。

【10】特雷克（西元一五四〇—一五九六年）：英國艦隊奠基人、著名航海家。海盜。一五八四年，重創西班牙無敵艦隊，使英國替代其掌握海上霸權。

【11】腓特烈大帝（西元一七一二—一七八六年）：普魯士國王。在位時維護農奴制，加強軍事官僚制度，擴軍備戰，進行侵略。

那個家族的利益就去窮兵黷武的人，能代表一個民族嗎？古斯塔夫・阿道夫【12】？信奉新教的德意志人不是對他膜拜，連詩人自己也同聲讚美嗎？不，他並不是德意志自由的捍衛者，而是包藏禍心的異族王；他用那不光彩的勝利與死亡蒙蔽了人們的心靈！那麼華倫斯坦呢？【13】華倫斯坦則是個了不起的人物；詩人曾用那輝煌的三部曲來展現他的業績。可悲的是，野心把他出賣了……他們統統都無法拯救德意志。他席勒不可能從虛無中創造一個英雄來喚醒自己的同胞，也無力逃出這個將要埋葬他的世界。惟一的辦法，只有借來別國的火種，燃起祖國的抵抗怒火。他曾經這樣做過，為兄弟民族的英雄和自由大唱讚歌；從來沒有一個作家像

【12】古斯塔夫・阿道夫（西元一五九四—一六三二年）：瑞典國王。在位時傾其全力與俄國、丹麥、波蘭等國爭霸，有「北方之獅」之稱。一六三〇年，他打著「為德意志挽救信仰自由」的旗號，參加「三十年戰爭」，屢敗天主教聯盟和德皇軍隊。後在呂城戰役中受傷致死。

【13】華倫斯坦（西元一五八三—一六三四年）：德國軍事家、三十年戰爭期間德軍統帥。出身捷克貴族。曾戰勝丹麥和新教諸侯聯軍，一六三二年被瑞典打敗。因與瑞典秘密和談，引起德皇不滿，以通敵嫌疑犯撤職，後為下級軍官所殺。席勒的劇作《華倫斯坦》三部曲即寫此事。

他那樣成為世界公民，也很少有一個詩人像他那樣在痛苦中謳歌歡樂、鼓吹全人類要像親兄弟一樣；他把大鐘拉響，讓和平的鐘聲升上天宇、響徹世界……如今，他更應該這麼做，拿破崙【14】已經用利劍洞穿了祖國的胸膛、並刺到他那兄弟的臉上【15】。他不能袖手旁觀，他要提醒他：「警惕呀，塞納河的狼！」他要以筆為武器，號召人民起來鬥爭。

他終於抓到了鵝毛筆，握筆的手卻如秋風簌簌，怎麼也落不到紙上。這是什麼緣故？還遲疑什麼？難道要讓躲在帷幔後面的死神伺機把他打倒嗎？他自知活不到他心中期望的五十歲了，或許明天就會被帶到另一個世界。他必須立即工作，只要工作，一切都好了。他的許

【14】拿破崙・波拿巴（西元一七六九－一八二一年）：法國傑出的資產階級政治家、軍事家。法蘭西第一帝國和「百日王朝」皇帝。在其稱帝初期，竭力強化中央集權的軍事官僚國家機器，堅決鎮壓反革命王黨復辟勢力，並頒佈《國民法典》，把資產階級革命成果，用法律形式鞏固下來。對外不斷戰爭，多次粉碎反法同盟，嚴重打擊了歐洲封建反動勢力。但隨著法國資本主義的發展，大資產階級對外侵略和擴張的欲望日益強烈，拿破崙的對外戰爭變為同英、俄爭霸與掠奪、奴役別國的侵略戰爭。對拿破崙抱有幻想的許多進步作家也起而抨擊他。席勒是其中之一。

【15】指瑞士。

多著作都是那樣在熱病中、在死亡的邊緣上一點一滴、一天一天、一年一年地搭起來的，成為一座巍巍大廈。他現在還能創造嗎？一片白色的光暈像是無數鋼針扎他的眼睛，腦門被又冷又尖銳的冰凌碾得快要碎裂了。他沒有到過瑞士這個國家，對那兒的民風習俗沒有一些感性認識，他對於威廉・退爾【16】的形象只有模糊的輪廓，他無力擔當這個使命。那麼，他為什麼要好高騖遠地從歌德手裡要過這個題材呢？他還盡心竭力地搜求、積累關於瑞士的各種圖書、資料：《瑞士史記》、《瑞士聯邦史》、《瑞士山民描述》、《瑞士國詳記》、《瑞士自然史》等等，掌握了歷史、地理、自然、人文、風俗等；比一個瑞士教授、學者所知道的還要博大精深。他不是憑藉豐富的想像力和創造力，把許多國家的宏偉場景帶到人們面前來嗎？他不是塑造了許多栩栩如生、打動人心的人物，使德意志的舞臺上出現了色彩如此鮮明、感情如此強烈、行動如此迅猛的形象嗎？

他敗北了，這是場甜蜜的敗北，苦難的心靈所期待的勝利。他恍如一個人在空蕩蕩的大

【16】威廉・退爾：瑞士民間傳說中的英雄，自由、獨立的象徵。

教堂裡向上帝祈禱，從看不見的所在傳來了管風琴的奏鳴，樂音嫋嫋，升上去、升上去，將教堂的穹頂變成了高曠的天宇，藍瑩瑩的。從黑魆魆的金字塔般的剪影後面，升起了一彎新月，把積雪的山峰照得如銀子般燦爛；天幕上明星閃閃、銀河蕩漾，從那雙峰插天的峽谷中流淌一股清泉，流過牧場、瀉入雲煙濛濛的湖泊。天邊降下第一縷曙光，珍珠般的灑落湖面，白帆點點、漁歌陣陣、浮雲悠悠、蘆笛聲聲，一條彩虹從湖上飛起，甩在天邊……

忽然，一陣粗野的吆喝，良辰美景立即化為烏有，把席勒帶回到蝸居的閣樓——牆上掛著瑞士的地圖。他嗒然若失，似有所悟，重又凝視一幅地圖：《瑞士四林湖及其周圍各州詳圖》。他對它的熟悉已超過了對家鄉的程度；那兒的街區、市容、鄉居民屋、老百姓的方言俚語、他們對自由的酷愛和天性的純樸、每一任州官及其家族對人民的功過、山民反抗外侮的每一個事件，他都熟稔於心。他親眼目睹她怎樣失去自由，德國同胞如此嚮往、羨慕的瑞士的自由；他瞧見奧地利派來的州官，橫行霸道地騷擾當地的安寧，鎮壓自由自在、樂天安命的山民；蓋斯勒這個殘暴的傢伙官逼民反。他看見觸目驚心、慘無人道的一幕：威廉•退爾帶著他的兒子瓦特經過古村，因為沒有朝木桿上的象徵州官權威的帽子鞠躬便被逮捕。蓋斯勒仇視這個獨來獨往、我行我素的獵人，早就伺機打擊。

他對威廉•退爾說：「退爾！我聽說你是個射箭的能手，百發百中，今天，我倒要親眼瞧瞧你的絕技。你給我隔開一百碼距離，從你的孩子頭上射下一只蘋果。我警告你：你得好好瞄準，第一箭就把蘋果射下，要不，拿你的腦袋抵命！」

蓋斯勒隨即命令士兵把瓦特綁在菩提樹上，又從另一棵果實纍纍的樹上摘下一只蘋果，放在瓦特的頭上。他不顧人們的哀求、退爾的遲疑，下令：「預備！開始——」

「慢，不是這樣！」

「誰說不是這樣？」

「我，沃爾夫岡・歌德。」

啊，又是歌德！與他難分難解、如此親密、如此疏遠的歌德。

「歌德閣下，您是說蓋斯勒不會有這個行動？別忘了他是個滅絕人性的惡魔。」

「親愛的席勒，你創造這個場面無疑有驚心動魄的力量，但你讓蓋斯勒突然從樹上摘下蘋果，放在孩子頭上，叫退爾把它射下來，這不符合我的天性。你想想，即便他再野蠻、殘酷，但在稠人廣眾之中公開殺人，總要找個藉口，以鉗制輿論，蒙蔽世人吧？也就是說要為這種野蠻行徑佈置一點動機伏脈：可以先讓退爾的孩子向蓋斯勒誇耀他父親的射技……此外，由蓋斯勒親自從樹上摘下蘋果也不符合其身分，不妨改為由他的手下人拿來蘋果；再說，蘋果樹長在菩提樹旁太湊巧了……否則，難以達到令人信服、震撼人心的藝術效果。」

「因果，動機，我們這是在探求大自然的關係嗎，歌德閣下？像蓋斯勒這種小暴君自會心血來潮，生出這種古怪念頭，而用不著添枝加葉、拖泥帶水的。戲劇性！戲劇性！我們要考慮的是這個。想想您自己吧，一切補綴得天衣無縫、完美無缺，一搬到舞臺上卻完蛋了。」

「什麼？你對我的劇本也……輕視、鞭撻……心靈，像別人毀滅我……唉，你是對的，舞臺不是我的天地……你是對的，親愛的席勒，我的劇本不適合舞臺上演……不適合。」一瞬間歌德變得多麼衰老、頹喪，跌跌撞撞地拉開房門離去。

他沒有想到會如此傷透老友的心。從前，他由於無知與輕率曾經給了歌德很大的刺激，對他用二十年之久所創作的劇本《埃格蒙特》給予摧毀性的苛評，結果造成對方一開始就對他滿懷敵意，要待多少年的努力，這道鴻溝才漸漸填平。然而，一接觸具體創作，他倆生死冤家似地又爭鬥起來，最後還是靠冷靜的理智、蘇醒的寬容撫平灼熱的情感。用歌德的話來說，他們最大的區別是：詩人究竟是為一般尋求特殊，還是從特殊尋求一般？前者產生寓言，後者才具有詩的本質。席勒屬於前者，歌德屬於後者，頗有諷刺性的是，正是他席勒自己從痛苦的實踐中認識到這一缺陷給他的創作帶來的災難：當他寫詩時，哲學精神便來光顧，而冷靜的理智卻破壞了他的詩情。後來，他毫不含糊地與那些糾纏人的哲學原理一刀兩斷而師法歌德，一年又一年地在劇作中清除這種從一般尋求特殊的傾向……如今難道藕斷絲連、死灰復燃嗎？莫非歌德是對的，他席勒老是出錯？不，這是偏見！對一個有作為的人來說，這是可怕的偏見、毀滅創造力的偏見。這樣的事例多得還不夠舉嗎？人們說他席勒成年累月猶如蛆蟲鑽入乳酪裡足不出戶，漫長的夏季也不到戶外去呼吸一點新鮮空氣，在那積滿灰塵、窗帷遮嚴、散發黴味的房間裡伏案寫作，恰如古怪的煉金術士，一面貪婪地飽嚐爛蘋果的氣味。人們說他的劇本都是想像的產物，明顯地帶有抽象思維的痕跡，他筆下的人物，尤其是那些女性，形象蒼白、纖弱、沒有血肉、矯揉造作……最主要的是作者完全缺乏作為詩人的最重要的幫手：生活、大自然、直覺性以及經驗。人們說他酗酒、吸毒、追求權力、財富……用來敗壞一個人、剝奪他的創作權利，再沒有比這種偏見更可怕的了。這些現象如果是出自善心或者尖酸刻薄的忠告、指責都好，但不要帶有偏見和中傷呀！再說又有多少是符合客觀事實的本來面目呢？難道他就願意在這種有害的環境裡沒日沒夜地寫作，即便生病、度蜜月也不近人情嗎？難道他就願意像鼴鼠蹲在沒有陽光、鮮花、清泉的地洞裡，而不想在大自然的環抱裡享受上帝的恩惠嗎？他為什麼離群索居地躲在斗室裡研究萬物，而恰恰不去研究萬物之靈的人呢？他豈是不知道一個詩人創作的基本要素以及諸如此類的問題嗎？

他渴望知道一切、體驗一切、享受一切。在一場筋疲力盡的戰鬥後，好好享受一下人生的幸福：愛情、家庭、大自然和藝術、精神和肉體的；他還想去國外，看看他所歌唱的兄弟民族是怎樣勞動、生活、戰鬥和歡樂。他描繪了許多國家、歌唱了那裡的人民，可是他沒有福分到過任何國家，就連祖國的疆域也沒有走遍。他是多麼希望和他的觀眾、讀者、朋友、相識和不相識的姑娘們見面、談話、喝酒、散步、跳舞、戀愛；他愛過的女人一個個嬌美、溫柔、動人。他祈求上帝能給他四、五年時間，他不會再像過去那樣把寶貴的生命浪擲在哲學的迷宮曲徑上。人類的精神寶庫那麼豐富、那麼宏偉，自己卻淺薄無知、孤陋寡聞；他要利用這段有限的時間痛飲知識的源泉，努力鑽研文化、歷史、藝術、人。他要重新生活，如同歌德在大自然、在人叢中生動活潑地生活。是的，他是想擁有權力、財富，為的是不再過那種沒有節制損壞健康的生活；沒有了後顧之憂，他便能全心全意地學習和寫作。不過，他有自知之明，他是不會有這種幸福了，不會有了。

發現美、創造美，是他生命的意義、生存的價值。這一切都需要時間、金錢、健康；這些都不屬於他的了。他只能仍舊在這樣的環境裡、處於高度緊張狀態下，一面懷著厭惡的心情炮製那些庸俗、應試式的東西以養家活口，一面虔誠地為美而精雕細刻真正的藝術品。只要能創造它，他什麼都能捨棄；只要能創造它，他什麼都不在乎。創造美的人，即使在大地上化為塵土，但他的美的結晶則成了天上的星星。

去錘煉！去創造！在彗星殞落之前……一陣劇烈的咳嗽，使他喘不過氣來，冬夜的寒氣把他凝固了。他挪過步子，扶住牆壁，一面掩口，生怕咳嗽聲驚醒睡在樓下的妻子和三個孩子。他諦聽了一會兒，沒有動靜，過來引了火種，在火爐上煮開了咖啡。他走到桌旁，將另一支蠟燭點亮，燭光把小樓投入暖和的光芒中。應該感謝那個人，他無私而慷慨地幫助他，而他的回報是那麼少，而且還要抱怨他……他顫抖不已地倒了一杯熱氣騰騰的咖啡要喝，忽然放下杯子朝房門走去，把上面的厚門簾放下，扯直、遮嚴。他重又落坐，喝了一口咖啡，立即寫了起來。

15 德國，一個冬天的童話——光輝的頂點

亨利希・海涅（西元一七九七—一八五六年）德國偉大詩人、政論家。生於杜塞多夫的猶太商家庭，一生不屈不撓地和歐洲反動勢力進行鬥爭。一八三一年起移居巴黎，晚年的八年歲月在病床上度過，但仍堅持寫作。他在文學藝術的各個領域：文學、哲學、宗教、繪畫、音樂、戲劇等都有精深的研究與出色的建樹。主要作品：詩：《歌集》、《時代的詩》、《西西里亞織工之歌》、《德國，一個冬天的童話》；散文：《旅行記》、《論浪漫派》；學術著作《論德國宗教與哲學史》等。

一八四三年，他從巴黎回國探親，並將沿途見聞和觀感寫成長詩《德國，一個冬天的童話》。這是一部猛烈抨擊普魯士封建王朝的反動統治，表明作者的哲學觀，政治信念和人類前途、希望的政治諷刺詩。同年年底回到巴黎，結識了他的遠房親戚馬克思，建立了深厚的友誼。此後，海涅常常在馬克思和盧格主編的《德法年鑒》上發表政治詩。一八四四年七月，海涅為監印《新詩集》又到漢堡，並將《德國，一個冬天的童話》校樣寄給馬克思，由後者介紹並推薦給德國流亡者在巴黎辦的《前進報》上發表。

紀實散文《光輝的頂點》描繪一八四三年底海涅與馬克思的革命友誼和海涅達到高峰期的創作生活，從中讀者也不難看出詩人預見的前瞻性。

亨利希・海涅成了馬克思家的常客。

巴黎聖日爾曼區郊外的那條高低不平的街道、被栗樹柔密的枝條輕撫的窗戶、堆起一疊疊文稿的寫字桌、簡樸的傢俱、井井有條的陳設，更有一進門就能見到的熊熊爐火……這一切令海涅是多麼熟悉，又是多麼溫暖親切呀！

一八四三年底整個冬季的晚上，他都是在馬克思家的壁爐旁度過的。在那些難以忘懷的時日裡，與馬克思夫婦珍貴的會晤，親密無間的友誼，將註定把詩人引導到創作的光輝頂點。就像貝雅德麗采【1】把佛羅倫斯大詩人但丁帶上天堂；或如德國童話中的灰姑娘，仙女給她指引出一條錦繡前程，使她獲得歡樂和幸福……此刻，海涅就坐在橡木扶手椅裡這樣沉思著。一邊，馬克思夫婦在看著他的詩稿。

【1】貝雅德麗采：佛羅倫斯詩人但丁年輕時所鍾情的少女，早夭。可是，對她的愛情已成為詩人意義深遠的生活經驗之一和創作《新生》、《神曲・天堂篇》的源泉之一。

他們並不是神仙，是和他一樣的凡人；但他們怎麼會有這樣的力量、法術、奇跡，給予他的東西是如此豐富、如此美妙、如此珍貴？遠遠超過了他的童年時代的民間故事、神話、美麗的幻想、大學教育；超過了他的父母、情人、有錢而可厭的叔父所給予的；還有拿破崙、聖西門【2】；甚至連他一向崇拜的歌德和黑格爾【3】也比不上！而眼前的這位良師益友又是多麼年輕！他活了四十六歲，彷彿第一次才懂得人生的真諦，理解「上帝」即人民交給他——一個德國詩人的偉大使命。他不無遺憾地感到，過去把太多的時間和精力消耗在抒情詩上，它只是個人的痛苦、青春的煩惱、惆悵的夢幻……當然，這類感情要與它訣別是困難的；分離，也不是一下子能成功的。它已經滲入到他的血液、他的細胞裡去了，成了他生命的一部分。尤其是當他遭到毒汁四濺的誹謗、攻擊或者心情不快、天氣不好、病痛得厲害時，它們便來擾亂他的思想，把他往垂死、墮落的黑暗裡推去。但死亡不屬於詩人，過去他也從沒有蹲在

【2】聖西門（西元一七六〇—一八二五年）：法國著名的空想社會主義者。

【3】黑格爾（西元一七七〇—一八三一年）：德國偉大哲學家。他在制定辯證發展理論上起了巨大的作用，他的哲學是馬克思主義的理論來源之一。

黑夜裡；轟轟烈烈的生命才屬於詩人！從此，他要更加緊密地與光明攜手前進，讓戰歌像燃燒的星辰從高空射下，焚毀宮殿，照亮茅屋……

是呀，遠比一切個人的不幸遭遇更值得同情與關注的是無產者的命運。他回想起不久前回到祖國的情景，心差不多碎了。

詩人重又在去漢堡的旅途中：科隆、萊茵河、密爾海姆、哈根、禿陀堡森林、明登、漢諾威……德意志啊，你是怎樣歡迎你那被放逐出去的遊子？祖國的天空，仍然像包裹一層厚重的屍布；德國三十六個小公國，像三十六只糞缸所發出的惡臭把詩人熏倒；公侯們故步自封、飛揚跋扈；那些自甘下賤、俗不可耐的小市民，在醇酒歌舞中沉醉於虛幻的天國，把自由的希望寄託在紅鬍子大帝這具古董上【4】。那頭翱翔在天空中的大鷹，又醜惡又兇猛地瞪著

【4】紅鬍子大帝（西元一一二三—一一九〇年）：即腓特烈一世。神聖羅馬帝國皇帝。在參加第三次十字軍東征途中溺死於小亞細亞的則夫河。民間流傳他沒有死，隱居在基甫屋山裡，並把他當作德國自由獨立的救星和理想的君主。海涅在《德國，一個冬天的童話》中，卻予以辛辣的諷刺與猛烈的抨擊。

毒眼，啄食母親的心臟。一小撮自封為人民「代言人」的激進派，整日地用花麗胡哨的「傾向性」，抑或喊些空洞無聊的口號來愚弄人民。宗教更是和暴君狼狽為奸，用「福音」的鴉片來毒害人民。他們已經被榨乾了血汗和腦汁。

祖國呀，你陽光普照的葡萄園、果樹林到哪兒去了？

田野裡一片荒蕪，死神在收割最後一株麥穗；乾癟的麥穗連死神也空歡喜一場。城市也令人失望：窮的更窮，猶似骷髏；富的更富，形如走屍。貧民窟的一頭，紡織廠的大門成了黑洞洞的血盆大口，吞噬長蛇陣般的破衣爛衫、精疲力竭的織工，有的還是只八、九歲的童工。

……

他的頭疼痛起來，一陣比一陣劇烈，彷彿烈火燒灼他的腦門，鐵箍箍緊他的額頭，從眼裡瞧去的東西，猶如被爐火烤熱了的空氣在抖動……他知道童年時患了這種要命的頑症，又來折磨他了。他竭力忍耐，不能在馬克思夫婦面前，顯出他是如此病弱呀！他咬緊牙關，用拳頭緊緊抵住太陽穴，下肢死死地撐住地……毫無辦法！火燒鐵箍的頭痛已經像鐵銹腐蝕到他的腦子裡去了，隨著他的思維而發展，隨著他的激動或憂傷而加劇。這兒沒有鴉片或者嗎啡；有，他也不好提出。馬克思不知道他的病痛，他也從未對人說起過。他看到活著和死去的「英雄們」：「德意志的愛國者」、「自由的吹鼓手」、「偉大的浪漫派」都來討伐他，贈給他一連串閃閃發光的頭銜：唯美主義、缺乏「傾向性」、不愛國、對黨派不關心、輕浮、猶太佬、叛徒、豺狼……他感謝他們給他如此「崇高的榮譽」，為了報答這種恩賜，他獻給他們一首頌歌《阿塔・特洛爾》。

這些激進的浪漫派先生，就像笨熊阿塔・特洛爾。它激進到最後死在獵人手中，他的陰魂至今還唱著這樣的歌兒：去做那羊兒，去做那狗兒，猶如我們不朽的施萊格爾體面地榮任奧地利的樞密顧問【5】，去學那伯爾內被海王招為高貴的女婿【6】。

海涅又寫了一首頌歌獻給他們——笨熊阿塔・特洛爾的徒子徒孫：

「我不是羊，我不是狗，不是樞密顧問，不是闊嘴鱉——我仍是一條狼，我有著狼的牙齒、狼的心！」

【5】施萊格爾，弗里德里希（西元一七七二—一八二九年）：德國消極浪漫派理論家、語言學家。後在法蘭克福任奧地利公使。

【6】伯爾內（西元一七八六—一八三七年）：「青年德意志」的代表人物之一，他具有小資產階級的偏激情緒。在《巴黎信箚》中，把歌德當作「公侯的奴僕」批判，還提出「歌德是押韻的奴僕，黑格爾是不押韻的奴僕」。在三〇年代，他狂熱地對海涅攻擊。

「我要吞噬那羊兒和狗兒，我要撕碎那隻醜惡的大鳥；我懷念不幸的母親，嚮往自由的原野！」

祖國呀，正是為了把黑紅金三色旗插上德國思想的高峰，使他成為自由人類的目標，詩人才為它付出滿腔熱血，不顧病痛和迫害，在流亡中度過了十三年。

祖國呀，正是為了對你的深沉的愛，詩人不得不重去流亡；說不定流亡會像影子永遠糾纏他、追逐他，直到墳墓。但他不會因痛苦而啜泣，也不會憂鬱地歎息一無所獲。他已經得到了人間至寶——自由女神指給他看未來的美景。

詩人又舒坦又暖和地喝著咖啡，烤著爐火，陶醉在幸福中，以為這是女神的光輝對他的款待。他忘記了病痛，或者說病痛被趕走了。他緊緊地追隨女神。藏在織工們心中的怒火，但等他用一根火柴去點燃、一根魔棒去觸發暴風雨的到來。啊，天空中響起了驚雷。

在驛站小屋搖曳的燭光下面，
在顛簸不堪的馬車座位上，
在越過國境的第一個不眠夜晚……

他那沸騰的感情狂波怒濤般地翻騰，鵝毛筆在紙上沙沙地響著。初稿一寫畢，他就急不可待地帶到萬諾街那座燈火閃爍的小屋裡來。

他想像這思想與情感的一江春水在朝陽下，是怎樣蔚為大觀，雄壯優美呀！

他想像靈感與心靈的一把火種在春風中，是怎樣映照天地，生氣洋洋呀！

他似乎已經看到了自己的詩稿滿天飛舞，如雲絮、如雪片、如楊花，終於變成千百份報紙在街頭、咖啡館、酒吧間、劇場叫買著、傳閱著。人們以各式各樣的心情神態爭相閱讀著他的長詩《德國，一個冬天的童話》。

他似乎已經看到了自己的詩歌，變成一支祖國的進軍號、一門大炮在吹奏、轟鳴、震響、廝殺……

自由女神變成了在他面前的馬克思和燕妮。

他瞥見手上的咖啡杯、移近壁爐的自己的座位、膝上覆蓋的毛毯……羞愧自己的遲鈍；以深情的一瞥，感激他倆的友誼。而他們的表情沒有絲毫讓詩人感到不安；他們彷彿並不知道這一切，專注於詩稿。

他該多麼感激馬克思和他的夫人燕妮：自從《德法年鑒》的主編盧格〔7〕把他介紹給他們以來，他的詩才得到了真正的賞識。他驚訝不已地揣測，馬克思夫婦怎麼如此洞燭幽微地瞭解它的價值呢？又是他們讓他肩負起一個真正詩人的重任。

「三段式」的講師啊，魏瑪公國的樞密顧問啊【8】，詩人不得不對你們表示遺憾，因為你們不能給他指出通往光輝頂點的道路。

詩人永遠不會忘記馬克思那天的話，猶如午夜的閃電、山谷中的陽光，一下子照亮了他的心：不要老是做歌唱愛情的夜鶯，或是牧場上鳴囀的百靈鳥，自然它們都是很好的鳥兒。但你不是鳥，而是真正的歌手、人民的喉舌。當你揮起利劍朝敵人砍去時，千百萬人會聽到你的歌聲，湧來和你一起戰鬥的。你應當開拓時代的詩。

「時代的詩」！這四個迸裂出雷聲、閃耀著電光的字，頓時把沉睡在詩人心中的智慧之獅喚醒了，他朦朧的思想變得異常清晰。

【7】盧格（西元一八〇二―一八八〇）：德國政論家，青年黑格爾派、資產階級激進派。與馬克思主辦《德法年鑒》，後成為民族自由黨人。

【8】「三段式」的講師：指黑格爾。他曾任柏林大學講師。魏瑪公國的樞密顧問：指歌德。

壁爐裡明亮的爐火把海涅的眼睛刺得酸痛；但他還是亢奮地凝視它。爐火變成晨光熹微中一片銀色的海水，浩浩蕩蕩地流淌。詩人在岸邊徘徊，孤獨，失望，痛苦的心情呈現臉上。政治和哲學使他厭倦了，只是無聊地浪費人的精力、熱血與幻想；折磨人的靈魂。世界前進的緩慢像蝸行龜步，每一個進程，又似一種迴圈運動。他想為人民的自由事業而戰鬥，其結果充其量不過是發一點光熱罷了。還是回到藝術和自然中去，閱讀荷馬、研究《聖經》、鑽入歷史的故紙堆。當然，他不會逃遁到那該詛咒的神秘的天國裡去。忽然，海面起伏，波濤澎湃，陰雲急馳，狂風怒吼，暴風雨來了！

從法國傳來了七月革命的消息！

詩人的心靈歡騰起來，把病痛與憂愁，連同荷馬的史詩、《聖經》、朗戈巴登的歷史、巫術書……統統拋入大海。在浪濤滾滾，盛怒北海環抱的小島上、在風暴與海浪組成的交響樂中、在黑夜裡，加入了他那最為高亢、最為激越的歌聲：

我是劍，我是火焰。

黑暗裡我照耀著你們，

戰鬥開始時，
我奮勇當先
走在隊伍的最前哨。

我周圍倒下
我的戰友的屍體，
可是我們得到了勝利。
我們得到了勝利，
可是周圍倒下
我的戰友的屍體。

在歡呼勝利的凱歌裡
響著追悼會嚴肅的歌聲。
但我們沒有時間歡樂，
也沒有時間哀悼。
喇叭重新吹起，

又開始新的戰鬥。

我是劍，我是火焰。

詩人成了一個新人。

離開一八三〇年七月革命到現在，他流亡的十多年來，一直在寫時代的詩。可他常常苦惱的是，找不到一個恰當的字眼，確切地說豎起一面鮮明的旗幟，來表明他那毫不含糊的觀點。現在，馬克思洞燭幽微地立即把這面旗幟高展起來了！從此以後，《時事行》將要為詩人的戰鬥揭開一個新的篇章；從此詩人在藝術上的成熟，反過來又給詩的靈魂以無與倫比的威力與光輝。這源泉即來自馬克思夫婦。

啊，他的良師益友、他的保護神、他的太陽神！

詩人的思緒跑得太遠了，是因為他在一八四四年初的這個夜晚，不願打斷馬克思夫婦的看稿，才回憶起這段不平凡的往昔；還是冬天快要過去，未來的戰鬥激動詩人的心弦呢？總之，他不像往日那樣懷著焦灼、渴望的心情，關注馬克思夫婦的表情：讚賞、批評或者冷淡。固然，詩人可以不重視俗物對他作品的態度，但馬克思夫婦的意見完全是另一碼事了。因為他頗感安慰的是，他能期望馬克思在他死後，將一柄劍放在棺木上，告訴人們，這裡躺下一個詩人、人類解放戰爭中的一個戰士。《德國，一個冬天的童話》，就是他的墓誌銘。這首幽默的長詩，它有別於那一堆「政治詩人」發臭而腐朽的詩集；它洋溢著高尚的政治氣息。

詩人把目光投到馬克思夫婦身上，玫瑰紅的爐火映照他們。坐在安樂椅裡凝神細閱的燕妮，臉上煥發青春和歡愉的美色。這位崇高而罕見的女性，使海涅感動得靈魂打抖：他每回都從她那兒得到慰藉、溫暖和鼓舞。她又像母親與姐妹一樣照拂、保護他……他想起了拉藹爾・瓦恩哈根夫人【9】，一位同樣罕見的德國女性。他曾把她當成德國最有思想的女性，給他和整個德意志民族指出通往天堂之路的聖者。是她第一個使詩人認識到歌德和黑格爾這兩顆偉大的靈魂；而那些無恥的浪漫派是怎麼詆毀的：「歌德是押韻的奴僕，黑格爾是不押韻的奴僕。」是她第一個用聖火照亮、溫暖了不幸的藝術家的心靈，並充當他們的保護神；她的沙龍成為愛、知識、正義的天堂。詩人的《歌集》就是獻給她的。但當燕妮的形象出現在他面前，

【9】拉藹爾・瓦恩哈根夫人（西元一七七一－一八三三年）：德國作家瓦恩哈根之妻。頗有才情，是當時的傑出女性，青年海涅對她十分崇拜。她的沙龍在柏林影響很大。

拉霧爾的倩影便暗淡、模糊、最後消失了。她那卓絕的智慧、忘我的精神、使詩人深深欣慰馬克思的有幸。

燕妮・馮・威斯特華倫，這位從前特里爾城的公主、舞會上的金星，如今在客寓的巴黎，仍然是燦爛明亮的仙女星座；在流亡者的心目中，是朝聖的目標。她的博學多才、遠見卓識，她的將女性的溫柔和男性的剛強結合得如此周密，以至使她能在馬克思的博大精深的精神世界裡漫遊、戰鬥，成為他的妻子、同志和戰友。她不僅把自己的心和一個被暴君蹂躪的民族的心靈聯在一起，而且參與了人類偉大頭腦的工作。燕妮完美的形象是無與倫比的，她就是那位德國的文藝女神——自由、開花、並不矯揉造作的德國女孩子；就是那位讓他看到一個新時代的漢堡的守護女神；就是那位法國畫家德拉克洛瓦【10】所描繪的引導人民前進的自由女神！

詩人深深慶幸馬克思的幸福和眼力。

【10】德拉克洛瓦（西元一七九八—一八六三年）：法國偉大畫家。他對浪漫主義畫派的形成與發展做出了重大貢獻，被稱為「浪漫派之獅」。一八三〇年，他創作了反映法國七月革命的名畫《自由領導人民》。

馬克思博士是有這樣一雙慧眼的。別瞧他現在這麼溫文爾雅地倚立在她的身旁；當他濃黑的眉毛下，一雙閃爍機智火花的眼睛緊盯敵人時，對方就會哆嗦：這是把寒光閃閃的匕首；當他的黑眼球快活地閃動起來時，就連學識宏博、在抽象世界裡自恃無敵的黑格爾老人，也忍受不了。這是怎樣一個青年巨人：不久前，還欽佩那位邏輯思維的大師，如今卻給他致命的一擊——海涅瞥了一下桌上的文稿：《黑格爾法哲學批判導言》——他才是一位真正的思想巨人呀！

詩人終於從他倆微笑的眼神裡、翕動的嘴唇中、起伏的胸脯上探知：詩篇成功了！他的心爐火般地跳躍，十指交叉，懷著忐忑不安的心情迎接即將到來的評判。

這時，馬克思離開燕妮手上的詩稿，對著海涅朗誦起他的詩來：

一個新的時代在成長，
完全沒有罪惡與粉飾，
它帶來了自由思想、自由空氣，
我要向它宣告一切。
……

詩人沉醉在馬克思的不同凡響的朗誦裡，他彷彿重又聽到了故鄉原野上清朗的鐘聲、嘹亮的鶴唳、洋溢著生命力的萊茵河的喧響、掀起心潮的貝多芬《第九交響曲》、萬千戰士進軍的腳步聲……詩人被馬克思帶進了新的境界，這個境界比詩人自己所創造的境界更寬廣、更壯麗。不但使他看到了窗外冰消雪融，百花盛開，人們載歌載舞慶祝德國的解放；而且看到了鸞鳳和鳴、萬紫千紅、四海競流、五洋爭輝，全世界都在歡呼新的時代的到來：沒有貧困、沒有壓迫、只有自由、只有歡樂。

「你的詩好極了，我的海涅！」馬克思的祝賀，打斷了詩人的神遊。「真是一個好的童話。不，應該說是德國的一首最好的戰歌。你瞧，你在鞭撻那一小撮可厭的東西之後，又為我們指出了祖國的美好未來。這真是『最高尚的優美女神，調整了我的琴弦』。」

燕妮贊同她丈夫的意見，滿懷深情地說：「親愛的海涅，多麼感謝你給我們帶來這份春天的禮物，對於流亡者來說，沒有比你純潔熱情的心火，更溫暖更美好的了。」

詩人忸怩不安，不知道把他那雙過長的手臂放到哪兒才好。敏感的燕妮立即看出了他的窘困，馬上轉換話頭：「你的唇舌比普魯士大鷹的尖喙更為可怕呀。」

馬克思被妻子的話逗笑了，妻子說得一點也不錯。這個海涅，這個看來是那麼憂苦抑鬱、孤獨衰弱的詩人，是多麼叫人憐憫；然而不要被他的外表所蒙蔽。他實在是個剛強、有力、機智、勇敢的人物。他有極其高明的劍術，誰也比不上他揮舞那把幽默而諷刺的利劍的本領。它使敵人重創而無法捉摸、無從擊破。他對圍剿他的浪漫派對手所使出的招數真令人痛快：被斯達爾夫人【11】捧上天的浪漫派，卻被海涅摔得粉碎。

馬克思的一陣富有感染力的笑聲，把詩人也引笑了。詩人又感激又興奮，話也多了起來。他一邊望著來回踱步的馬克思一邊推心置腹地說：「我已經相信革命，期待革命，共產黨是世界上唯一值得重視的黨。雖然我懷著憎惡和恐懼的心情，一想到這些無知的偶像破壞者一旦掌握了統治權的時代，會無情地砸碎美麗的大理石雕像，會破壞那一切幻想的藝術作品，會砍倒我的月桂樹，還有玫瑰花，夜鶯也完蛋了；我的《歌集》會被商人製成紙袋，給老婦人倒入咖啡和煙草。啊，我預見了這一切，心中有多麼難受，每當我想到這勝利的無產階級用來

【11】斯達爾夫人（西元一七六六—一八一七年）法國著名女作家。貴族出身。雅各賓專政時，她逃亡日內瓦。拿破崙執政時，她流亡歐洲。她的《德意志論》，對十九世紀初期法國浪漫主義文學的發展起了促進作用；但她過分推崇德國浪漫派，未免偏頗。

威脅我的詩歌的毀滅情形，我的詩歌將隨著整個陳舊的浪漫世界同歸於盡了。不過，我承認，雖然共產主義對於我的一切興趣和愛好是非常敵視的；但它在我的靈魂上卻有著一股無法抗拒的魔力。與其讓我選擇德意志的民族主義，我寧肯接受共產主義。因為前者不能審判、推翻這個陳舊、自私、不平的舊世界；而共產主義者卻在自己的大旗上宣稱：實行世界大同、財富平等，全人類親如兄弟。」

聽著陷在矛盾困境中的詩人真誠而坦率的自白，馬克思意味深長地笑了，銳利的目光變得柔和。對於眼前這位德國最著名的詩人，我們童年時代的伴侶和心靈上的保姆，還有什麼可以責備的呢？他首先熱情地為大家歌唱，如今又參加了我們的隊伍，他的唇舌甚至比大炮還要有力。是的，他的思想還在搖擺，旋風在颳著；但他是一棵扎根於大地母親的大樹！

馬克思想起了有一次在北德意志荒原上看到的景象：烏雲低垂，狂風怒吼，叢叢矮小的灌木和帚石南在風暴中簌簌發抖……荒原上孤零零地有棵槲樹！它那樹梢的枝條在旋風中搖擺；但其粗壯的樹幹猶如鋼鑄鐵澆地巍然屹立，毫不動搖。

海涅，就是這樣一棵扎根於大地母親的槲樹！

馬克思走到海涅的身邊，盯視對方，蘊蓄有力地：「無產者，應該說是無產階級，她的勝利和資產階級的滅亡同樣是不可避免的！你說得對，共產主義是一定會到來的……」

海涅從他的目光中，感到有一種崇高的威懾力。他在黑爾廓蘭島養病時，見到驚濤駭浪中的北海才是如此的。

這時，在爐火的映照中，馬克思眸子的色澤變得如此純淨、如此碧藍，好像和風麗日下的汪洋大海。群鳥翱翔，魚躍海波，《歡樂頌》的莊嚴樂曲在靜穆平和的氛圍裡、在水天中回蕩，詩人憧憬的一天來臨了。

一個生氣勃勃、洪亮的聲音蓋過這一切。原來馬克思瞭解詩人的脾氣，不願打斷詩人出去作短暫的神遊，只是把聲調提高一些。

詩人從天外回來了，帶著明顯的歉意。

馬克思見諒地笑笑，繼續說下去：「不過，你的觀點中需要糾正的是，共產主義這場大革命破壞的不是詩人美麗的幻想，而是舊世界和它那遺留下來的陳腐有毒的觀念。他需要的恰恰是像你那樣的詩人、藝術家。到革命的太陽在全世界蕩滌盡黑暗的時候，我們不僅要你盡情歌唱；而且每一個人都會有一顆詩人的心靈、一種詩人的幻想，每一個人都能為豐富和發展人類的文化寶庫，獻出自己的力量。」

海涅將信將疑，驚喜不止地傾聽馬克思的這番蕩人魂魄、美輪美奐的話語。他彷彿已經置身在世界上最後一場大革命的戰場上，看見了馬克思為他形象地描繪的燦爛前景。

他倆四目相視，心是共通的。

海涅站起身來：「我的詩太倉促了，是因為……還要改。」

馬克思聽了詩人頗表歉意的話點頭道：「這是一個真正的戰士的詩。它在思想和藝術上的水準達到了新的高度……但有的形象還不夠清晰，有的用詞還不大恰當。使我高興的是，是你自己看出了不成熟的地方。也只有你自己才能鍛鍊、磨利你的劍；得心應手地施展你的出神入化的劍法，使它給敵人更致命一些。」

馬克思挽著海涅到一邊去吟哦，修改詩稿。等到詩改好，已是下半夜了。他倆搓著凍僵的手，回到快要熄滅的爐火旁。

燕妮在裡屋為丈夫準備好夜間的工作。

壁爐旁，馬克思家的女管家，他們忠實的朋友海倫・德穆特往壁爐裡添了木柴，火又旺了起來。她又從廚房裡端來熱氣騰騰可口的夜餐。這真是流亡者的一個美好的家園！

窗外，雪還在下著，街道上闃無一人，街角處煤氣燈的燈光與白雪融成一片。海涅穿起大衣，把稿子小心翼翼地放入口袋裡，吻別了德穆特與匆匆前來的燕妮。馬克思打開了屋門，冬夜的寒風挾著雪片撲了進來。海涅不由自主地打了寒噤，連忙翻起衣領，裹緊了大衣。馬克思搶先一步把他送到街上。

從屋子的窗戶上，若有所思的燕妮與德穆特目送他倆的背影：身材魁梧的馬克思與瘦削頎長的海涅並肩走出街口。

在暗沉沉的雪地裡，留下了兩行清晰的腳印。

跋

經濟並不是衡量一個國家實力的惟一標準，文化有其更重要的作用。國學大師、吾師朱季海先生如是說：「衡量一個國家是強國、是大國，不僅要看經濟，更要看文化，文化才是一個國家和民族的靈魂、支柱。」請看：世界五大文明古國：巴比倫、古埃及、古印度、古代中國、古希臘當初經濟是何等發達，物質是何等豐富、創造是何等輝煌，可是，由於時間的洪流與人為的因素，這些古國早已灰飛煙滅，蕩然無存。如果不是文化的豐功偉績，後人哪里知道古代曾經存在過這些光輝燦爛的文明古國？然而，中國的優秀文化卻被幾千年來的封建統治者不斷摧殘，其始作俑者是「焚書坑儒」的秦始皇。共和國建立後更是走向極端，人類歷史上最大的文字獄——無產階級文化大革命，却是大革文化命，摧殘文化、毀滅文化更是達到了登峰造極的地步。改革開放後，這種摧殘文化、破壞文化的現象則以另一種面目出現。與此相比，在華人世界，中國國粹、中國優秀的文化傳統保存得比較好的、薪火相傳的卻是在臺灣！事例不勝枚舉。在此僅舉拙著的情況便一葉知秋。

筆者費了十四年心血描繪古今中外大詩人創作心靈的紀實文集《文學紀事》。但是努力了二十五年出版比登天還難！拙著儘管被大陸等一些出版社看中，有的予以很高的評價，例如安徽文藝出版社的許宗元編輯這樣寫道：「尊稿……拜讀兩遍，至為感動。願引用您的後記中的話：『倘使它是蘭，……會香聞十里。』它是蘭！在物質的壓力下，作為一個出版工作者，不能出版他認為上好之作，我很痛苦！我堅信它會有香聞千里、萬里的那一天！」朱季海先生如是說：「世界上有三部有價值的描繪文藝家的紀實文學專著：一部是帕烏斯托夫斯的《金薔薇》，一部是茨威格的《人類群星閃光耀時》；還有一部就是你朱樹的《文學紀事》，可惜沒有出版。」出版難的原因眾所周知，不需贅述。如果不是朱老的鼓勵、慈母的期望，真是哀莫大於心死。

一千多年前，「唐宋八大家」之一的韓公退之說得好：「世有伯樂，然後有千里馬。千里馬常有，而伯樂不常有。故雖有名馬，祗辱於奴隸人之手，駢死於槽櫪之間，不以千里稱也。」出版學術著作難，出版劇本，尤其是未演出、拍攝的話劇、電影劇本更難；大陸除了一家中國戲劇出版社外，幾乎不出版劇本，即便自費出版也不易。海外的朋友們告訴我，港臺出版社也很少出劇本，就連獲得諾貝爾文學獎的華裔法國作家高健行也遭遇過困境。

近年來我國不少專家、學者、有識人士深刻指出：中國的經濟增長舉世矚目，但文化交流誤區不少、文化赤字嚴重，造成民族危機。「我們的文藝作品，要面對外國受眾，要讓當地的民眾瞭解並喜愛，這才是我們對外文化交流的目的。」「中國現在還沒有能夠吸引人的、佔領國際市場的文化產品，尤其是被人們廣為接受的品牌性文化產品。」「中國文化的「走出去」之路依然任重道遠。我們要加大對國外市場的調研，針對國際市場製作一些產品……在製作文化產品之時，不要局限於狹隘的受眾範圍，要放眼國外消費者的喜好，才能更廣泛地弘揚中華民族文化。」

拙著《文學紀事》與《朱樹中外戲劇選集》既是向國內讀者介紹鮮為人知，古今中外大詩人的創作生活和思想，中外名人可歌可泣的生平事蹟，又是適合對外文化交流、為外國讀者瞭解並喜愛的文化產品。

朱老生前曾說：「我現在要做的便是這兩件工作。一是把中國古老的文藝遺產研究整理出來，介紹給世界人民。外國人實在不瞭解、不知道；這件工作只有我有能力做好，然而得不到支持，人力財力的支持。二是把外國的優秀文藝介紹到中國來。」這是我創作的動力。

拙著能夠面世，要感謝先後仙逝的慈母朱毓芬、恩師朱季海先生、知音許宗元編輯。特別是養育我的母親，她領我走上文學創作道路，啟蒙課就是講莎士比亞的戲劇故事。在我最困難的時候，天災人禍、貧病交加、生計無著、彷徨歧路，面臨來自親友和社會的巨大壓力，我孤立無援，痛苦不堪。母親挺身而出，力排眾議，說：「人各有志，不必強求。他把創作看得比自己的性命還重要，去年火災，他的手稿、藏書大部分被燒掉，接連幾天不思寢食、瘋瘋顛顛，我真擔心他會變成癡呆。幸虧他從垃圾堆裡找到了拿破崙劇本的手稿，又忘乎所以地寫了起來。後來人家接連給他介紹了兩個對像，對方只要求人品好、老實；可是這個書呆子連眼也不瞧一下便一口回絕。他說現在不是考慮個人問題的時候，他的創作能否成功還是個未知數。我做娘的，只要有一口飯吃，就分給他一半。」

母親成了我的良師益友，精神支柱。她是拙作的第一位讀者、批評者，糾錯改字，甚至到了耳提面命的地步。

慈母去年臨終前的遺言卻是：「你要寫好蔣百里的劇本呀。」她對我遺憾的是：「我看不到你的《莎士比亞》上演的一天了。」

今天拙著的出版，告慰慈母、恩師、知音在天之靈。如果拙作是瑨，名家妙手也無法化腐朽為神奇；倘使它是蘭，不勞專家玉言，依然會香聞十里。我不會因失敗而悔恨，也不會因失誤因絕望。

2013／9／18 蘇州書癡居

新萬有文庫

文學紀事

作者◆朱樹
發行人◆王春中
副總編輯◆沈昭明
主編◆葉幗英
責任編輯◆王窈姿
封面設計◆吳郁婷
校對◆趙蓓芬

出版發行：臺灣商務印書館股份有限公司
10046 台北市中正區重慶南路一段三十七號
電話：(02)2371-3712　傳真：(02)2371-0274
讀者服務專線：0800056196
郵撥：0000165-1
E-mail：ecptw@cptw.com.tw
網路書店網址：www.cptw.com.tw
網路書店臉書：facebook.com.tw/ecptwdoing
臉書：facebook.com.tw/ecptw
部落格：blog.yam.com/ecptw

局版北市業字第 993 號
初版一刷：2014 年 9 月
定價：新台幣 390 元

ISBN 978-957-05-2955-5

文學紀事／朱樹著．--初版．-- 臺北市：臺灣
商務， 2014. 09
面 ； 公分.

ISBN 978-957-05-2955-5(平裝)

813.4 103014065